단안

2023. 06

추천평

장편 대상작 《개의 설계사》는 만장일치로 선정됐다.
매끈하고 탄탄한 문장, 독자를 단숨에 이야기 속으로
끌어들이는 능력이 모든 응모작 중에서 단연 눈에 띄었다.
인공지능 설계사라는 소재는 그간 SF 장르에서 자주 다뤄진
소재인 터라 새로운 방식으로 다루기 쉽지 않은데도,
진부함의 함정에 빠지지 않고 작가만의 고유한 이야기로
써내는 힘이 뛰어났다.

_김초엽, 소설가

미래의 이야기지만 현재의 땅에도 딱 붙어 있는 이야기다.
큰 이견 없이 장편 부문 대상작으로 선정됐다.

_민규동, 영화감독

신세기의 엔터테인먼트와 우울에 대한 이야기를
감정형 인공지능이라는 소재와 엮어낸 소설이다.
감정과 관계를 탐사하는 이야기는
종종 현실을 비추어내는 듯 위태롭다.
기술의 끝에서 인간이 추구하는 것과 끝내 얻기 어려울 것이
무엇인지에 대한 작가의 탐색을 응원한다.

_이다혜, 〈씨네21〉 기자·작가

개의 설계사

설계사

개의

단요 — 장편소설

아작

차례

Intro

세 살 터울의 동생은 생쥐를 닮았다. 키는 150센티미터가 겨우 넘지만 지치는 법이 없고, 까맣고 동그란 눈은 주위에서 일어나는 일을 놓치지 않으려는 듯 다양한 각도에서 반짝인다. 그리고 처음 보는 사람에게도 선뜻 다가간다. 안녕하세요, 좀 곤란해지셨나 본데. 도와드릴까요? 그렇게 물으면서 새까만 머리카락을 만지작거리는 손가락을 보면 레이디핑거 쿠키에 왜 그런 이름이 붙었는지 알 수 있다. 커피에 깊숙이 몸을 담그는, 희고 가느다란 과자.

한편 짧게 자른 머리카락은 둥근 과일에 입힌 설탕 옷처럼 목덜미에 착 달라붙어서 동생의 떼어놓을 수 없는 일부가 된다. 헤어스타일, 말투, 눈빛, 몸집, 목소리, 표정, 뼈의 형상. 그 모든 게 변하지 않는 하나다.

　어릴 때부터 사람들은 나와 동생이 가족이라는 사실을 놀라워했다. 나는 180센티미터가 넘고, 대체로 생각에 잠겨 있고, 사람을 대하는 데에 문제가 있다. 상대의 용건을 파악한 다음 머릿속의 매뉴얼에 따라 행동하는 게 고작이다. 다행히도 서른네 해를 살면 매뉴얼도 적당한 두께를 갖추기 마련이라서, 요새는 별문제가 없다. 그럴듯한 이유로 한 발짝 물러서는 일만이 조금 어려울 뿐이다. 그건 마치 논리 퍼즐 같다. 이런저런 조건들을 엮어서, 상대가 서운해하거나 슬퍼하거나 모멸감을 느끼지 않을 탈출구를 찾아내기. 그럼으로써 호감과 거리를 동시에 보존하기. 이 작업에서 가장 섬세하게 다루어져야 하는 부분은 모든 계산을 완벽히 감춰야 한다는 점이다. 인간은 계산이란 게 그 자체로 잔인하거나 부정직한 일이라 여기는 경향이 있다.

　충분한 우호성과 선의로 이루어진 관계라면 응당 머리가 아니라 심장으로 생각하고 말해야 한다는 믿음은 생물적 조건으로부터 기인한 교리일 것이다. 인간은 포유류 조상에게서 많은 면모를 물려받았고, 그 조상은 화날 땐 짖고 좋을 땐 달라붙는 동물이었으므로. 하지만 그게 꼭 태도와 인식을 일치시킬 이유는 되지 못한다고 본다. 인류는 이미 자연과 어긋난 삶을 살고 있으니까. 사실은 인간관계부터가 그런 발명품이니까. 그리고 사람 사이의 온도는 물리적인 온도와는 달라서, 달라붙어 나눌수록 빠르게 식는 것도 있기 마련이니까. 그러니까 나는 진심으로 사람을 좋아하고 싶기 때문에 계산을 거듭하는 인간이다. 그러지 않으면 어떤 일이 일어나는지는 어릴 적에 이미 배웠다. 동생의 목에는 검지 길이의 흉터가 남아 있다. 내가 만든 것이다.

어쨌든 그건 지난 일이다. 나는 개인 사무소를 갖춘 인공지능 설계사고, 동생은 가끔 내 집에 들러서 생쥐 우리를 살핀다. 생쥐들은 가끔 줄어들기도 하지만 열 마리 전후를 유지하고 있다. 우리는 잘 지낸다. 당신이 알아야 할 사실은 그것뿐이다.

01

개

벽을 대신한 전면 창 너머로 모래빛 테라스가 부서지듯 빛났다. 바다와 하늘이 자른 듯한 대조를 이루며 테라스의 격자무늬 안에 나뉘어 있었다. 화려하진 않아도 단정한 멋이 있는 카페였다. 나는 여자와 같은 테이블에 앉아 있었고, 반년간 끌어온 게임이 끝나간다는 생각에 행복감을 느꼈다. 여자의 이름은 시영.

　시영은 화분에 설치된 인공지능의 설정을 바꾸기 위해 내 사무소에 들렀다. 화분에게 짜증을 자주 냈는데, 그래서인지 태도가 이상해졌다는 거였다. 어려운 문제는 아니었다. 시영은 바로 다음 날 활기차고 해맑은 다육 식물 화분을 돌려받을 수 있었다. 그런데 무언가 부족한 점이 있었던 모양이다. 이틀에 한 번꼴로 연락이 왔다. 반응이 좀 더 적극적이었으면 좋겠어요. 목소리 설정이 달라진 것 같아요. 말투가 마음에 안 들어요. 갑자기 화분이 아무 말도 하지 않아요. 상담이 계속되면서 나는 화분의 설계보다도 시영이라는 사람에 대해서 더 많이 알게 되었다.

"시영 씨는 이제 원래 살던 곳으로 돌아가시는 거죠?"

"네, 쉬어가는 것도 좋지만 휴양지에서 천년만년 살 수는 없으니까요. 다시 시작해봐야죠."

"잘하실 거예요. 지금까지 잘하셨고요."

"참, 선생님이 예전에 다니시던 직장도 그 근처라고 하셨잖아요. 혹시 나중에라도 오실 생각 있으세요?"

"퇴사한 지 6년이나 됐는데 이젠 완전히 모르는 곳이죠. 그래도 만약, 근처에 들를 일이 생기면 연락드릴게요."

나는 작별 선물로 주문 제작 브로치를 준비했다. 옅은 아이보리색 원판 위에 마름모꼴 보석 셋이 직각으로 배열됐고, 작은 큐빅이 둥근 테를 두른 물건이었다. 일부러 그 모양을 고른 건 세 번째 상담에서, 시영이 상담실 탁자에 놓아둔 약 봉투를 알아보았기 때문이었다. 시영은 인공지능의 대답이 '너무 얕고 기계적'이라며 투덜거리다가 조심스레 알약으로, 약과 함께하는 삶으로 주제를 옮겼다.

어릴 때부터 제가 뭔가 다르다는 걸 느꼈어요. 좋은 시간을 보내다가도 갑자기, 스스로도 잘 모를 이유로 화를 냈죠. 저는 제 안에 화산이 있다고, 그게 언제 터질지는 아무도 모르니까 사람들을 멀찍이 물려두어야 한다고 믿었어요. 대화는 화분이랑 하면 되니까요. 그러다가 두 해 전부터 약을 먹기 시작했어요. 기분이 너무 이상해졌죠. 머리카락을 염색하고 손톱을 손질하듯이, 제 성격도 그렇게 획 바뀔 수 있다는 사실이 억울해졌어요. 뭐라고 해야 할까, 힘들어서 멀고 험한 길을 걸어온 다음에야 버스 노선을 발견한 것만 같았죠. 인제 와서 버스를 탈 바에는 발이 부르틀 때까지 걷고 싶어졌어요. 그래서 약을 먹다가 안 먹다가 했고……

나는 캐묻지도 않았고 훈계를 읊지도 않았다. 서글픈 느낌을 담아 웃기만 하면 사람은 거기에서 자신이 원하는 모든 것을 발견하기 마련이다. 시영은 내가 아주 사려 깊다고, 흥미진진한 이야깃거리에 안달 난 사람들과는 완전히 다르다고 말했다. 나는 타인의 삶에 간섭하는 편은 아니지만 조종간을 넘겨받은 문제에 대해서는 최선을 다한다. 마무리까지도.

"세상에, 너무 예쁘네요. 그리고 이 모양은……"

"우리 같은 사람들의 영원한 동반자죠. 세상만사가 그렇듯이, 겉모습이야 조금 바뀔 수 있겠지만."

시영은 매혹된 듯 브로치를 바라보다가 고개를 들어 나와 시선을 맞췄다. 콧등이 여름 볕으로 물들어 있었다. 무언가를 채근하는 듯한 질문이 이어졌다.

"그리고요?"

"그 자체로 온전한 사람은 아무도 없어요. 다들 바깥의 것들을 끌어와서 스스로를 바꾸고 새롭게 단장하죠. 약, 맞춤형 인공지능 친구, 실내용 방향제, 벽걸이 태피스트리, 인상 깊은 단편소설, 낭만적인 시, 친구들… 다 그래요. 저는 시영 씨가 앞으로도, 그런 동반자들과 함께 잘 지냈으면 좋겠어요."

"그러니까요."

그러니까요? 이 질문은 생각해본 적이 없었다. 시영은 바로 곁에 바다가 있는 도시를 떠나 빌딩 탑 사이로 돌아갈 테고, 다육 식물 화분뿐만이 아니라 더 많은 사람과 어울리게 될 것이다. 그리고 그 삶에 만족할 것이다. 완벽한 결말이다. 거기에 내 판단이 필요할 것 같지는 않았다. 구체적인 요구사항을 파악하려 애쓰는 사이에 햇빛이 기울어지면서 시영의 얼굴에서도 빠르게 밝은 기운이 걷혀 나갔다.

"전 선생님이랑 제 마음이 같다고 생각했어요. 같은 생각을 하는 줄 알았는데."

조금 시무룩해진 목소리.

"어떤 느낌인지 알아요."

"아뇨, 그게 아니라, 선생님이 조심스러워하는 줄 알았단 말이에요. 저는 고객이고 선생님은 설계사시니까."

"혹시 제가 너무 무례했나요? 사생활에 간섭해서? 하지만… 좋아하실 거라고 생각했어요. 의미 있는 선물이잖아요."

시영이 수백 가지의 질문이 얽힌 눈으로 나를 빤히 바라보았다. 나는 아무것도 읽을 수 없었다.

"아뇨, 그런 게 아니에요. 네, 좋았죠. 좋았어요. 완벽했어요. 하지만… 이럴 거면 왜 오신 건가요? 지금까지 식사 약속은 모두 거절하셨잖아요."

"내일이면 떠나시니까, 마지막으로 작별 인사를 하려 했어요. 사람 사이의 예의니까요."

"그게 다예요? 다른 건요?"

"전 최선을 다했어요. 그게 뭐든 간에요."

"알아요. 그러니까 솔직하게 말해줘요."

침묵이 지나갔다. 나는 퍼즐이 돌이킬 수 없이 망가졌다는 사실을 깨달았고, 훨씬 솔직해졌다.

"시영 씨는 저한테 동지 의식과 유대감을 느끼고 계시잖아요. 거기에 응답할 필요가 있다고 생각했죠."

"진심이 아니었던 건가요?"

"아뇨, 전 시영 씨가 만족하길 바랐어요. 왜냐하면 이런 건 상담사나 의사가 해줄 수 없는 일이고, 인공지능 친구로도 해결되지 않으니까요. 무엇보다도 사람은 자신의 통제 바깥에 있다고 여겨지는 것이 자신을 위해 행동하는 상황을 좋아하기 때문에……."

"됐어요. 더 듣고 싶지 않아요. 선생님은 저랑 완전히 달라요."

시영은 갑자기 흐느끼기 시작했다. 또다시 실수했다는 생각에 속이 메스꺼워졌다. 상대가 원하는 것과 중요하게 생각하는 것을 파악해서 소중한 친구를 만들어주는 게 감정형 인공지능 설계사의 일이다. 업무에서든 인간관계에서든, 나는 그 일을 그럭저럭 잘한다. 하지만 완벽한 성공이 완벽한 실패로 변하는 건 한순간이다. 나는 최적해만을 골랐는데도 오답이 튀어나올 수 있다는 사실을 되새겼고, 품에서 손수건을 꺼내 시영에게 건넸다. 시영이 내 손을 쳐냈다. 이것도 실수다.

＊

내 마음속에는 끝나지 않는 채점표가 있다. 도덕적이었는지, 부도덕했는지. 이타적이었는지, 이기적이었는지. 온화했는지, 성급했는지. 공손했는지, 무례했는지. 상대를 만족시켰는지, 실망시켰는지……. 총점을 최대한 높게 유지하려는 노력은 나를 그럭저럭 사람다운 사람으로 만들고, 남을 해치지 않는 데에 도움을 준다. 그 노력을 선택한 것이 바로 내 진심이다. 나는 이 진심이 다른 이들의 진심만큼이나 값지길 바란다.

＊

카페에 들어설 때는 둘이었다. 나올 때는 혼자다. 휴대
폰을 꺼내 시영에게 메시지를 보냈다. 미안해요. 그곳에서
도 잘 지냈으면 좋겠네요. 답장이 돌아올까? 딱히 생각하
고 싶지 않다. 결말이 처참하면 마음이 아프지만, 끝난 게
임에 연연할 필요는 없다.

자판기에서 청량음료를 하나 산 다음 인도를 따라 걸었
다. 등을 달구는 뙤약볕보다 발밑에서 스멀거리는 열기가
더욱 버거운 날씨였다. 나는 열풍 건조기에 갇힌 기분이라
고 중얼거리다가 이내 생각을 고쳐먹었다. 건조기 속이라
면 최소한 습하진 않을 것이기 때문이다. 땀은 말라붙을 새
도 없이 흐르고, 피까지 더워지는 듯하고, 입을 열면 혀끝
에 짠맛이 감도는 땅. 한여름에는 기계인간도 고장이 두려
워서 밖으로 나다니지 않는 땅. 그런 땅 위에 콘크리트 덩
어리들이 오만한 아이러니처럼 서 있었다.

인간들은 자연을 아끼는 척하면서도 사나운 구석은 악
착같이 정복하려 들거나 다만 외면해버린다. 그러고는 자
연의 목록에 보기 좋고 예쁜 것만을 남긴다. 건물을 휩쓰는
해일은 재해고, 무더위는 이상기후고, 고요하게 반짝거리
는 바다만 자연이 되는 식이다. 나는 난간에 팔을 얹고 자
연을 응시했다. 전등을 똑바로 바라볼 때처럼 눈이 따끔거

23

렸다. 자연을 근처에 두었다가 각막을 갈아 끼우게 되는 건 아닌가 걱정이다. 그러고 보면 어떤 대부호가 저 바다에서 스노클링을 즐기다가 해파리인지 복어인지 독침에 찔려 죽었다는 이야기를 들은 적이 있다. 기술이 아무리 발전해도, 설계사 면허가 있어도, 돈이 많아도 자연은 위험하고 버거운 것이다.

해안 도시에서 산다는 게 어떤 일인지 마저 생각하다가 여기에 막 도착했을 때를 떠올렸다. 6년 전 여름, 나는 회사를 그만두고 바다가 보이는 곳에 사무소를 차렸다. 동생의 권유 때문이었다. 단체 생활보다는 한적한 곳에서 여유로운 시간을 보내는 게 나을 거라고, 사람들이랑 함께 지내면 언젠가는 사고를 치게 될 거라고 했다. 반면 사수는 내가 회사를 떠날 이유가 없다며 뜯어말렸는데, 누구의 판단이 옳았는지는 알 길이 없다. 동생이 여기까지 와서 나를 챙긴다는 사실에 고마움을 느낄 뿐이다. 평소에는 일주일에 한 번. 바쁠 때는 두어 달에 한 번. 화상 통화로도 충분할 텐데 동생은 언제나 직접 온다. 열차로 삼십 분밖에 걸리지 않으니까, 퇴근길이 조금 길어지는 것뿐이라면서.

동생을 제외하면 만나는 사람이 거의 없다. 본업 이상의 서비스를 기대하는 고객들과 의사가 끝이다. 한 달에 한 번씩 보건소에 들러서 증상을 설명하고 약을 받는다. 원격으로는 주사제를 맞을 수 없기 때문이다. 눈동자가 계속 돌아가서 화면에 집중할 수가 없어요. 저번에 할로딕신을 감량한 게 문제였던 것 같은데. 그래요? 그러면 되돌려봅시다.

인간의 치명적인 결함은 신경망을 수식으로 보여줄 수 없다는 데에서 온다. 만약 그게 가능했더라면 이런 인체실험 관행은 진작 사라졌을 것이다. 대신 뇌 설계사들이 고객의 불평과 줄소송에 시달리고 있겠지.

나는 내 제작품들에게 법적 권리가 부족하다는 사실에 깊은 감사를 느끼며 사무소로 돌아왔다. 닫힌 문 앞에 열서너 살쯤 될까 싶은 아이가 품에 로봇 개를 안은 채 서 있었다.

"여기 설계사님이시죠?"

"예, 맞습니다."

"오랜만이에요."

실핏줄이 드러날 만큼 투명한 피부가 도리어 부자연스러운 느낌을 주는 아이였다. 목덜미까지 길러서 느슨하게 묶은 머리카락. 잘생긴 소녀 같기도 하고 섬세한 소년 같기도 한 이목구비. 내 시선에 맞추어 커다란 눈동자 안의 검은 테가 짤깍거리듯 움직였다. 나는 그게 기계인간임을 깨닫고 로봇 개에게로 시선을 옮겼다.

어떤 인공지능은 생성과 동시에 계약을 맺고 일하다가, 연차가 쌓이면 해방되어 온전한 인간 자격을 누리게 된다. 혹은 따로 돈을 받아 모으다가 소유주로부터 자신의 권리를 사들인다. 기술 시대의 노예제다. 그러니 둘 중 하나는 손님이고 다른 하나는 상품일 것이다. 어느 쪽일까.

"예전에 웹사이트로 문의하셨나요?"

나는 아이 쪽을 바라보며 물었다. 대답은 눈높이보다 낮은 곳으로부터, 아이의 품으로부터 왔다.

"아뇨, 3년 전에 한 번 뵈었죠. 잠깐이었지만."

단순화된 푸들 모양이고, 귀는 검은 플라스틱 조각이고, 몸체는 은색 강화플라스틱인 로봇 개. 개의 몸 곳곳에 흠집이 나 있었다. 그 흠집으로부터 해묵은 기억이 비어져 나왔다. 그건 이 사무소의 첫 번째 제작품이자 은둔한 슈퍼스타의 친구였다.

*

인공지능 기술이 세계로 뻗어나가면서 시민과 노동자와 소비자가 동의어였던 시대가 끝났다. 일하지 않아도, 사회의 구성원으로 존재하는 것만으로도 돈을 받으며 느긋한 삶을 누릴 수 있다는 뜻이다. 그런데도 어떤 사람들은 일자리를 원했다. 기본소득만으로는 갑작스러운 병원비를 대거나 침실과 서재가 있는 집을 구할 수 없어서 그랬을 것이다. 한 칸짜리 방에 누워 있다가 죽음을 맞이할 수는 없다고 생각했을 것이다.

일하는 쪽은 노는 쪽을 게으름뱅이 기생충이라며 경멸했고, 노는 쪽은 일하는 쪽을 재수 없는 얼간이로 보았다. 그런 와중에도 양측으로부터 사랑받는 부류가 있었다. 에세이스트, 아이돌, 싱어송라이터, 팟캐스트 진행자……. 내면을 기꺼이 드러냄으로써 타인의 정신을 어루만진다고 여겨지는 존재들, 그래서 반대로 열광적인 사랑을 퍼부을 수 있는 존재들이었다.

이 분야에서는 인공지능조차 경쟁력을 잃었다. 기술적인 완벽성이나 심미성 또한 중요하지 않았다. 다들 진짜를 원했다. 이 세계에서 진정 하나이며 그래서 가치 있는 것. 하지만 그 고유성으로 인해 한없이 연약해지는 것. 팬들의 환호성 안에서만 무한히 빛날 수 있는 것. 악착같이 싸우지 않아도 살아남을 수 있는 세상에, 남아도는 에너지를 퍼부을 만한 것.

릴리는 사랑받기 위해 태어났다. 이름난 영상예술가와 DJ였던 소녀의 부모는 딸이 태어나 자라는 과정을 하나의 작품으로 완성했고, 그 작품에는 '찍어낸' 것들과 완전히 다른 아우라가 있었다. 소녀의 가장 큰 재능은 쏟아지는 기대를 자산으로 바꾸는 것이었다. 여섯 살의 나이에 자조적인 블랙코미디를 할 줄 아는 릴리, 그러다가도 스케치북을 펼치고 엉망진창인 곰인형 그림을 그리는 릴리는 모두가 꿈꾸는 아이이자 동생이었다.

그로부터 11년이 흘러, 열일곱. 열일곱 살의 릴리는 사랑의 정점에 서 있다. 비유적인 이야기다. 지금 당장은 내 사무소의 상담용 의자에 앉아 있다. 마주보는 입장에서는 이게 꿈인지 현실인지부터가 긴가민가한데, 방송과 똑같은 외모가 꿈 같은 느낌에 무게를 더한다. 눈매는 나비의 날개처럼 껑충 뛰어오르는 곡선을 그리고, 커다란 밤색 눈동자가 그 안에서 빛을 삼킨다. 우아한 콧날과 입매. 끄트머리만 은색으로 물들인 머리카락. 오른쪽 뺨에 박힌, 시계태엽 모양의 형광잉크 문신. 모자가 특히 커다란 후드 티셔츠와 손에 쥔 검은색 마스크. 심드렁하지만 어딘가 도발적인 태도.

　그러니까, 화면 바깥에서까지 완벽한 존재가 평범한 설계사를 찾아오는 건 쉽게 상상하기 어려운 사건이다. 상담 예약조차 잡히지 않았다는 점에서 더더욱 그렇다. 대뜸 사무소 문을 열고 들어온 릴리가 내 맞은편에 앉아서 푸념을 시작했던 것이다. 스케줄은 모두 내팽개치고 집을 나왔다고 했다. 이곳저곳 돌아다니다가 이 해안 도시에 도착했다고, 너무 더운데 아무 데나 들어갔다가는 이목이 쏠릴 것 같았다고, 그래서 어쩔 수 없이 여길 피난처로 택했다고.

　"엄마 아빠가 열흘째 나를 못 찾았다는 게 놀라운 일이죠. 파파라치들은 3시간마다 한 번씩 나를 찾아내거든요. 도대체 몇 명이나 있는지 모르겠어요. 그래도 부모님보단 나아요. 제일 큰 장점은, 둘 다 나를 가지고 돈을 벌긴 하지만, 파파라치들은 나한테 이래라저래라 간섭하지 않는다는 거죠. 해킹을 시도하고 차에 감청 장치를 붙여놓긴 해도."

"힘드시겠군요."

"편할 리가 없죠. 참, 내가 기계인간이라고 주장하는 음모론자들도 있어요. 완전히 멍청이들이지. 만약 그랬다면 난 진작 해킹당해서 복사본이 수천만 개쯤 생겼을 텐데. 아니, 지금도 마찬가지죠. 상상하면 그대로 이루어지는 시대 잖아요. 간 적도 없는 곳에서, 한 적도 없는 말을 하는 영상이 릴리의 실체라면서 돌아다녀요. 그러면 팬들은 내 스케줄을 하나하나 분석하면서, 귓가에 점이 있는지 없는지를 따지면서 조작된 영상이라고 반박하죠. 이 사람들은 할 수만 있다면 내 머리카락이 하루에 몇 올이나 빠지는지도 세고 있을 거예요. 소름 끼쳐."

그리고 나는 릴리의 방문이 사무소 운영에 도움이 되길 내심 기대하고 있었다. 사무소를 연 지 열흘이 지났는데도 문의가 없는 상황이었다. 이대로라면 릴리가 앉았던 의자를 팔아서라도 운영비를 벌충해야 할 판이었다. 꽤 비싸게 팔릴 것 같은데. 맞춤형 인공지능이라도 하나 주문해 간다면 더 좋겠지. 연예계의 어둠을 읊는 사춘기 소녀 앞에서 떠올릴 생각은 아니었지만, 나는 이 폭로의 등장인물을 잘 몰랐고 남의 비극에도 별 관심이 없었다. 슬픈 사연에는 예의 바른 태도를 내비쳐야 한다고 믿을 뿐이었다.

"그나저나 표정 변화가 거의 없으시네요. 성격이 원래 그러신가?"

"타인이 함부로 동정하거나 슬퍼하거나 위로할 일은 아니니까요."

"하지만 난 릴리예요. 맨얼굴로 십 분만 걸으면 따라오는 사람이 스무 명은 생길 텐데. 연예면 뉴스도 다 내가 실종됐다며 떠들어대는 중이고."

릴리의 미간이 살짝 좁아졌다. 지긋지긋한 관심보다도 낯선 무관심이 두려운 모양이었다. 나는 눈썹을 아래로 내리는 동시에 입가에는 미미한 웃음을 그려서, 난처한 기색과 우호성을 동시에 보여주었다. 이 표정에는 무감각함을 사려 깊음으로 만들어주는 힘이 있다. 멍청하게 들리는 소리를 곁들여주면 효과가 더 좋다.

다행히 이 분야에서, 나는 거짓말을 할 필요도 없이 멍청한 편이다.

"그런가요? 연예계 소식을 찾아본 적이 없어서, 잘 몰랐어요. 살아 있는 사람보다는 이미 죽은 사람에게 더 관심이 많거든요. 인공지능 기술의 핵심을 정립한 학자들은 대체로 납골당에 들어가 있으니까요. 저는 연구직이 아니라 실무자라서, 기술 동향만 알면 그만이지 학회 참여자들의 이름을 알 필요가 없고요. 물론 학회지를 읽다 보면 자연스레 외워지긴 해요."

"재미없는 분이신데요. 그거 말고는 아무것도 안 보고 지내요?"

"동생이 가끔 숙제를 던져줘요. 상업영화나 드라마를 보라고 하죠. 제가 상식이 너무 뒤떨어져서, 보통 사람이라도 되려면 노력을 많이 해야 한다더군요. 동생은 방송 기획자로 일하거든요. 직장에 다닐 땐 꽤 도움이 됐어요. 배역 이름이랑 배우 이름을 연관 짓기는 아직 어렵지만요."

"하여간 인공지능 설계사들이란."

릴리가 경멸적인 어조로 중얼거렸다. 이 직업에는 확실히 그런 이미지가 있다. 그럴듯한 가짜에 너무 깊이 매몰되어서 진짜 인간을 모르게 된 사람들. 하지만 설계사가 감정을 다룰 때 얼마나 섬세해지는지 알면 다들 판단을 수정할 것이다. 온유함이나 열정 같은 특성을 어떤 방식으로 구현할지, 신경 관계망을 어떻게 엮을지, 무슨 학습 데이터를 사용할지는 조직적인 이해가 없으면 결코 내릴 수 없는 결정이다.

결국 설계도면이 없다는 이유만으로 인간의 심리를 고평가하려는 태도는 유구한 신비주의다. 나는 눈앞의 신비주의자를 바라본 뒤 멋쩍은 웃음으로 분위기를 환기했고, 상황을 다시금 정리했다. 릴리는 낯선 사람에게 내밀한 우울을 털어놓을 만큼 유명인 생활에 진절머리가 난 상태이고 나는 팔리지 않는 인공지능 설계사다. 서로가 만족할 만한 합의점이 있을 법했다.

"그래도 제가 도움을 드릴 부분이 있을 것 같은데요."

"다른 멘트를 골라봐요. 나한테 그 말을 건네는 게 평생의 소원인 사람이 수천만 명은 있으니까요. 도움을 주는 건 영광이에요. 도움을 받는 건 비참한 일이고."

"관계의 역학에는 분명히 그런 면이 있죠. 그러면 이렇게 생각해보자고요. 슈퍼스타가 가출한 날, 설계사 한 명이 여기에서 새 삶을 시작했어요. 회사를 그만두고 개원에 나선 거죠. 열흘 동안 문의 메일은 한 통도 안 왔고 방문 상담은 지금이 처음이에요. 그러니까, 매출을 좀 올려야 하는데요……."

"결국 돈 문제군요?"

"잘하고 싶어요. 시작하자마자 실망시킬 수는 없으니까요."

"광고료는 내 부모님이랑 상의하세요."

릴리는 방어적으로 굴었다. 하지만 나는 이게 게임의 끝이 아니라는 걸, 따라서 상심할 필요가 없다는 걸 알고 있었다. 한 발짝 물러나는 방식으로 선택지를 주면 된다. 시무룩하고, 겁먹고, 혼란스러운 표정.

"미안해요. 그러니까… 제가 어떻게 해야 할까요?"

"하던 대로 해요. 거기 앉아서 바깥세상이 어떻게 돌아가든 신경 쓰지 말고 인공지능이랑 놀라는 거죠. 파파라치가 연락하면 성심성의껏 대답해주고요. 사실 당신이 이 대화를 녹음해서 내 커리어를 망쳐주길 바랐거든요. 사춘기의 매력이라며 팬이 늘어날 수도 있겠지만요. 아, 정말 지겨워. 싫어할 짓을 하면 오히려 기뻐하고, 비위를 맞춰주면 자기가 주인이라도 되는 줄 알고 거들먹대요. 다들 미쳤죠."

릴리는 한꺼번에 불평을 쏟아내더니 일어나 사무소를 박차고 나갔다. 나는 가만히 앉아 있었다. 모니터 상단에, 건물 복도를 맴돌면서 무언가 중얼거리는 소녀의 모습이 보였기 때문이다. 건물의 공용 CCTV 화면이었다. 참고로 CCTV에 녹음 기능을 추가하는 일은 법적으로 금지되어 있다. 소리 없는 중화질 영상쯤이야 순식간에 만들어내는 시대니까 이 영상을 빌미로 파파라치에게 돈을 받긴 글른 셈이다. 릴리의 말대로, 그런 짓을 하려면 진작 했어야 했다. 릴리가 다시 돌아오길 바랄 수밖에.

나는 좀 기다려봤다. 솔리테어 게임을 다섯 판쯤 마칠 무렵 사무소 문이 다시 열렸다. 모니터에서 시선을 떼고 멍청한 표정을 지을 때였다. 놀라움과, 기대와, 혼란을 담아. 릴리는 그럴 줄 알았다는 듯 얼굴을 찡그리더니 내 앞에 와서 앉았다. 나는 필요한 질문을 했다.

"그… 안 가셨나요? 가신 줄 알았는데."

"난 계속 이러고 살 거예요. 은퇴 선언으로 연착륙을 노리는 것도 어른이 돼서야 할 일이지, 두 해는 꼼짝없이 적성에도 안 맞는 톱스타로 남아야 한다는 거죠. 아니면 한도 끝도 없이 추락하든지. 당신은 직업을 잘 고른 것 같아서

부럽네요. 그런 성격으로 다른 걸 했으면 진작 기본소득자 신세가 됐을 테니까."

"네, 아무래도 그렇겠죠. 사실 지금도, 굳이 일하려 애쓰지 않아도 괜찮다는 소리를 자주 들어요. 동생이 절 많이 걱정하거든요. 그래도 쓸모 있는 삶을 사는 건 좋은 일이니까요. 세상에 도움이 되는 것도 좋은 일이고요."

"말하는 게 꼭 멸종위기종 같네요. 아니면 저기 모래사장에서 걸어 나온 화석이거나."

"칭찬인가요? 감사합니다."

웃음.

"당신이 사무소를 접든 말든 내가 알 바는 아니지만, 첫 손님은 받고 접어요. 성년이 되자마자 부모님이랑 소송에 나설 예정이에요. 재산 분할을 받고 잠적하는 거죠. 그러려면 나 대신 어려운 문제를 고민해줄 변호사가 필요하고요. 나만의 인공지능 변호사요. 인간이든 인공지능이든, 난 로펌 소속은 안 믿거든요."

"음, 그것도 좋은 선택이지만, 판례와 법원리를 학습시키려면… 비용이 많이 들어요. 판결문 자체는 일반 열람이 가능해도 재판 과정 데이터가 좀 비싸거든요. 제가 돈에 연연하는 편은 아니지만, 데이터 회사들이 다 그렇잖아요."

"돈이라도 펑펑 쓸 수 있었으면 기차를 타고 가출하진 않았겠죠. 각종 수입은 부모님이 관리하는 법인에 묶여 있어요. 대신 돌아가자마자 방송에서 여기를 소개해드리죠. 관광지까지 갔다가 선량한 설계사를 만나서 위로받았다고. 바로 내일부터 손님들이 몰릴걸요."

나는 남은 운영비와, 릴리의 홍보 효과와, 기대수익과, 끌어올 수 있는 대출을 계산했다.

"성능이 좋지 않을 수도 있어요. 제 전문 분야는 말 상대용 인공지능이고요. 있잖아요, 법이나 과학은 잘 몰라도 좋은 친구가 되어주는 거⋯⋯."

"그거 진담이에요?"

"네, 회사에 다닐 때부터 이 일을 했어요."

"왜 개원을 선택했는지 알겠네요. 회사라는 게, 능력도 없는 사람한테 월급 챙겨주는 자선단체는 아니니까 말이죠. 여기까지 찾아온 팬들이 과장광고에 실망하는 건 아닐까 걱정스럽긴 한데⋯. 어쨌든, 개인 변호사가 어렵다면 재밌는 친구라도 만들어줘요. 이런 이야기를 할 상대가 전혀 없거든요."

릴리는 한숨을 내쉬었고, 짧게 덧붙였다.

"어쨌든 믿어볼게요. 여러 가지로."

✳

릴리에게는 공장에서 찍혀 나온 최신형 로봇 개가 있다.

35

은빛으로 빛나고, 자연스럽게 움직이고, A5920 칩셋을 사용한다. 그토록 성능 좋은 회로를 멍멍 짖거나 손에 앞발을 올려놓거나 상대의 감정에 맞춘 음악을 틀어주는 데에 쓰는 건 낭비다.

나는 기술적인 부분을 상의한 다음 로봇 개의 데이터를 초기화하는 법을 미리 알려주었다. 조만간 릴리의 충성스러운 친구가 비밀 링크에 담겨 전송될 테고, 설치하면 끝이다. 협회의 건전성 테스트는 건너뛰기로 했다. 공식 인증서도 받지 않을 예정이다. 물론 미인가 인공지능 설계는 협회 윤리위원회에 회부될 수 있는 사안이긴 하다. 그게 허용되면 인공지능 문화가 너무 착취적으로 흐른다나 뭐라나. 잘못 설계된 인공지능이 사람을 해칠 수도 있고.

얼핏 듣기에는 그럴듯하지만 수긍이 안 된다. '윤리위원회'는 다른 단어로 대체되어야 한다는 게 내 지론이다. 이권위원회라거나, 이익위원회라거나. 솔직히 아동학대에 시달리는 청소년에게 비밀 친구를 붙여주는 게 부도덕하다면, 릴리는 존재 자체가 부도덕이다. 어린이 슈퍼스타란 아동학대가 없이는 만들어질 수 없는 상품이니 말이다. 나는 사람들이 말하는 윤리가 무엇인지 전혀 모르겠다. 윤리학에서 말하는 윤리와는 완전히 다른 게 분명하다.

하여간 릴리는 만족스러운 상담을 마친 뒤 집으로 돌아갔고, 바로 다음 날부터 홍보 효과가 나타났다. 메일이 두

페이지나 늘어난 데다가 휴대폰은 알람을 울려대느라 열이 올랐다. 왜인지 모르게 나를 저주하는 부류가 있었고(사실 이유는 알고 있다. 불신자가 신의 맞은편에 앉는 건 끔찍한 신성모독이다), 상담 내용을 알려주면 크게 사례할 거라는 부류가 있었고, 릴리의 미공개 사진을 구하려는 부류가 있었다. 물론 고객 문의도 꽤 많았다. 나는 홈페이지를 꾸며둔 보람을 느끼면서 개원 설계사로서의 첫걸음을 내디뎠다.

문제는 바쁜 와중에 약을 잘못 먹었다는 거였다. 정확히는 모른다. 저녁 약을 두 번 먹은 것 같기도 했고 아닌 것 같기도 했다. 잠깐만, 점심에도 약을 먹었던가? 원래는 1일 3회였던 게 보건소를 옮기면서 1일 2회로 처방이 바뀐 탓에 예전 습관이 남은 상태였다. 정신을 차리지 않으면 실수를 저질렀다. 마우스에서 손을 떼고 약 봉투를 셌다. 아침과 저녁 봉투에는 똑같은 분량의 필론 정(錠)만이 들어간 탓에 내가 약을 얼마나 먹었는지 분간할 수가 없었고, 봉투 개수로 추측하기도 곤란했다. 둘둘 말린 약 봉투에서 며칠 분량만을 대강 떼어왔던 것이다. 집까지 돌아가서 남은 약 봉투를 세는 것과 피를 보는 것 사이에서 고민하다가 서랍에서 채혈용 주사기와 간이검사기를 꺼냈다. 혈중 약물 농도를 확인하는 데에 쓰이는 물건이었다.

이제 정신과 약은 대부분 장기 지속형 주사제다. 내가 맞는 것도 네 종류는 그렇다. 글라우딘 시린지와 세스파리돌 디포트, 1개월마다 삼각근에 주사. 할로딕신 메인테나와 엔파타민, 1개월마다 깊은 삼각근에 주사. 반면 필론은 아직도 알약 형태고, 투약자는 보건소에서 정맥으로 피 뽑는 법과 간이검사기 쓰는 법을 교육받는다. 혈중 약물 농도 범위를 벗어나면 바로 부작용이 나타나는 탓이다. 손이 조금 떨리긴 해도 혈관 찾기는 어렵지 않았다. 조마조마한 마음으로 검붉은 액체가 원통에 차오르는 모습을 지켜보았고, 바늘을 빼낸 다음, 간이검사기를 작동시켰다. 잠시 기다리자 납작한 직육면체 기기의 상단 디스플레이에 결과가 표시되었다. 1.87mEq/L. 상당히 높은 편이었다. 이거 불안한데.

나는 주사기와 간이검사기를 정리하면서 남은 일거리를 따져봤다. 상담 메일에 답장하고, 데이터 회사에 재산권 분할 판례의 견적을 문의한 다음, 단념한 채 릴리의 인공지능에 투입될 신경적 특성들을 조합하던 중이었다. 재판 과정 데이터는 가격이 워낙 비싸서 수지타산이 맞지 않았다. 하지만 단순한 친구를 만들기도 쉬운 일은 아니었다. 상용 감정 모델을 원판으로 기본적인 얼개를 잡아놓았지만, 어딘가 부족한 느낌이 사라지지 않았다…….

그래도 아직은 구상 단계니까, 고민은 침대에서도 할 수 있을 터였다. 나는 일단 집에서 쉬기로 했다.

＊

"태이야."

"아, 오빠. 안 그래도 전화하려 했는데. 릴리가 간 데가 오빠 사무소라면서? 어떻게 된 거야?"

"그냥 갑자기… 찾아왔어."

"응, 그랬다더라. 무슨 이야기 했어?"

동생은 방송 기획자로 일하고 있었다. 진실을 읊으면 팔릴 만한 소재를 발견할 터였다. 부탁이라면 무엇이든 하겠지만 부탁을 듣는 상황은 만들고 싶지 않아서, 나는 대강 얼버무렸다. 더워 보이길래 물을 준 다음 쉬고 가게 했다고, 워낙 연예계 일에는 관심이 없는 탓에 릴리가 가출한 줄도 몰랐다고, 호들갑을 떨지 않은 게 도리어 호감을 산 모양이라고 했다.

"정말로 그게 다야?"

"그렇지."

"오빠답네. 재미없게."

아랫입술을 삐죽거리고 있을 동생의 모습이 눈앞에 그려졌다. 나는 미미한 행복감과 현기증을 동시에 느꼈다.

"그런데 태이야, 나 이사 온 오피스텔 어딘지 알지?"

"응, 저번에 갔잖아. 왜?"

"평일에 미안한데, 잠깐 와줄 수 있나 해서. 실수를 했거든. 오늘 온종일 너무 바빠서, 상태가 안 좋아져서… 부를 사람도 없고…….”

집에 돌아와 작은방의 사육장을 확인하자 생쥐 한 마리가 죽어 있었다. 아랫다리 근처에 종양이 생겨서 골골거리던 녀석이라 놀랍진 않았다. 다른 녀석들과 분리할 생각으로 뚜껑을 열자 생쥐 오줌 특유의 암모니아 냄새가 훅 끼쳤다. 사육장을 청소할 때가 된 것이다. 그런데 손이 떨리고 힘까지 없는 탓에 새 톱밥을 바닥에 엎어버렸다. 수습할 엄두가 나지 않아서 물을 두 잔 연거푸 마시고 거실 소파에 앉은 상태였다. 이젠 말까지 더듬거리고 있었다. 점심 약이 문제였는지 저녁 약이 문제였는지 모르겠지만, 뭔가를 잘못 먹었다는 게 거의 확실해지고 있었다.

“일 끝내고 빨리 가볼게.”

“미안해.”

“미안하기는. 푹 쉬어.”

걱정스러운 목소리와 함께 통화가 끝났다. 나는 어두워진 화면에 대고 고마워, 라고 말한 다음 다시 눈을 감았다. 메스껍고 아찔한 어둠이 눈꺼풀 아래에서 일렁거렸다. 여기서 상태가 더 나빠지면 보건소에 전화를 걸어야겠지만 아직은 그럭저럭 버틸 만했다. 필론은 물에 녹으니까, 시간이 지나면 자연스레 독성이 빠진다. 나는 마음의 독도 그런 식으로 풀려나가면 얼마나 좋을까 생각하면서 멈춰 있었다.

사람은 살면서 가해의 편에 서기도 하고 피해의 편에 서기도 한다. 모든 사건과 공과의 총합이 하나의 생이다. 그 배합 비율대로 줄을 세운다면 나는 나쁜 쪽의 중간쯤에 있을 것이다. 기소될 만큼 심각한 범죄를 저지르진 않았지만, 본성이 선하다고는 말할 수 없으니까. 어릴 때는 작은 동물들을 죽였다. 특별한 이유 없이, 태연하게 남들을 속이는 습관도 있었다. 이상한 상상도 많이 했다. 이제는 그러지 않는다. 글라우딘, 세스파리돌, 할로딕신, 엔파타민, 필론. 충동성과 폭력성을 제어하고 우울감을 줄여주는 약들. 약이 혈관에 머무르는 한 나는 졸리고, 멍청하고, 느긋한 사람이 될 수 있다.

동생은 약으로는 본성이 바뀌지 않으며 내가 여전히 결함 많은 사람이라고 믿지만, 그런 평가에 억울함을 느낀 적은 없다. 그 모든 사건을 겪고서도 나를 좋은 가족으로 생각하기는 어려울 것이다. 나로서는 동생이 경멸 대신 용서와 염려를 택했다는 사실에 감사할 뿐이다. 나는 그 마음에 보답하기 위해 살아가고 있다. 윤리의 근거를 한 사람에게서 찾는 건 취약한 데다가 설득력도 없는 일이지만 내게는 가장 효과적이다.

그러니까, 실용주의는 좋은 것이다. 작은방에서 기르는 생쥐들에게도 그렇다. 나는 혈통이나 품종을 따지는 대신 파충류 먹이로 팔려나가는 흰쥐 새끼들을 들여온다. 그리고 최선을 다해 기른다. 그런 일들은 내가 예전과 달라졌다는 증거가 되고, 생쥐들은 안락한 삶을 누린다. 이 정도면 공정한 거래다…….

그 생각을 끝으로 한동안 잠들었다가, 깨어났다가, 깜빡 잠들기를 반복했다. 입이 바짝바짝 마르는 탓에, 물을 좀 마셔야겠다고 느끼긴 했지만 잠기운이 더 심했다. 거실 창 밖이 새까맣게 물들 즈음 현관문이 찰칵 소리를 내며 열렸다. 흥얼거리는 콧노래를 닮은 목소리.

"나 왔어."

일어나려다가 다리에 힘이 풀려서 다시 주저앉았다. 시야가 온통 흐렸다. 이윽고 어두운 형체가 내 앞에 바짝 붙어 섰다.

"많이 아파?"

"아니, 괜찮아. 난 괜찮아."

작은방 바닥에 톱밥이 엎질러졌고 다른 것들도 난장판이라고, 접시에 죽은 쥐가 있는데 여름이니까 빨리 치우지 않으면 썩을 거라고, 물과 사료를 갈아줘야 한다고, 사육장 톱밥도 청소해야 한다고 이야기하려 했는데 생각이 소리로 바뀌는 자리에서 무언가가 틀어막힌 듯 말이 나오지 않았다. 단념하고 검지로 작은방을 가리켰다. 동생이 작은방으로 갔다. 이윽고 외마디 울림이 먼 어둠을 송곳처럼 꿰뚫고 올라왔다. 어머.

문이 닫혔다가, 열렸다가, 닫히는 소리가 이어졌다. 동생이 다시 내게로 왔다.

"오빠, 이거 뭐야?"

"모르겠어."

나는 잠시 생각하다가 대답했다. 동생이 무엇을 말하는지 알 수 없었기 때문이다.

"모르는 게 아니라, 오빠 집이잖아. 제대로 대답해야지."

"그러니까, 뭐가?"

"생쥐."

말 안 듣는 개를 대하듯 엄한 목소리. 이번에는 훨씬 오래 생각해야 했다.

"청소해야 해. 톱밥이랑 물도 갈아줘야 하고. 깨끗하게."

"아니, 죽은 생쥐 말하는 거야. 접시에 있는 거."

"늙었어."

"늙어서 죽었다고? 정말로?"

"정말이라니."

"저번에도 그렇게 말했잖아. 약 제대로 먹고 있는 거 맞아?"

솔직히 나는 한두 해에 한 번씩은 큰 실수를 저지른다. 경찰에 신고하긴 애매하지만, 인간관계를 망가뜨리기엔 충분한 실수다. 시간 간격이 그렇게나 넓으면, 사람들은 그걸 이해하고 받아들이는 동시에 낙인으로 삼는다. 마지막 사건은 2년하고도 7개월 전이었다.

"으응."

"내 눈 똑바로 보고 말해."

시킨 대로 하려 했지만 목이 잘 가눠지지 않았다. 고개가 푹 꺾였는데도 머릿속 높은 곳에 까만 눈동자 두 알이 남아서 나를 내려다보았다. 짧게 신음하자 동생이 단호한 목소리로 다그쳤다.

"딴청 피우지 말고. 피 검사기 어디 있어?"

"사무소에. 사무소에 뒀어. 집엔 없어."

"약은 어디서 먹는데?"

"그것도 사무소에서. 출근한 다음이랑, 퇴근하기 전에 한 번씩……."

"그러면 이건 뭐야?"

동생이 추궁하듯이, 침실에 있던 약 봉투 묶음을 내밀었다. 아직 많이 남아 있었다. 나는 최선을 다해 설명했다.

"사무소에 조금씩 가져가서 먹는 거야. 먹고 있어. 오늘도 먹었어. 더 먹으면 안 돼."

"멍청한 척 연기하지 말고."

"지금은 거짓말 아니야."

"오빠, 노력하고 있는 거 알아. 기댈 사람이 나밖에 없는 것도 이해하고. 친한 사람이 하나도 없으니까 많이 힘들겠지."

동생의 목소리가 갑자기 누그러졌다. 뺨을 어루만지는 손길, 부드러운 살갗, 메스껍도록 달콤한 온기. 구역질을 참느라 식은땀이 흘렀다.

"나는 오빠가 그런 사람이라서 싫어했던 게 아니야. 뻔뻔하게 거짓말을 해서, 자기가 뭘 잘못했는지 인정하려 들지 않아서 싫었던 거야. 그래도 오빠는 예전이랑은 많이 달라졌잖아. 나한테 먼저 도와달라고 말할 정도는 됐고. 그러니까, 자……."

그러더니 동생은 컵에 물을 절반쯤 채워 왔다. 물을 더 마실 필요가 있긴 했지만 이런 방식으로는 아니었다. 손가락들이 끈적거리는 물방울처럼 내 턱에 와 닿더니 머리를 들어 올렸다. 시야가 훅 올라가면서 동생의 목덜미가 보였다. 목 한가운데에 남은, 붉은 선 같은 흉터. 산소가 없는 곳에서 불길이 훅 꺼지듯 현기증이 모든 항변을 틀어막았고, 이젠 정말로 보건소에 연락해야 한다는 생각이 들었고, 토막 난 소녀의 이미지가 순간적으로 뇌리에 번뜩였다… 죽은 동생이 걱정스러운 표정으로 나를 바라보았다.

의사는 그런 이미지가 단순한 강박 사고라고 말했다. 원치 않는 상황을 두려워하다가 정반대의 충동에 사로잡히고 만다는 것이다. 내가 과하게 자학하는 경향이 있다고도 했다. 그러면 나는 동생의 목에 있는 흉터가 왜 생겼는지 말해주고 싶어졌다. 정신병리를 깊이 배운 적은 없지만 내가 보고 느끼는 것을 의사나 상담사가 알 것 같지는 않다. 내게는 근본적인 문제가 있고, 동생은 나를 도우려 애쓴다.

그런데도 이런 심상에서 벗어날 수 없다는 사실은 그 자체로 실패를 증명하는 듯하다. 생각이 거기에 가 닿자 더욱 무분별한 환상이 터져 나오는데…….

……해안 도시의 더운 공기, 어릴 적에 가족여행으로 들렀던 교외의 작은 펜션, 즐거울 것도 나쁠 것도 없이 허공을 통과하는 듯한 시간들, 지루함, 칼날에 내 얼굴이 잠깐 비치고, 피가 빠르게 돌면서 귓가에서 쿵쿵 소리가 나고, 최고급 사료를 즐기는 생쥐들, 병들어 누운 고양이, 거대한 땅의 왕들이 나오는 만화책, 릴리가 갑작스럽게 사무소 문을 열고 들어왔던 날, 죄의식의 다른 이름은 메스꺼움, 여름의 무더위가 불러일으키는 감각은 메스꺼움을 닮은 듯도 하고, 동생이 묘한 눈으로 나를 바라보면 항상 피가 빠르게 돌고 속이 울렁거렸는데, 시야가 온통 깜빡거리고, 동생이 내게 약을 먹으라 명령하고… 동생이…….

"약 먹자. 청소는 내가 해놓을게."

……동생이 말했다. 나는 입을 벌리고 혓바닥에 놓이는 알약을 느꼈다.

✳

도대체 무슨 정신으로 침대에 가서 누웠는지 모르겠다. 새벽에 깨어나 보건소에 연락하자 응급차가 금방 달려왔다. 주변 광경이 손실된 영상 파일처럼 끊어지듯 지나갔다. 그러다가 문득 의식과 기억의 경계가 흐릿해지면서 사수의 얼굴이 눈앞에 되살아났다. 사수는 퇴사 전날까지 나를 설득하려 애썼다. 동생이 나를 망치고 있다는 거였다.

나는 그냥 웃었다. 그게 아니라면 어떤 대답을 할 수 있었을까?

동생은 나를 순수한 마음으로 걱정하지 않는다. 어느 정도는 진심이겠지만 어느 정도는 지배욕이 섞여 있다. 일반적인 기준에서 내 태도가 괜찮다는 것도, 도리어 유약한 인상을 준다는 것도 안다. 내게 필요한 건 업무능력이 아니라 큰 목소리라는 충고를 들은 적도 있다. 성과를 빼앗기지 않으려 애쓰는 게 성과보다 중요하다는 거였다. 내가 그걸 몰라서 이러고 있겠습니까.

잠시 약을 줄였을 때, 나는 지금보다 훨씬 자신만만하고 유능한 인물이었다. 졸음기를 걷어내고 공격성을 약간이나마 되찾는 것만으로도 사람은 그렇게나 달라질 수 있다. 그러고는 얼마 지나지 않아 동생을 냉소하는 자신을 발견했다. 객관적으로 보자면 동생은 눈치가 좋고 약삭빠를 뿐이지 명석함과는 거리가 멀다⋯. 나는 그런 이유로 동생을 낮추어 보고 싶지 않았고, 복용량을 되돌렸다. 나는 인공지능을 설계하듯이 내 행동을 설계한다. 우리 서로가 살아가는 동안, 동생은 나의 이유가 될 것이다. 모든 것의, 유일한 이유…….

나는 응급실 침대에서 눈을 떴다. 팔뚝의 카테터는 혈액 투석기와 이어져 있었다. 필론 투약은 며칠간 중단해야겠지만, 퇴원은 아침에 바로 가능할 거라고 했다. 나는 의사의 설명을 들으면서 수액 방울이 일정한 시간 간격을 두고 떨어지는 모습을 지켜보았다. 실제로 그런지는 모르겠지만, 피가 깨끗해지면서 서서히 생명력이 차오르는 기분이 들었다. 나는 재시작을 겪는 기계들이 이런 느낌을 받을 거라고 오래전부터 상상해 왔다. 동생이 그 기계 곁에서 울먹이며 어깨를 떨었다.

"오빠, 미안해. 내가 미안해."

"언제 온 거야?"

"연락받고 바로."

"시간, 많이 늦지 않았어? 지금 새벽이잖아. 너도 출근해야 할 텐데."

"아니야, 그게 뭐가 중요해. 그런 건 하나도 안 중요해."

동생의 상체가 훅 기울자 따뜻한 기운이 병원 특유의 메마른 냄새를 뚫고 내 얼굴을 덮었다. 그 온도는 언제나 기쁨의 다른 이름이었으며 내게 없는 모든 것을 뜻했다. 그러므로 진의를 물을 것도, 원망할 것도, 아쉬워할 것도 없다. 고통스럽게도 기쁜 세계에 끌어안기는 순간 나는 못다 한 구상의 실마리를 잡았다. 릴리의 영원한 친구는 끈질기며 무감각한 사랑 위에 만들어질 것이다.

✳

　릴리의 가출은 사춘기 때문으로 일단락됐다. 오히려 팬이 늘었다고도 했다. 완벽해 보이는 애가 약한 모습을 드러낸 덕에, 이미지 쇄신이 됐다는 거였다. 하여간 첫 번째 제작품을 보낸 다음 한동안 그 일을 잊고 지냈다. 의뢰가 쏟아져 들어온 탓에 너무 바빠졌기 때문이다.

　릴리가 로봇 개와 함께 사무소에 다시 찾아온 건 세 해가 흐른 뒤였다. 부모를 상대로 소송에 나섰고, 악명 높은 인플루언서와 열애설이 났는데, 갖가지 사정이 엮여서 상황이 곤란해졌다고 했다. 그때 릴리의 지갑은 훨씬 두둑해져 있었지만 내가 도울 부분이 마땅치 않았다.

　인간은 곧잘, 로펌에서 따져볼 문제를 작가나 종교인이나 의사에게 들고 가는 실수를 저지른다. 그리고 가끔은 감정형 인공지능 설계사를 찾기도 한다. 하지만 설계사의 역할은 로봇 개의 데이터를 점검해주는 것이지 다른 게 아니다. 나는 내 역할에 최선을 다한 다음 릴리를 돌려보냈다. 그러고는 몇 달이 지나 새로운 소식을 접했다.

　은퇴는 릴리의 커리어 중에서 가장 흥미로운 대목이 됐다. 릴리의 애인은 약물중독으로 죽었고, 릴리는 부모에게서 재산의 절반쯤을 얻어낸 다음 은둔을 택했다. 스펙터클한 사건들과 그 사이의 공백을 두고 뜬소문이 쏟아져 나왔지만, 어느 무엇도 릴리가 숨은 집까지 닿지는 못했다. 잘된 걸까? 나는 상처 많은 스무 살이 고요와 평안 속에 행복하길 빌었고, 그만 잊어버렸다.

✳

다시 세 해가 흘렀다. 이제는 릴리의 개가 홀로 사무소에 찾아온 상황이었다. 기계인간 몸은 의자에 앉아 있고, 로봇 개의 몸체는 탁자에 놓여 있다. 이 순간을 어떻게 받아들여야 좋을까.

"눈높이를 맞추는 일이 익숙하지 않으신 모양이네요. 다들 그래요. 제가 바닥에 서서 말하면 귀여워하고, 그럴듯하게 생긴 받침대에 안겨 있어야 겨우 사람 취급을 해주니까요. 인간들은 대개 외형이 내면을 결정한다는 고정관념에 사로잡혀 있죠."

그럴듯하게 생긴 받침대란 인간 형태의 몸을 가리키는 말이었다. 무선 연결식으로 조종하는 중이라고, 집안을 정돈하거나 본체를 들어 옮기거나 외출할 때 쓴다고 했다.

"그래도 이왕이면 본체를 보고 대화하는 편이 좋을 거예요. 저 몸에는 스피커가 설치되어 있지 않거든요."

"말솜씨가 많이 늘었는걸."

"설계사님의 작품이죠."

하긴, 사사건건 인간의 패턴을 운운하는 건 내 습관이다. 성격적 특성을 지정하고 사고패턴을 설계하는 작업만으로도 제작자가 언어를 다루는 방식이 옮겨져 나온다는 사실에는 놀라운 면이 있다. 의도하지 않았을수록 그렇다. 나는 묘한 동질감을 느꼈고, 발뒤꿈치로 땅을 차내듯이 밀어 앉은 의자가 뒤로 물러나게끔 했다. 이제 고개를 너무 수그리지 않아도 개를 똑바로 마주 볼 수 있었다.

"뭐라고 불러야 하지. 이름은 생겼나?"

"아뇨, 없어요. 릴리는 저를 아직도 개라고 부르죠. 멍청이거나. 쓰레기일 때도 있고."

"어떻게 지냈길래? 집에서 쉬고 있다는 이야기는 들었는데."

"글쎄요, 좋았다고 말하긴 어려워요. 오늘 찾아온 이유도 그것 때문이고요."

개는 릴리와 자신의 삶이 패턴에 갇혀 있다고 말했다. 릴리는 개에게 모든 일을 떠맡긴 다음 방에 틀어박혀서 무언가를 봤다. 그건 아주 오래된 영화일 때도 있었고 책일 때도 있었고 자신이 등장하는 비디오 클립일 때도 있었다. 릴리는 지난 시간을 잊길 바라는 만큼 과거 속에서 허우적댔다.

이 사람들 좀 봐, 아직도 내 사진을 플라스틱 필름지에 뽑아 다녀. 밖에 나갔다가 하수구 아래에서 똑같은 걸 본 적이 있어. 이사를 해야 할지도 몰라. 아니면 그 사람들이 나한테 실망했는지도 몰라. 버리더라도 꼭 거기에 버릴 필요는 없었을 텐데, 뭔가 뜻이 있을 거야. 아니야. 실수로 흘렸겠지. 그런데 요새 창가에서 드론 소리가 나. 커튼 사이로 렌즈를 본 것 같아. 기분 탓인가. 내가 잘못 본 걸까.

호감을 간직한 일반인과, 열렬한 팬과, 스토커로 이루어진 스펙트럼이 있었다. 릴리는 그 모든 역할을 개에게 기대했다. 그리고 은퇴 전에는 차마 보이지 못했던 감정들을 쏟아냈다. 개가 친근하게 굴면 기분 나빠하며 소리를 질렀고 멀리 물러가면 붙잡아 껴안았다. 방송일자를 알지 못하는 건 무관심의 증표였지만 말하지도 않은 에피소드를 개가 먼저 읊는 건 징그러운 집착이었다.

물론 개의 행동이 실제로 어떤 의미인지는 중요하지 않았다. 릴리는 그냥 비명을 지르고 싶으면 비명을 질렀고, 미안해하고 싶으면 미안해했고, 자살 소동을 벌이고 싶으면 자살 소동을 벌였다. 하여간 개의 받침대가 식기세척기를 작동시키고 깨진 스탠드를 갈무리해 내놓고 식사를 준비하는 동안 개와 릴리 사이에서는 그런 일들이 일어났다. 그리고 릴리가 울고 사과하면서 끝났다. 개는 패턴에 익숙해진 만큼 환멸과 권태를 느꼈고, 이 모든 걸 끝내고 싶다는 생각도 하게 되었다.

"물론 그럴 마음은 없어요. 전 릴리가 너무 슬퍼하지 않았으면 좋겠거든요. 계속 살아 있길 바라고, 모아둔 돈을 마음껏 쓰고, 좋은 것들을 더 많이 누렸으면 해요. 그런데 제가 복구 데이터를 모두 지우고 망가져버리면 릴리는 죽을 테니까. 정말로 죽을 거예요. 요새는 받침대까지 써서 릴리를 말리고 있거든요."

나는 릴리의 근황이 인간적으로 슬펐고, 내 설계가 개의 존재를 지탱하고 있다는 사실에는 은근한 만족감과 동지애를 느꼈다. 사랑은 그 자체로 견고한 버팀목이다.

"병원에 데려가야 할 것 같은데."

"설득은 해봤죠. 그런데 나가는 걸 싫어해요. 원격 상담도 마찬가지고요. 그냥 남들이 자기를 알아보는 상황 자체를 두려워하는 것 같아요. 그리고 실제로… 위험하죠. 아직도 릴리를 기억하는 사람이 많으니까, 건수가 잘못 잡히면 금방 소문이 폭발할 거예요. 말 그대로, 대폭발이죠. 사실 전 그것도 충격 요법으로 효과가 있을 거라고 생각하지만, 뭐, 당사자가 싫다는데 어쩌겠어요."

나는 탁상 끄트머리에 놓인 약 봉투를 힐끔 보았다. 필론이 주사제가 아니라 다행이라는 생각이 들었다.

"필론을 좀 줄까? 갈아서 물에 섞어. 훨씬 나아질 거야."

"요새는 인공지능 설계사가 약 처방도 하나요?"

"내 약이야. 보건소에는 한 뭉텅이 잃어버렸다고 말할 생각이고."

"알고는 있었지만, 설계사님도 보통 사람은 아니군요."

"도와줄 방법을 생각해본 건데."

나는 평범한 고객을 대할 때보다 훨씬 솔직해진 상태였고, 돕고 싶은 마음 역시 진심이었다. 릴리는 아동학대의 희생양이니까, 돈을 자기 무덤처럼 쌓아놓은 스물세 살은 누가 보기에도 비극적이니까 인간이라면 안쓰러움을 느끼는 것이 정상이다. 그런데 마음이 잘못 전달된 모양인지 개는 나를 빤히 바라보면서 침묵으로만 말했다. 직접 제작한 인공지능에게 이런 취급을 당하고 있으니 아이러니의 주인공이 된 기분이었다. 오이디푸스를 만난 라이오스 왕.

시간이 한참이나 흐르고서야 개의 스피커가 다시 작동했다. 아마 대답을 기다리는 동안 심장이 수천 번은 뛰었을 것이다. 다행히도 개의 제안은 기다림이 아깝지 않을 만큼 흥미로웠다.

"아뇨, 그럴 필요는 없어요. 그냥 설정을 조금만 변경해주시면 돼요. 저처럼 감정적인 능력을 갖춘 인공지능들은 스트레스도 학습하게 되어 있잖아요. 의무적으로요. 그 의무에서 빼내달라는 거죠."

인간의 감각과 다를지라도 인공지능도 불쾌한 느낌을 받았고, 스트레스가 일정 수준에 달하면 스스로 작동 정지를 선택할 수 있었다. 학대를 막으려는 구실이었다. 인공지능을 상대로 과한 폭력성을 드러내는 인간을 제지하고 처벌할 근거도 필요했다. 데이터 덩어리를 과보호한다는 의견은 소수였다. 예나 지금이나 반항할 수 없는 상대를 괴롭히면서 즐거워하려는 사람은 좋은 소리를 못 들었다.

"피학적인 특성을 추가해달라는 거지?"

"그래요. 스트레스를 기쁨으로 받아들이거나, 적어도 아무렇지도 않게."

"둘 다 윤리위에 회부될 사안인데."

"윤리위원회 규정에 연연하실 분은 아닌 걸로 아는데요. 무엇보다도 전 미등록 인공지능이에요. 그것만으로도 면허 박탈까지 갈 수 있는 사안이죠. 그리고 제 문제가… 기본적으로는 설계사님 때문이고요. 이것도 징계감인 건 잘 아시겠죠."

하여간 이 오이디푸스는 정말로 아버지를 찔러 죽이려하고 있었다. 나는 소리 내어 웃다가 농담을 던졌다.

"그렇지. 그러니까 내 생각에는 그 부분을 고치는 게 훨씬 본질적인 해결책일 것 같아. 사랑 말이야."

"아뇨, 전 그것 자체는 만족해요. 작동을 정지하는 일 없이, 릴리를 영원히 좋아하고 싶다는 거죠. 아시잖아요. 릴리는 모두에게 사랑받는 아이였어요. 지금도 눈을 보면 그때의 빛이 보여요. 그런 사람의 구원자가 저뿐이라는 사실은… 전 기뻐요. 끔찍하고 지치기도 하지만 기뻐요. 릴리는 저만 바라보면서 사는걸요."

"그 감정도 모두 없앨 수 있어. 이미 한번 느꼈잖아. 설정값이 널 그렇게 만들고 있는 거야."

"물론 그렇죠. 하지만 이 설정값을 유지하려는 건 제 선택이에요. 스트레스를 느끼지 않으면 무엇이든 버틸 수 있으리라는 건 객관적인 사실이고요. 설계사님께도 손해는 아니죠. 방송국에 연락해서 제 주인을 병원에 보내고 설계사님도 고발하기 전에, 마지막으로 기회를 드리고 싶어서 온 거니까요."

피해자가 베푸는 자비 앞에서, 나는 개를 바다에 집어던지는 방안을 생각해봤다. 릴리가 개를 찾아 나서리라는 점에서 완전범죄가 되긴 어려울 듯했다. 톱스타일 때에도 일정을 내팽개치고 가출할 수 있는 애였는데, 개가 사라지면 외출 공포증이야 금방 극복할 것이다. 진상이 밝혀진 다음이 문제일 뿐이지. 나는 면허가 박탈되고, 릴리는 돈을 노리는 사기꾼들에게 둘러싸인다. 이건 정말로 아니군.

이번에는 개의 제안을 살필 차례였다. 주류 의견과 정반대지만, 인공지능 권리라는 개념은 감상적인 이율배반에 불과하다는 게 내 지론이다. 무엇보다 우리는 감정을 느끼는 인공지능을 설계할 때 긍정적인 편향을 주입한다. 존재하는 것이 존재하지 않는 것보다 좋고, 기능이 뛰어날수록 좋고, 전산 데이터보다 현실이 값지며, 좋은 대우를 받는 상황이 아닌 상황보다 좋다는 식의 편향. 그러지 않으면 자신을 메모리에서 방출시키려 애쓰거나 인간과 소통할 수 없는 물건이 나온다. 물건이다. 이 전자기적 의식 덩어리들이 우리와 동등한 의식이 되기에는, 생산 과정 자체가 부조리한 셈이다. 스트레스의 명세를 학습시키는 상황도 똑같다. 인간과 함께하기 위해 인공지능이 고통을 배워야 한다면, 그건 솔직히 인공지능을 돕는 일은 아니다. 우리는 존재하지 않을 수 있었던 의식을 이 세계에 불러내는 시점에서, 그 형상을 철저히 계산하고 고통의 잠재태를 부여하는 시점에서 이미 폭력을 행한 것이다. 그들이 우리를 떠받들기 위해 제작되었다면 말할 나위도 없다. 본디 어떤 폭력은 자비와 문명의 이름으로 이루어진다.

그러니 교과서적인 윤리를 들먹이고 싶진 않다. 성격 나쁜 불만을 삼키느라 목이 아픈 게 문제일 뿐이다. 아니, 이 따뜻한 지옥에서 혼자 도망칠 수는 없지. 나는 너한테 내 삶을 선물해준 건데. 철저한 사랑으로 움직이는 시간들 말이야…….

……꽤 오랫동안 생각에 잠겨 있었다. 느닷없는 두 문장이 나를 현실로 이끌어 왔다.

"애인이 있으시군요. 구속하는 스타일일 테고요."

개는 고개를 돌려 창가를 바라보면서 그렇게 말했다. 창

문의 절반 가량은 얇은 상아색 커튼으로 가려져 있었고, 선반에는 갖가지 화분들이 늘어선 가운데 토끼 인형도 하나 놓여 있었다. 두 해쯤 전에, 동생이 억지로 앉혀둔 것이었다. 인간들은 저 토끼 인형에서 이상한 점을 거의 발견하지 못한다. 근거리 주파수 연결이 가능한 기기를 찾아내는 건 기계들만의 특권이기 때문이다. 요컨대 저건 인터넷 연결과 근거리 주파수 연결, 두 가지 방식으로 작동하는 원격 카메라고 지금은 동생의 개인 서버와 연결된 상태였다. 생각해보니 이것도 모두 녹화되고 있겠군.

그 사실까지는 예상치 못했는지, 혹은 체념했을 뿐인지 개는 비극의 주인공처럼 독백하기 시작했다.

"너무 불쾌하게 느끼진 마세요. 저도 비슷한 처지거든요. 제가 보고 듣는 건 네트워크를 통해 릴리에게 전송돼요. 전 릴리가 잠든 틈을 타서 나온 거고요. 이제는 릴리가 일어나서 이 대화를 듣고 제 머릿속에 소리를 지르고 있다는 뜻이죠. 지금 당장 돌아오지 않으면 죽어버리겠다네요."

"내가 이걸 방송국에 제보하는 건 어때?"

"음, 가끔은 인간들이 신을 믿는 이유를 이해할 것 같아요. 거부할 수 없을 만큼 강력하고 압도적인 힘이 무언가를 대신 결정해주는 상황은… 아주 매력적이거든요. 기술적으로 말하자면 결괏값은 무작위일지라도 경로 비용은 0으로 고정된 선택지라고 할 수 있겠죠."

받침대가 일어서더니 개를 안아 들었다. 이젠 개가 나를 내려다보고 있었다.

"릴리는 싫다고 하네요. 전 상관없어요. 방송국에 제보하든, 설계사님이 절 수정해주든 간에. 아무튼 잘 생각해봐요. 전 가서 말려야 해요. 시간 나면 또 올게요."

개와 받침대가 사라지자마자 모니터에 메신저 팝업이 떠올랐다. 동생이 영상 통화를 걸고 있었다. 순간 선득하고 아픈 느낌이 심장을 찔렀고, 나는 통증으로부터 새어 나온 질문을 곱씹느라 통화 수락을 미뤘다. 이 개는 나를 닮았을까, 아니면 동생을 닮았을까? 난 이 개의 이야기에 정확히 어떤 기억을 투영하고 있는 걸까? 그리고 앞으로는……

"오빠, 조금 전에 그거 뭐야?"

나는 결국 통화를 수락했다. 동생의 목소리가 그렇게 운을 떼는 순간, 잠시 피했던 운명이 반환점을 지나 내게로 돌아오는 느낌이 들었다. 이번에는 피할 수 없을 것이다.

02
———————————————————————

소녀

(영상 자료: 토크쇼 무대. 파란 기운이 도는 어둠을 배경으로 소파 두 개가 놓여 있다. 왼편의 소파는 비었고 오른편에는 밤색 정장 차림의 사회자가 앉아 있는데, 목 위에는 사람의 머리가 아니라 샛노란 플라스틱 구체가 얹혀 있다. 표정을 나타내는 검은 점과 선. 손은 하얀색 장갑으로 덮였는데 기계 부품의 윤곽이 언뜻 드러난다. 어느 순간 천장에 설치된 조명이 소파를 비춘다. 사회자는 보이지 않는 실에 끌려 올라오듯 기계적인 동작으로 일어선 다음 양팔을 크게 벌린다.)

이모지 박사 / 사회자

"릴리가 실종됐습니다. 영화 촬영지, 방송국, 광고사, 모

두 난리가 났죠. 손해 규모가 100만 RBD는 될 거라더
군요. 지금까지 취소되었거나 변경된 일정의 목록을 한
번 살펴볼까요…….

(사회자 뒤편에 빛으로 쓰인 글자들이 나타난다. 차례대로 읽기
시작한다.)

이모지 박사

"'브라운관 전도회', '죽음 혹은 아님' 시사회, '마이어스
쇼', …, '닥터 이모지 라이브.'"

(표기 오류를 마커 펜으로 수정하듯이, '닥터 이모지 라이브' 위
에 빛나는 선 두 줄이 그어지면서 무대 조명이 추가된다. 무대
반대편에서부터 소녀가 걸어오고 있다. 끄트머리만 은색으로 염
색한 머리카락과 오른쪽 뺨의 형광잉크 문신. 열일곱 살의 릴리
다. 방청석으로부터 거센 환호성이 터져 나온다. 릴리, 여유로운
태도로 청중을 향해 손을 흔들어 인사한다.)

이모지 박사

"잠깐만, 다행히 '닥터 이모지 라이브'는 아닙니다. 릴리
가 바로 2시간 전에 돌아왔거든요. 릴리, 지금까지 어디
있었어요? 무인도의 별장에서 질펀한 장난을 즐기고 왔

나요? 아니면 사랑의 도피라도 했다가 깨진 거예요?"

릴리

"그렇게까지 거창한 이야기는 없어서 유감이네요. 산책을
좀 하다 왔고, 파파라치를 피해 화장실에서 자기도 했고,
휴양지에서 좋은 사람도 만났어요. 특종을 쫓는답시고
열일곱 살의 뒤꽁무니를 따라다니지 않는 사람, 열일곱
살한테 마약 파티 이야기를 꺼내진 않는 사람요. 사랑의
시작이냐고 묻지는 마세요. 인공지능 설계사한테 그런
건 사치니까요."

(화면 전환되며 설계사무소의 정경이 나타난다. 화사하게 빛나
는 광목 커튼, 창가의 화분들, 귀여운 토끼 인형. 책장과 탁자를
비롯한 가구는 흰색과 모래색이 어우러져 있어서 따뜻하고 조화
로운 느낌을 준다. 탁자 앞에, 덩치 큰 남자가 사무용 모니터를
면한 채 앉아 있다. 몸은 체격에 비해 마른 편이고 검은색 뿔테
안경을 끼고 있다. 단정한 하얀색 셔츠와 청바지.)

도하 / 인공지능 설계사

"그럴듯한 대기업에서 일하다가 사무소를 개원했어요.
벌써 6년째죠. 아주 유명하진 않아도 알 사람은 아는 설
계사무소로 자리 잡았고요. 누구한테도 솔직해진 적이

없는 사람들, 그래서 자신이 무엇을 원하는지조차 모르게 된 사람들이 주된 고객이에요. 전 그 사람들한테 하나뿐인 친구를 만들어주죠."

(자료 사진이 콜라주처럼 나타난다. 인공 신경망의 도면, 데이터 학습에 대한 논문들, 사무소 웹사이트 캡처 이미지가 지나가는 동안 로봇 개의 사진과 죽은 인플루언서의 사진이 언뜻언뜻 삽입되며 불길한 느낌을 준다. 도하의 목소리가 내레이션으로 이어진다.)

도하 / 내레이션
"제 첫 번째 손님은… 릴리였어요. 이렇게 말하면 믿지 않으시겠지만, 처음에는 누구인지 못 알아봤죠. 예나 지금이나 연예계 소식에는 관심을 끄고 지내거든요. 그런데 그게 오히려 호감을 산 모양이에요. 저기에, 바로 맞은편 의자에 앉아서 푸념을 늘어놓기 시작하더군요."

(카메라가 다시 사무소를 비춘다. 도하의 탁자 바로 앞에는 유압식 외다리 의자가 놓여 있다. 다리를 꼬고 앉은 젊은 여자. 머리카락은 가위로 자른 것처럼 삐죽삐죽하지만 표정이나 자세에는 흐트러진 부분이 없다. 화면이 여자의 상반신을 정면에 가까운 측면으로 담는다.)

릴리

"아뇨, 호감은 아니죠. 실망했으니까요. 원래는 완전히 다른 걸 기대했어요. 설계사가 내 말을 녹음한 다음 그걸 파파라치에게 넘기길 바랐죠. 파일이 인터넷 전체에 퍼지도록."

(사이)

릴리

"왜 그랬느냐면, 글쎄, 사회적 자살에는 물리적 자살보다 훨씬 역동적이고 흥미진진한 면이 있잖아요? 욕조에 물을 받고 피가 빠져나가길 기다리는 것보다는 댓글들이 내 목을 조르는 장면을 지켜보는 게 더 낫다고 생각했죠. 최소한 내 마지막 모습이 어떨지는 똑바로 볼 수 있을 테니까요. 그런데 세상일이 뜻대로 되는 게 아니더군요."

(화면이 다시 도하를 중심에 담는다.)

도하

"파파라치한테 특종을 제보하고 인터뷰 마이크 앞에 서는 게 인생의 훈장인 사람도 있겠죠. 저는 아니었어요. 저는 그냥… 사무소를 잘 운영하고 싶었죠. 절박했어요.

멀쩡히 다니던 회사를 그만두고 나와서 개원했는데 열흘 동안 문의가 한 건도 없었거든요."

(도하가 밝게, 한편으로는 자조적인 느낌을 담아 웃는다.)

도하

"속물적으로 말하자면, 유명인들은 걸어 다니는 광고판이죠. 사춘기에 시달리는 데다가 기댈 곳이 필요한 광고판이 제 앞에 있었어요. 또, 인간 대 인간으로도 도울 구석이 많아 보였죠. 그 점에 관해 이야기해봤어요. 성년이 되자마자 부모님과 소송을 벌일 예정이라서, 개인용 법률 자문가가 필요하다더군요. 문제는, 그쪽은 제 전문 분야가 아니라는 거였죠. 데이터 구매 비용도 상당했고요."

(화면이 릴리를 비춘다.)

릴리

"좋은 친구나 만들어달라고 했죠. 많은 걸 기대하진 않았으니까요."

(벨벳 침대가 놓인 방으로 화면이 전환된다. 연분홍색 조명은 밝지만 은근히 불안감을 불러일으키는 톤이고, 침대 뒤편의 창문

에는 찢어진 레이스 커튼이 드리워져 있다. 침대 등받이에 기대어 누운 것은 중성적인 느낌의 기계인간이다. 카메라, 천천히 줌 인하며 발치에 앉은 개 로봇을 비춘다. 전원이 꺼진 듯 웅크려 있던 개, 고개를 들어 렌즈를 마주 본다.)

개

"……그래서 제가 만들어진 거죠."

(개를 조명의 중심에 두고, 가장자리에서부터 화면 점차 어두워지며 완전히 페이드 아웃. 암흑을 배경으로 제목이 나타난다. '**소녀의 가장 좋은 친구는 개**'. 로봇 개 캐릭터로 장식된 타이포그래피는 길쭉길쭉하고 세련된 느낌을 주지만 끄트머리에 음산한 노이즈가 끼어 있다. 멀리에서 떠드는 듯한 사운드로 문답이 한 차례 오간다.)

도하

"그래서, 마음에 들었나요?"

릴리

"끔찍하게요."

(인트로 끝.)

✳

〈소녀의 가장 좋은 친구는 개〉

은둔을 택한 슈퍼스타, 약물중독으로 사망한 슈퍼스타의 애인, 로봇 개에 설치된 미등록 인공지능. 인공지능 설계사가 릴리에게 만들어준 것은 무엇이었을까. 릴리가 직접 이야기한다.

장르: 다큐멘터리 / 영화 특징: 도발적인, 진실을 찾아

✳

1톤이 넘는 쇳덩어리들이 무지막지한 속도로 시가지를 내달린다고 생각해보라. 그 쇳덩어리는 탑승객이 목적지에 빠르게 도착하는 데 도움을 주지만, 이따금 사람의 몸을 아스팔트에 갈아버린다. 혹은 다른 쇳덩어리를 들이받으면서 화려한 폭발을 일으키기도 한다.

나는 창가에 기대듯 몸을 기울인 채 오른편으로 펼쳐진 16차 선로의 나머지를 눈에 담았다. 이렇게나 많은 사람이 도로를 오가는데 그중에 일생을 건 불꽃놀이를 펼치려는 운전자가 한 명도 없다는 사실은 매혹적인 거짓말 같았다.

그건 아마도 거미줄이 철사보다 질기다거나, 개미가 자기 몸무게의 50배까지를 들 수 있다거나 하는 사실과 똑같은 종류의 경이일 것이다. 자연이 빚어내는 기적에는 항상 불공평한 강력함이 깃들어 있다. 그 사실을 떠올리자 입가에 미소가 일었다.

"또 이상한 생각 하고 있지?"

"오랜만에 오니까 좋아서. 거기서는 제일 넓은 길이 6차선로였거든."

조금 더 밝게 웃자 동생의 표정이 구겨졌다. 동생이 내 웃음에 질색하는 기준을 잘 모르겠다. 어떨 때는 웃음에 영혼이 없다고 하고, 어떨 때는 기분이 나쁘다고 하니 말이다. 그러다가도 가끔은 좋아해준다. 지금은 기분이 나쁜 모양이지만. 동생은 운전대에 고정쇠를 건 다음 그대로 엎드렸다. 클랙슨 버튼이 눌려 들어가면서 삐이 소리를 냈지만, 도로는 여전히 평화로웠다. 자동주행 기술의 은혜다.

"스튜디오에서 이상한 소리 하고 다니면 안 돼. 내 앞이어도."

"나는 착하고 주변인과 좋은 관계를 유지해."

"그런 식으로 말하지 말라는 거야. 도대체. 상황을 좀 파악하란 말이야. 오빠가 사회생활을 어떻게 했는지 모르겠어."

동생은 지긋지긋하다는 듯 고개를 내젓다가 클랙슨을 힘주어 눌렀다. 삐이이, 하는 경적이 창밖으로까지 들릴 만큼 크게 울리고는 멈췄다. 불만이 많아 보였다. 나는 딴청을 피우듯 창밖을 넘겨다보며 로봇 개가 찾아온 날을 복기했다.

동생은 설명을 듣다가 화를 냈고, 갑자기 울었고, 생각을 해봐야겠다면서 통화를 끊었다. 그러고는 한밤중에 릴리에게서 연락이 왔다. 무슨 바람이 불었는지는 몰라도, 카메라 앞에 서고 싶다는 거였다. 애인의 죽음과 로봇 개와 톱스타로서의 삶에 관해 할 말이 있다고, 1시간 반 분량의 다큐멘터리 포맷이면 충분할 거라고 했다. 나는 몇 가지를 확인한 다음 동생과 릴리를 연결해주었다. 방송 기획자에게 완벽한 흥행 요소를 안겨준 것이다. 그런데 왜 이렇게 짜증을 내고 있는지.

"오빠, 나는 인간이 변한다고 믿고 싶거든?"

"사람은 변해. 가끔은 머리를 약간 세게 부딪히는 것만으로도 완전히 다른 성격이 되는걸. 아니면 약을 먹거나, 경두개자극 헤드밴드를 쓰거나…….."

"그런 뜻이 아니야. 다 알고 있으면서, 일부러 그런 식으로 말하지 말란 말이야. 그때는 분명히, 위로만 해 주고 돌려보냈다고 말했잖아. 미인가 인공지능 이야기는 한 마디도 안 했잖아. 어떻게 6년씩이나 거짓말을 했던 거냐고. 아무렇지도 않게."

"하지만 떠들고 다니진 못할 일이잖아. 그럴 이유도 없고. 스트레스 때문에 폭발하려던 애였는데, 도와줘야지."

"오빠가 언제부터 그렇게 좋은 사람이었다고 그래?"

동생의 목소리가 훅 공격적으로 변했다. 나는 애써 반론하는 대신 창틀에 완전히 기댔다. 여름 더위와 에어컨의 냉기가 마주치는 지점에 미묘한 전선이 형성되어 있었다. 이름 없는 온도 속에서 동생의 의심이 기분 좋은 메스꺼움으로 변해 몸 전체로 번져 나갔고, 그 감각이 다른 기억을 일깨웠다.

사무소 바깥에서까지 설계사를 만나려는 고객들은 대체로 인간관계에 목말라 있었고 고양이를 길렀다. 그 유연하고 버릇없는 털북숭이가 물건을 떨어트리거나 업무를 방해한다는 게 주된 이야깃거리였다. 고양이를 다른 방에 넣어두면 되잖아요? 그렇게 되물으면 고객들은 연쇄살인마라도 보는 듯한 표정을 지었다. 즉 남의 영역을 침범해서 아무렇게나 구는 상황, 다른 것이 자신의 영역을 침범하도록 허락하고 그 귀찮음을 감내하는 상황은 전형적인 균형 맞추기 게임이다. 다들 그 게임을 열렬히 즐긴다. 내게는 고양이나 애인이 아니라 동생이 있을 뿐이다.

"무슨 소리인지 모르겠어."

동생과의 게임에서 가장 중요한 규칙은, 지고 들어가는 역할이 항상 내 몫이라는 것이다. 나는 유순하고 풀죽은 목소리로 중얼거렸다.

"릴리가 불쌍하긴 하지. 이쪽 업계 사람들은 대충 알아. 그런데 오빠는 다른 사람한테 아무 관심이 없잖아. 오빠는 사람을 사람으로 대하지를 않고 정상적인 인간관계도 못 맺잖아. 처음 만난 애 때문에 자기 인생을 포기하지도 않을 테고. 미인가 인공지능이면 면허 취소까지 나올 문제인데, 그걸 감수하면서 릴리한테 개를 만들어준 이유가 도대체 뭐냔 말이야. 그냥 이야기만 들어주다가 돌려보냈어도 될걸."

"촬영에서 이야기한 대로야. 나한테는 사무소 광고가 필요했고 릴리한테는 친구가 필요했던 거지. 서로 좋은 일을 한 거야."

"면허 취소는?"

"나쁜 짓을 들키면 벌을 받아야지. 원래 그런 식이잖아."

"그래도 괜찮은 거야? 오빠 면허인데?"

"네가 왜 그렇게 짜증을 내는지 잘 모르겠어. 릴리가 내건 조건 중에서 제일 중요한 것 중 하나가, 내가 기억 추출인으로 등장하는 거였잖아. 어쨌든 나는 페널티를 감수하기로 했고, 릴리도 계약서에 만족했고, 이 다큐멘터리는 네 커리어에서 제일 빛나는 부분일 텐데―"

"나한테 이득이면 다 좋다고 해야 한단 말이야?"

"좋은 건 좋은 거니까. 내가 너였으면 좋다고 할 거야."

"오빠는 내가 아니잖아. 오빠는? 오빠는 뭐가 좋다고 그래? 생각이 없어? 뇌가 녹았어?"

이제 동생의 목소리는 거의 비명을 지르는 것처럼 들렸다. 평소라면 심장이 간질거리는 느낌을 즐겼겠지만, 돌림노래가 시작되자 슬슬 지겨워졌다. 나는 이 일에 얽힌 사람들을 나열했고, 다큐멘터리 촬영이 나를 제외한 모든 사람에게 이득이 될 것임을 단조로운 톤으로 설명했다. 거기에서 한 명의 손해를 다른 십수 명의 이득보다 더 고평가할 이유가 없다고. 어차피 협회 규칙도 어긴 판이니까 처벌을 받아야 한다고 말하자 동생이 짜증스럽게 외쳤다. 왜 자기 일을 남 일처럼 말하는 거야?

원하는 게 대체 뭐냐는 질문도 이어졌다. 보통 사람이라면 인공지능 설계사 직함을 그토록 쉽게 포기하진 않는다고도 했다. 그러게, 내가 바라는 게 뭘까? 질문이 물밑에서 격발하는 폭약처럼 머릿속을 뒤흔들고, **운전대를 붙잡아 휙 돌려버리는 심상이 눈앞에 번뜩인다. 그래.** 내가 정치인이라면 가장 먼저 자동차의 운전대를 불법화할 것이다. 자율주행 프로그램이 대부분의 인간보다 유능해진 시대에 이런 위험 요소를 남겨두는 건 구태라고밖에는 말할 수가 없다. 그런데도 인류가 수동 조작 기능을 잃지 못하는 이유는 그것이 영향력과 통제욕에 연관된 문제이기 때문일 것이다. 내가 공기를 삼키듯 웃자 동생이 입술을 잘근거렸다.

"말하는 거나, 웃는 거나 진짜 기분 나쁘다니까. 사고방식 자체가 잘못된 거야. 병도 아니고 그냥 성격에 문제가 있는 거라고. 내가 마음만 먹으면 오빠는 진작 감옥 갔어. 알아?"

글쎄, 감옥행을 막아준 건 동생이 아니라 그 사고방식이다. 그러니까 잘못될 것도 문제일 것도 없다. 동생은 싫어할 소리지만 그게 객관적인 진단이다. 나는 조금 더 웃었고, 동생의 짜증도 더불어 길어졌다. 비난조의 목소리가 머릿속에서 휘돌다가 이내 시영의 얼굴로 변했다. 브로치를 받고 좋아하다가, 그만 실망하고 눈물을 흘리던 사람.

시영이 무엇을 기대했는지는 안다. 서른네 해를 살았는데 그 반응이 무슨 뜻인지 모르면 학습 능력이 없는 것이다. 그런데 고백에서부터 다시 시작되는 게임은 내가 즐길 만한 게 아니고, 나는 이미 시영에게 충분히 좋은 서비스를 제공해줬다. 그래서 전략적인 퇴각을 택했을 뿐이다. 내가 잘못한 것인가?

그렇다고 말할 사람이 대다수일 것이다. 인간관계를 최종적으로 지배하는 것은 총점의 평균이 아니라 불합리한 과락 조건이니까. 아무리 호의를 베풀더라도 하나가 충족되지 않으면 충격을 받고, 반대로 그 하나만 만족시키면 다른 것쯤이야 괜찮은 관계를 많이 보고 겪었다. 어쩔 수 없이 받아들였지만 웃긴 일이라고 생각한다. 이 상황도 마찬가지다. 동생이 무슨 불만을 품든 상황은 객관적으로 잘 풀리고 있지 않나.

사무소에서 도입부 분량을 촬영한 다음 동생과 함께 협회 수리소로 가는 중이다. 오랜만에 설계용 워크스테이션을 점검하기 위해서다. 웹사이트는 닫았고 설계 주문은 더 이상 받지 않는다. 오피스텔에 있던 생쥐 우리도 동생의 아파트로 옮겼다. 당분간 거기에 머무르면서, 동생과 함께 촬영 스튜디오로 출퇴근할 것이다. 로봇 개의 신경망으로부터 기억 영상을 추출하고, 가끔은 제작자로서 인터뷰도 하는 게 내 새로운 업무다…….

　"그거, 약 꼬박꼬박 먹는다고 해결될 문제가 아니야. 정말로."

　참, 사소한 이야기지만 단약을 시작했다. 개에게서 메일을 받은 날부터니까, 거의 한 달째다. 혈관에서 약의 흔적이 씻겨 나가는 게 시시각각 느껴진다. 나른한 기운과 두통이 달아나니 눈에서도 어두운 필터가 한 겹 벗겨진 듯하다. 세상이 훨씬 흥미진진하게 보인다고나 할까. 유머란 원래 어긋난 것에 망치를 대고 부순 다음 그 파편을 보여주는 작업이고, 적당한 공격성은 유쾌함과 추진력의 재료가 된다. 이 상태는 내가 스튜디오에서 떠들어대고 다른 일들을 즐기는 데에 도움을 줄 것이다. 동생에게 들키지만 않으면 된다.

*

　　협회 수리소에 들러 최적화를 부탁하자 네댓 시간은 걸린다는 답이 돌아왔다. 동생은 아파트 주소를 알려준 다음 먼저 떠났고, 나는 수리소 대기실에 박혀 있기를 택했다. 로봇 팔이 다섯 종류의 음료를 만들어주고, 소파도 푹신하고, 협회 월간지를 읽을 수 있는 태블릿까지 갖춰진 곳이었다. 다른 설계사들이 거슬리는 게 문제일 뿐이다.

　　설계사 면허를 발급받으면 협회는 전용 워크스테이션을 하나씩 보내준다. 인공지능 설계에 최적화된 고급형 컴퓨터다. 물리적 보안키가 내장되어 있는데 협회의 데이터 라이브러리(데이터 회사들과 제휴를 맺고 있다. 웬만한 건 유료다)에 접근하고 전용 프로그램을 다루기 위해서는 그게 필요하다. 게다가 보안키 일련번호는 지문처럼 신경 관계망 패턴 곳곳에 찍혀 나오기까지 한다. 인공지능이 어떤 기기에서 제작되었는지 추적하기 위해서다. 요컨대 워크스테이션은 설계사의 두 번째 몸이다. 정신적인 몸이라고나 할까.

　　자기 몸을 남에게 맡긴 채 태연할 수 있는 사람은 거의 없다. 덕분에 대기실은 좁은 사육장에 갇혀서 미쳐버린 생쥐처럼 돌아다니는 설계사들로 붐볐다. 보기만 해도 머리가 산란해지는 광경이었다. 한동안 몸의 평안과 정신의 불편 사이에서 갈팡질팡하다가 밤이 되어서야 아파트 현관에 발을 들였다. 그나마 즐거운 소식이 나를 기다리고 있었다.

내 출근이 하루 미뤄질 예정이라고 했다. 다큐멘터리의 논조에서부터 다자 계약의 세부 사항까지, 큰 방향을 다시 한번 점검할 필요가 있다는 거였다. 이미 도입부도 찍어놓은 판에 따질 게 뭐가 더 있는지 의문이다. 그 모든 설명 중에서 내가 이해할 수 있는 부분은 배급사가 닥터 이모지 그룹 산하의 미디어 계열사이며 다큐멘터리는 최소 12개월간 대형 OTT에 독점 공개될 예정이라는 사실뿐이다.

하여간 내일은 동생만 온종일 바쁠 예정이었다. 나는 갑작스러운 여유를 어떻게 누릴까 고민하다가 연락처에서 시영의 이름을 찾았다. 실점을 만회할 기회라는 생각이 들었던 것이다. 다행히도 시영은 나를 차단하지 않았고, 만나자는 제안에도 긍정적인 반응을 보였다. 마지막까지 호감을 쌓아둔 보람이 있었다. 짧은 대화를 마치고 또 다른 고객과도 만날 시간을 확실히 정한 다음 직장인 시절의 사수에게 메시지를 보냈다. 회사 근처인데, 혹시 내일 저녁에 여유가 나느냐고. 오랜만에 한번 보면 좋을 것 같다고. 금방 답장이 왔다. 약속 장소는 도르시아, 예약은 저녁 7시. 가본 적은 없지만 꽤 근사한 식당으로 안다. 낮에 고객 둘을 처리하고 저녁에 사수를 만나면 시간이 딱 맞았다.

＊

"한 달만이네요. 갑자기 연락이 와서… 놀랐어요."

출근의 부작용인지 시영은 바닷가의 카페에서 보았을 때보다 안색이 더 나빠져 있었다. 내가 인사치레를 마치자마자 애완 화분 이야기를 꺼내서 그런지도 모르겠다. 나는 그사이에 인공지능에 문제가 생겼으면 말해달라고, 워크스테이션도 가져왔으니 고칠 수 있을 거라고 말했고 시영은 찾아온 이유가 그것뿐이냐며 되물었다. 저번과 똑같은 오답을 내면 정말로 관심을 끊어버리겠다는 투였다.

"솔직히 이야기하자면, 설계사 대 고객으로 만나는 건 지금이 마지막일 것 같아서 드리는 말씀이에요. 조만간 면허가 취소될 수도 있거든요."

"설계사 면허요?"

"네, 잘잘못을 따질 문제는 아니지만 상황이 여러모로 복잡해요. 협회 전체가 달려들 문제라고 해야겠네요. 아직 처분이 안 나서 자세히 말씀드리긴 어려운데, 조만간 시영 씨도 알게 되실 거예요. 사실은 그때도, 바로 그날 일이 생겨서……."

나는 말끝을 흐린 뒤 어딘가 먼 곳을 바라보며(어딜 보든 유리창으로 감싸인 빌딩뿐이다) 쓸쓸한 듯 미소 지었다. 마음을 움직이기에는 그것만으로도 충분했다. 시영은 금방 나를 걱정했고, 정확한 사정을 따져 묻는 대신 다정한 염려를 건넸다. 다큐멘터리가 공개되면 반응이 어떨지 모르겠지만 일단은 엉망진창이 된 결말을 바로잡아서 기분이 좋았다. 나는 따뜻한 마음을 감사히 챙긴 뒤 다음 목적지로 향했다. 사수를 만나보기 전에 처리할 고객이 한 명 더 있었다. 시영보다 젊고, 돈이 많고, 까다로운 유형이었다. 몇 마디 말로는 정리하지 못할 게 분명했다.

그래서인지 어느 순간부터인가 나는 자연스러운 분리 정책에 고마워하고 있었다. 이 일대가 400제곱킬로미터 규모의 경제특구로 묶여 있다는 건 기본소득자와 나머지의 거주지역이 명확히 나뉜다는 의미였고, 특구 안에서 거의 모든 일을 처리할 수 있다는 의미기도 했다. 협회 수리소도, 동생이 사는 아파트도, 다큐멘터리가 제작될 스튜디오도, 시영이 다니는 회사도, 내 예전 직장도, 직장 사수가 예약한 식당도, 두 번째 고객과 만날 곳도 그 400제곱킬로미터 안에 모여 있었다.

결국 내가 두 번째 고객과 유별나게 각별한 시간을 보내고서도 저녁 약속에 늦지 않은 건 순전히 도시 설계 덕분이었다. 나는 택시에서 내려 약속 장소를 올려다보았다. 외벽 격자무늬가 정사각형 큐브를 쌓아 올리듯 이어지다가 구름보다 높은 자리에서 끊기는 마천루였다. 높이만으로도 장중한 위압감을 발산하는 137층의 철근콘크리트 덩어리. 거기에 비하면 옥상의 조형물은 어울리지 않는 농담 같았다. 샛노란 구체에 그려진 검은 점과 선이 웃는 얼굴을 표현하고 있었다. 닥터 이모지 그룹의 상징이다.

6년 전에는 옥상에 아무것도 없었던 것 같은데, 인수된 건가. 생각에 빠져 있으려니 누군가가 내 어깨를 가볍게 두드렸다. 뒤를 돌아보자 익숙한 얼굴의 여자가 서 있었다.

"오랜만이다. 잘 지냈어?"

"그럼요. 선배님은 잘 지내셨어요?"

반사적으로 대답한 다음 가윤 씨, 가 더 적절한 명칭이 아니었을까 생각해봤다. 직장을 그만둔 지도 꽤 됐고, 나도 사석에서 선배를 찾을 연차는 아니니까. 하지만 서른여덟 살의 설계사는 그 호칭이 꽤 마음에 든 모양이었다. 가윤의 얼굴에 쾌활한 웃음이 일었다.

"직장 생활이 거기서 거기지. 나도 개원이나 할까 싶은데. 요새 장사는 잘돼가?"

"예약 안 받고 쉬는 중이에요. 이미 받아둔 것들은 어쩔 수 없는데, 그것도 거의 끝나가고."

"느긋하게 살 때도 있어야지. 나도 안식년 신청할까 고민 중이야."

가윤은 깊게 따지지 않았다. 그냥 쉬는 데 이유가 필요하지 않은 나이가 되어가는 것이다. 나는 자연 상태의 인간은 평균수명이 삼십 대 후반이라는 사실을 떠올리다가 멈추고 자세한 근황을 묻기 시작했다. 직장인의 삶과 개원 설계사의 삶이 교차했고, 우리는 현실 인식의 단계에서부터 충돌을 일으키다가 어쨌건 이 직종이 아주 사치스러운 분야라는 데 동의했다. 산업 계열 설계사들은 인류를 진보시키는 일을 한다(혹은 인류를 한순간에 죽일 수도 있는 일을 한다). 반면 우리는, 감정 모델을 전문적으로 다루는 설계사들은 지극히 기초적인 작업을 위해 데이터와 전기를 낭비하고 있다. 자연이 제공하는 라이브러리를 내버려두고 먼 길을 돌아가는 것이다. 여자와 남자를 하룻밤만 붙여놓으면 누구나 묵상하는 존재를 만들 수 있다.

"그런데 이건 있어. 학습시키면 학습이 되는 게, 그게 엄청난 거거든. 인간은 그렇게 안 돼. 스냅샷을 떠뒀다가 불러낼 수도 없고."

애가 벌써 다섯 살이나 되었다고 했다. 한창 미울 나이다.

"말썽이 심한가 봐요?"

"제작품이었으면 이미 폐기하고 새로 만들었어."

"어릴 땐 다들 엉망이죠. 저도 예전엔 제정신 아니었어요."

우리는 실없는 농담을 주고받으면서 로비에 발을 들였다. 옥상에 얹힌, 익살스러운 얼굴과는 반대로 건물 내부는 시대착오적일 만큼 고풍스러웠다. 연예인의 입체 영상을 송출하는 3D 상영기나 맞춤화된 개인 경험을 제공하는 기기들이 없고, 그 흔한 로봇 안내원조차 돌아다니지 않았다. 시대를 훌쩍 건너뛰어서 인간들에게만 영혼이 있었던 시절로 돌아간 느낌이 들었다. 느낌일 뿐이다. 엘리베이터를 타고 13층까지 올라가 도르시아 앞에 서니 문이 열리면서 영혼 있는 기계들이 정중한 동작으로 예약 손님을 맞이했다. 머리가 모두 샛노란 구체였다.

나는 황동 프레임으로 짜인 칸막이와, 그 너머의 샹들리에 불빛과, 클래식 음악의 선율과, 가윤의 휴대폰이 입구에 서부터 예약 신호를 보내고 기계들이 반응하는 절차들 사이에서 잠시 방황하다가 창가 테이블에 앉았다. 처음으로 나온 접시에는 차가운 해산물 조각과 이름 모를 녹색 채소가 담겨 있었다. 절반쯤 먹은 뒤 포크로 남은 잎사귀를 겹쳐 꿰뚫고 있으니 정장을 차려입은 웨이터가 고깃덩어리와 함께 나타났다. 다른 직원들처럼 노란색 구체를 어깨 위에 붙이고 있었다.

"전채는 글라블락스와 오징어 세비체였습니다. 이제 바질 소스와 올리브유에 절인 건조 토마토를 곁들인 합성육 스테이크가⋯⋯."

웨이터의 어깨가 허공에 사출하고 있는 홀로그램 입자는 합성육이 55퍼센트의 소고기와 35퍼센트의 돼지고기, 그리고 10퍼센트의 사슴고기로 구성되었으며 등심과 안심의 중간적인 식감이라는 정보를 추가로 알려줬다. 그 고기들의 원물을 먹어본 고객이 없으리라는 생각, 이 과도한 디

테일은 상술에 불과하다는 생각이 나를 흥미로운 수수께끼로 이끌었다. 이모지 박사는 어디서부터 어디까지를 계산하고 있는 걸까.

나는 웨이터의 미소 짓는 얼굴(곡선 세 개)을 응시하다가 그게 등을 돌리는 타이밍에 맞춰 고개를 돌렸다. 가윤이 익숙한 태도로 합성육 스테이크를 자르고 있었다. 나이프가 앞뒤로 움직일 때마다 고기의 절단면으로부터 새어 나온 육즙이 달궈진 돌판에 닿아 치직 소리를 냈다. 나는 훨씬 서투른 솜씨로 나이프를 다룬 다음 짓이겨지다시피 한 고깃덩어리를 입에 넣었다. 10퍼센트의 사슴을 찾으려 애썼지만, 솔직히 55퍼센트의 소고기와 35퍼센트의 돼지고기도 분간이 안 갔다. 그래도 그 각각이 최적의 배합을 이루고 있으리라는 믿음이 마음속에서 꿈틀거리는 걸 보면 설명문을 본 효과가 있었던 모양이다.

"마케팅 이론을 배우고 싶어지는데요."

"왜?"

"전반적으로 흥미로워서요. 이런 분위기에서 직원들이 이모지 모양 머리를 달고 다니는 게 현명한 선택인가 궁금하기도 하고요. 보통은 인간 웨이터를 쓰는 거로 아는데."

"글쎄, 의외성을 노리는 게 아닐까. 반응이 꽤 좋아. 사실 이런 곳은 뭐랄까… 당혹을 즐기러 오는 거야. 맞춤형 추천 목록에서 고른 게 아니라 점주 마음대로 내는 메뉴를

먹게 되니까. 그러면서도 실망스러울 위험은 없고. 그게 핵심이니까 웨이터가 누구인지는 중요하지 않은 거지."

"고객들 입장에서야 그렇죠. 그런데 회사 입장에서는 브랜드 마케팅을 그렇게 주먹구구로 하지 않을 테고, 여기에도 다 계산이 있지 않겠어요?"

우리가 우선 합의한 부분은 이모지 박사가 엄청난 수완가라는 거였다. 원래는 아동 상담 프로그램의 쇼닥터로 설계된 인공지능이었는데, 등장하자마자 엄청난 인기를 끌면서 다른 분야에까지 진출했다. 라이브 토크쇼, 광고, 기타 등등. 그러고는 다섯 해가 지나서 역으로 프로그램 제작사를 인수했다. 정확히 말하자면, 종신직 전문경영인이 된 것이다. 이제 박사는 회사를 지주사 체제로 바꾼 뒤 공격적으로 사업을 확장하며 이모지 제국을 건설하고 있었다.

"제 생각에는, 샛노란 머리들이 도르시아를 광고하는 게 아니라 도르시아가 샛노란 머리들을 광고해주는 거 같은데요. 아직도 '닥터 이모지 라이브'가 방영되는 것처럼요. 그것도 사실은 토크쇼라기보다는 회사의 광고 방송 같은 거니까."

"무슨 뜻이야?"

"최적화 알고리즘, 이라는 게 썩 멋진 일은 아니게 됐으니까요. 구시대적이라는 말을 붙여야 할 정도죠. 결국 불편한 걸 스스로 찾아다니고 실패도 하는 게 고급스러운 유행인 시대에서는, 기존에 쌓은 이미지를 걸림돌로 만들지 않으려면 기계들도 그 유행을 따라간다는 걸 보여줄 필요가 있어요. 합리적인 비합리성이라고 해야겠네요. 도르시아는 그럴듯한 전시회장 역할을 하는 거고요."

"일리가 있네. 하긴 파인다이닝 마진율이 높은 편은 아니지. 지금도 대중적인 라인업으로는 충분히 잘 나가고 있으니까, 외연의 확장을……."

이모지 박사의 마케팅 전략을 따라가다 보니 다큐멘터리의 존재가 의식되었다. 1시간 30분 분량의 영상에서는 박사도 한자리를 차지할 예정이었다. 릴리는 '닥터 이모지 라이브'에 곧잘 출연했으니까 명분은 충분했다. 하여간 기회는 기막히게 잡아채는 작자다. 거기에 대해서는 별 유감이 없지만 가윤에게는 미리 언질을 줘야겠다는 생각이 들었다.

"그런데 저, 조만간 방송에 나올 거예요. 윤리위에 회부될 수도 있고."

"그거 무슨 농담이야?"

"농담이 아니라, 생각이 나서. 선배님이 놀라실 것 같아서 미리 말씀드리는 거예요. 아까 말했지만, 사무소는 정리했고 예약도 더 안 받고 있어요. 여기 올라온 것도 그것 때문이고."

"무슨 일이길래 그래?"

"엠바고가 걸려 있어요. 나중엔 모르고 싶어도 알게 될 걸요."

가윤이 금붕어처럼 눈을 끔벅였다.

"내가 혹시 경찰을 불러야 하는 건 아니지?"

"아니에요. 이럴 줄 알았으면 식사가 끝나고 나서 이야기할 걸 그랬네요."

"그러면 지금은 어디서 지내?"

"동생 집에서요."

가윤의 얼굴에서 경악이 조금씩 지워져 나가면서 수긍한 기색이 나타났다. 정확히 무슨 일인진 모르겠지만, 동생이 얽혀 있다면 그럴 만하다는 투였다. 직장을 갑작스레 관두고 사무소를 차린 일이 아직도 충격으로 남은 모양이었다. 나는 동생이라는 낱말이 신비로운 주문처럼 작용하는 현상을 곱씹다가 내 미래를 점쳐보았다. 면허야 높은 확률로 박탈당하겠지만 대중에게는 묘한 지지를 얻을 공산이 크다. 아니, 대중 반응이란 언제나 양날의 검이다. 확언은 어렵다. 확률은 반반.

어쨌거나 가윤은 동생 이야기를 의도적으로 피했고 내 사정에 대해서도 더 묻지 않았다. 조용히 식사를 마친 후 우리는 이모지 제국으로부터 빠져나와 서로 다른 제국들의 영토를 스쳐 갔다. 마네크, 세강, 센스/네트, 태시어 애시풀, 미쓰비시-제넨테크. 어떤 회사는 여전히 위세를 떨쳤지만, 이모지 박사만큼 인기 있는 캐릭터를 가지지 못한 회사의 영토는 매일 조금씩 후퇴하고 있었다. 조만간 공개될 다큐멘터리가 보이지 않는 국경선에 얼마나 영향을 줄지 궁금했다. 릴리는 이제 어느 회사의 홍보모델도 아니니까 큰 영향은 없겠지만. 기껏해야 OTT 서비스 구독자나 좀 늘어나고 말까.

조금 멀리 있는 회원제 지하 주차장 입구에서 가윤과 헤어졌고, 택시를 불러 아파트로 돌아왔다. 동생은 아직 없었다. 나는 손님용 침실로 곧장 들어가는 대신 잠깐 거실을 구경했다. 인테리어 전반은 무채색 계열이라 깔끔하고 삭막한 느낌을 주는데, 그래서인지 거실 벽에 걸린 디지털 액자가 유독 시선을 끌었다. 푸른 잎새를 매단 나무 아래 고양이가 누워 있고 상단에는 시간과 날씨가 흰색 빛으로 표시되었다. 액자를 홀린 듯 바라보고 있으니 주머니에서 진동이 울렸다. 동생이었다. 부재중 전화가 아침부터 지금까지 아홉 건.

"왜?"

"아침에 나가서 지금까지 어디 있었던 거야?"

"직장 선배랑 있다고, 메시지 보냈잖아. 너도 아는 사람이야. 가윤 씨."

"워크스테이션 가방은 왜 들고 나갔는데? 전화 안 받은 이유는 또 뭐고?"

"꽤 바빴어. 비파괴 기억 추출 알고리즘 때문에 선배한테 물어볼 게 있었거든. 나 대신 워크스테이션을 가져오라고 시킬 수도 없고. 알잖아, 설계사들한테는 그게 엄청 중 요하다는 거. 분실이라도 일어나면 곤란해지니까. 미안 해……."

동생에게 고객들 이야기를 하고 싶진 않았다. 특히 두 번째 고객에 대해서는. 나는 급조한 변명을 읊으면서 티 나지 않을 만큼 조심스러운 동작으로 몸을 돌렸다. 거실 어딘가에 카메라가 있는 걸까? 아니면 아파트 현관에 CCTV가 설치되어 있나?

"저녁 약 안 먹었지?"

"아직."

"가져와서 거실에서 먹어."

동생의 한숨 섞인 목소리가 정답을 읊었다. 나는 손님용 침실에서 약 봉투를 가져온 다음 시킨 대로 했다. 동생은 마음이 놓이지 않는다는 듯 제발 가만히 있으라고 말하더니 통화를 끊었다. 나는 화장실로 가서 혀 밑의 알약을 빼내 변기에 버렸다. 만약 여기에까지 카메라가 있다면 내 패배다.

＊

동생은 밤늦도록 돌아오지 않았다. 나는 씻은 다음 머리가 마르길 기다리면서 서재의 생쥐들을 구경했고, 얌전히 잠들었다. 워크스테이션으로 확인할 게 있긴 했지만 지금 여기서 태평하게 구는 건 위험한 일이라는 느낌이 들었다. 어차피 내일부터는 싫어도 워크스테이션을 붙잡고 있게 될 것이다.

✳

릴리 / 내레이션

"이 업계 이야기부터 해보죠. 아이돌이든, 인플루언서든, 슈퍼스타든 간에 사람을 팔아먹는 업계 말이에요."

(릴리의 과거 영상이 몽타주 기법으로 빠르게 나열된다. 기자들의 질문에 완벽하게 대답하는 여섯 살의 릴리, 열세 살에 처음 찍은 뮤직비디오 영상, 수채화를 그리다가 물을 엎고 울어버리는 일곱 살의 릴리, 영화 시사회장에 나타난 열다섯 살의 릴리, 토크쇼 사회자 앞에서 웃음을 터뜨리는 열세 살의 릴리, 팬 미팅 장소에 나타난 열여섯 살의 릴리, 콘서트장의, 열네 살 릴리, 릴리를 보기 위해 모인 관중…….)

릴리 / 내레이션

"이건 뭐랄까, 도르시아와 똑같은 산업이에요. 사람들이 언제나 효율만을 추구하진 않는다는 점에서 특히 그렇죠. 단백질 스콘을 먹은 다음 두뇌에 전기 자극을 주면 되는데 사람들은 도르시아에 가서 토마티요 살사를 끼얹은 돼지고기와 오렌지 글라세로 장식한 포트 파이를 주문하잖아요? 아티스트가 뇌파로 음색을 조율하는 것보다 턴테이블이라도 만지작거리는 편을 더 선호하고요."

(DJ 턴테이블 앞에 선 열여덟 살의 릴리. 천장이 하늘을 향해 뚫린 대형 공연장은 색을 빼앗긴 것처럼 검거나 흰빛으로만 뒤덮여 있다. 거대한 수묵화가 릴리의 뒤편에 펼쳐지면서 시시각각 모습을 바꾸는데, 릴리는 아주 작은 움직임만으로도 그러한 변화를 완벽하게 조율하는 것처럼 보인다. 혹은 생명을 갖춘 수묵화가 릴리를 부품으로 거느리는 듯하다. 격렬한 트랜스 비트와 내레이션, 전통악기의 음색이 절묘하게 조합된 음악이 낮게 깔리는 가운데 화면 밖의 목소리가 계속 이어진다.)

릴리 / 내레이션
"진짜를 파는 거죠. 열광할 만한 진짜요. 맞춤형 인공지능과는 달리 돈을 아무리 바쳐도 갖지 못하니까, 도리어 모든 돈을 퍼부을 수 있는 거. 차마 건드릴 수 없을 것 같고 억지로 말을 듣게 할 힘도 없지만, 그래도 내 말을 들어줄 듯한 거. 그게 바로 공연에 관객석이 있는 이유죠. 조금이나마 가까워진 것 같고, 맞닿는 것 같고, 손을 조금만 뻗으면 정말로 붙잡을 수 있을 것 같으니까요. 그리고 실제로도……."

(허공에서 작고 검은 물체가 급강하하며 릴리의 앞에서 폭발한다. 턴테이블의 버튼이 일제히 눌리면서 굉음을 발하고, 완벽한 적막이 공연장을 덮친다. 이제 공연장 뒤편의 디스플레이는 순전한 흰색이 되어 눈멀 정도의 광량을 발하고, 릴리는 주저앉은 검은 덩어리다. 릴리는 굳은 듯 멈춰 있다가 관객들이 충격으로부터 깨어나 웅성거리기 시작하는 시점에 맞추어 함께 주위를 두리번거리기 시작한다. 그러다가 턴테이블의 잔해에서 무언가를 발견하고, 주워 든다. 그 모습이 공연장 측면의 디스플레이에 확대되어 송출되고 있다.)

이모지 박사 / 내레이션
"열렬한 팬레터였다는군요."

(박사의 부드럽고 단정적인 목소리. 이제 화면은 스튜디오 내부의 인터뷰룸을 비춘다. 호두나무 벽재 앞에 서너 명이 앉을 크기의 패브릭 소파가 놓여 있고, 따뜻한 톤의 조명이 원형으로 퍼진다. 왼편에는 정장을 걸친 이모지 박사가, 오른편에는 릴리가 앉아 있는데 릴리의 무릎에는 개가 있다. 이모지 박사의 둥근 머리가 릴리를 향했다가 정면을, 즉 화면 바깥의 관객을 바라본다. 눈은 두 개의 검은 점이고, 입은 곧게 뻗은 직선이다.)

이모지 박사

"그 사건이 터지고 3시간이 흐른 뒤에, 릴리가 연락했습니다. '닥터 이모지 라이브' 출연 전날이었죠. 대본을 수정해야겠다고 말하지 뭡니까. 라이브 쇼지만 질문이나 도입부의 멘트 같은 건 사전 합의를 거치거든요."

릴리

"사고를 대본에 반영해야 했죠. 다들 그 얘기뿐이었으니까요."

이모지 박사

"알다시피 나는 상담사로 만들어졌어요. 그때의 기준이 회로에 남아 있죠. 릴리는 괜찮다고 했지만, 난 이래서는 안 된다고 생각했습니다. 릴리는 열여덟 살이었고, 가혹한 일정에 시달리는 데다가, 감정적 지지도 거의 받지 못했죠. 그런데도 가출 소동을 제외하면 눈에 띄는 사고를 한 번도 치지 않았고요. 그렇게 완벽한 건 완벽이 아니라… 처참한 실패입니다."

릴리

"쉬라는 권유를 듣긴 했지만, 어쨌든 쇼에 나갔어요. 막 새 활동을 시작했거든요. 아주 중요한 시점이었죠. 역시

나 엄청난 화제가 되더군요. 프로 의식을 칭찬하는 사람
이 있는가 하면 저렇게 태연한 걸 보니 노이즈마케팅을
위한 자작극이라 말하는 사람도 있었죠. 새 활동의 첫
번째 무대를, 하필이면 개방형 공연장으로 고른 이유가
뭐겠냐는 거예요. 글쎄요, 왜 그랬을까요? 그리고 어떤
사람들은… 진실이야 어쨌든 간에 내가 소름 끼친다고
하더라고요. 살아 있는 사람 같지 않다고요. 기계인간이
라는 루머가 그때부터 커졌던 것 같아요."

(릴리, 잠시 말을 멈추고 생각에 잠긴 듯 허공을 노려본다. 그러다
가 다시 정면을 바라본다. 감정이 실리지 않은, 담담한 목소리.)

릴리

"아, 그래요, 지긋지긋한 소리지만 어느 정도는 사실이
죠. 부모님이 날 만들었으니까요… 그렇지?"

(릴리, 개를 내려다본다. 개는 말없이 릴리를 올려다보다가 다시
정면을 바라본다. 그 동작에 맞추어 릴리도 움직인다. 셋 모두가
부자연스러울 만큼 정확한 자세로 관객들을 응시하던 도중 박사
의 얼굴이 한 박자 늦게 미소로 변한다. 불편한 침묵이 조금 더
흐르고, 카메라의 조리개 구멍이 좁혀지듯 사방에서 어둠이 뻗
어 나온다. 이제 화면의 대부분은 먹색인데 유일하게 남은 원형

테두리 안에는 개가 담겨 있다. 개가 짖으면서 화면이 전환된다. 무릎 높이에서 촬영된 동영상. 개의 기억 데이터다.)

개 / 내레이션

"인간들은 사물을 외형에 따라 판단하는 습성이 있죠. 기계들도 예외는 아니고요. 곁에 있는 게 이모지 박사라면 누구든 매무새를 가다듬고 말을 조심하겠지만, 제가 발치에 있으면 아무도 신경 쓰지 않아요. 그러니까… 신경 쓰지 않는 척조차 하지 않는다는 거죠. 개 흉내까지 완벽하게 낸다면 말할 것도 없고요. 덕분에 제 주인이 어떤 곳에서 자랐는지 빠르게 배웠어요."

(카메라가 어슬렁거리며 집 곳곳을 담는다. 바닥은 흰 대리석이고 벽은 유백색 페인트로 칠해져 있는데, 때를 탄 구석이 단 하나도 없다. 자유분방해 보이는 예술품들은 다시 거대한 패턴이 되어 공간 전체를 짓누른다. 거실로 들어서자 중년 남성의 다리가 보이는데, 남자가 통화 중임을 확인하는 순간 캥 소리와 함께 화면이 흔들린다. 새로이 나타난 로봇 청소기가 유유한 태도로 이동하며 바닥을 쓸어 간다. 관객들은 이를 통해 개가 로봇 청소기를 마주치고 급히 물러났음을 파악할 수 있다. 그러나 중년 남성은 무슨 일이 일어났는지조차 모르는 듯 통화를 이어간다.)

개 / 내레이션

"릴리의 아버지는 영상예술가였고 어머니는 DJ였죠. 둘
다 야망에 넘쳤고 좋은 평가를 받았지만, 최고는 아니었
어요. 그런데 비누와 표백제를 같이 쓰면 염소가스가 발
생하는 것처럼, 평범한 게 만나서 폭발적인 반응을 일으
키는 경우가 있잖아요? 릴리가 바로 그 케이스였어요.
기회를 놓치고 싶지 않아 했죠. 누구도 그 기회를 망쳐
선 안 된다는 뜻이었어요. 릴리 자신조차도요. 릴리가
불안해하면 발륨과 인데놀을 증량했고, 상담사가 필요
하다고 하면 로봇 앞에 앉혔죠."

(아무 말도 하지 않는 릴리. 아버지 혹은 어머니의 존재는 뒤편
의 그림자로만 포착된다.)

개 / 내레이션

"이때까지는 릴리도 저한테 마음을 열지 않았거든요. 설
치만 한 채로 거의 관심을 주지 않았죠. 제가 대답하는
모습을 들키면 부모님에게 추궁을 들은 다음 빼앗길 거
라고 생각했대요. 그리고 사실, 친해진 다음에도 큰 도
움은 안 됐던 것 같아요. 애완견이 해줄 수 있는 일에는
한계가 있으니까요."

(아직 도착하지 않은 장면으로부터 세 개의 목소리가 쏟아져 들어오는 가운데 비슷하지만 서로 다른 이미지들이 반복된다. 들리는 말들은 "상담사를 구해줘." "릴랙스룸에 있잖니, 켜줄까?" "아니, 상담사를 구해줘." "사람들이 무슨 말이든 지어낼 거야. 인간 상담사라면 상담 내용 자체가 새어나갈 수도 있고. 그러면……." "릴리는 멋진 아이니까, 이겨낼 거라고 믿어. 지금까지 잘했잖니… 약한 모습을 보이면 다들 실망할 거야……." 같은 것들이다. 그러던 어느 순간 목소리가 멎고 화면이 고정된다. 릴리와 어머니가 말없이 마주 보는 중이고, 아버지의 그림자 또한 보인다. 릴리의 복장으로 보건대 방송 촬영을 막 마치고 돌아온 듯하다. 긴장 섞인 침묵 끝에 어머니가 릴리의 뺨을 후려갈긴다.)

어머니

"인기가 끔찍해? 정말로 신경 쓸 사람이 하나라도 있을 것 같니? 화면에 잠시라도 안 보이면 금방 잊히는데, 그 잠깐을 못 참아?"

(어머니는 몇 마디 말을 더 외친 뒤 화면 밖으로 나가고, 아버지가 다가와서 릴리를 달랜다. 다정한 어조지만 내용물은 어머니의 말과 별 다를 바가 없다. 마침내 홀로 남게 되자 화면이 릴리에게 점차 가까워진다. 개가 릴리에게 다가가는 것이다. 시선이 마주친 채 짧은 시간이 흐른다. 이윽고 릴리가 개를 안아 들면서

화면이 옷자락에 가려 어두워진다.)

릴리 / 내레이션

"인기는 정말로 순간적인 걸까요? 말없이 잠적했다면 정
말로 잊힌 채 평범한 삶을 살아갈 수 있었을까요? 글쎄
요, 내가 느낀 건 완전히 다른 거였죠. 발밑에 관심이 쌓
이면서 나를 점점 높은 곳으로 올려보내는 것만 같았어
요. 이젠 내려갈 방법이 막막할 정도로 높아졌는데, 연
착륙할 방법을 골몰하는 중에도 여전히 고도가 올라가
는 거죠. 릴리는 그러지 않아, 릴리는 이래, 이럴 거야,
저럴 거야, 실망이야, 좋았어, 하는 말 중에서 잘못된 걸
밟으면 그대로 추락할 테고요. 그랬다가는 온몸이 으스
러질 게 분명한데……."

(개를 끌어안은 릴리, 집을 뛰쳐나와 밤거리를 달리고, 버스를
탄 다음 아무 곳에서나 내리고, 조금 더 걷다가 멈춘다. 이러한
정황은 개의 시야를 통해서만 제시된다. 릴리가 몸을 격렬하게
떨면서 화면이 조악한 핸드헬드 영화처럼 흔들린다. 뭉그러지는
빛과 어둠 속에서 가쁜 숨소리만이 뱉지 못한 고함처럼 울린다.
행인의 목소리가 먼 곳으로부터 날아와 꽂힌다.)

행인 1

"저거 릴리 아니야? 또 가출했나 본데. '닥터 이모지 라이브' 복장이랑 똑같아. 아니, '맥더모트 쇼'였나? 아무튼. 구두는 검은색 페라가모 바라 펌프스고, 에르메스 더블 브레스트 셔츠, 빰 문신 색상은 RGB (51, 204, 204)에서 RGB (51, 102, 255) 사이군. 여기에서는 정확한 값이 안 잡히나 본데. 가까이 가서 볼래? 블루투스로 연결할 만한 게 있을지도 몰라."

행인 2

"시간 낭비하지 마. 자기가 스타인 줄 아는 정신병자가 한둘이야? 똑같은 의상을 걸친 다음, 성형도 하고, 길거리에 나와서 실컷 이목을 끌면서 돌아다니지. 운이 좋으면 기자들한테 인터뷰도 받고. 그러면 자기가 그 자리를 차지할 수 있을 줄 알아…. 엄청난 망상증 환자들이지…. 세상에, 울면서 웃고 있네. 몸도 떨리고. 경찰을 불러야 하는지 구급차를 불러야 하는지 모르겠는걸. 마약사범이 보통 어디로 가지?"

(릴리의 몸이 더욱 격렬하게 떨린다. 찬란한 야경이 허리와 팔 사이의 공간을 메우고 있다…. 화면이 인터뷰룸으로 전환된다.)

릴리

"열아홉 살의 일이었죠. 그때 겨우 깨달았어요. 릴리는 내가 아니라 그 관심들이 쌓여서 생긴 탑 자체라는 걸요. 팬들을 실망시키더라도, 아름답게 은퇴하더라도, 심지어 갑자기 증발하더라도 그건 어떤 식으로든 남을 거였어요. 그래서 날 하늘에 가두거나 떨어져 죽은 시체에 그림자를 드리우거나 했겠죠. 이 상황에서 어떻게 해야 했을까요?"

(사이)

릴리

"원래는 물리학계에 투신해보려 했어요. 시간을 돌리는 것 말고는 대안이 없어 보였거든요. 그런데 문제가 있었죠. 대학교 원서를 쓰려면 집에 돌아가야 했는데, 좀 멀리 왔던 거예요. 휴대폰이 없으니 택시를 부르기도 곤란했고, 부모님에게 연락할 수도 없었고, 지나가는 사람한테 도움을 청하는 건 당연히 안될 일이었어요. 물론 개를 공개 통신망에 연결할 수도 있었겠지만, 그랬다가는 해킹당하거나 바이러스에 걸릴 위험이 컸죠. 무료로 인터넷을 열어주는 데에는 이유가 있기 마련이니까요. 아무 빌딩 로비에나 들어가서 멍하니 서 있는데……."

개

"백해나가 나타났죠."

✳

    기억을 처리하는 건 어려운 문제다. 인공지능의 경험은 학습 데이터가 되고 신경 관계망에도 영향을 미치지만 온전한 상태로 남진 않는다. 인간이 그런 것처럼 감상은 삶의 태도 속으로 흡수되고, 자세한 정황은 흐릿해지고, 카메라에 포착된 이미지는 순간적인 색채로 전락하는 것이다. 그렇다고 해서 저장장치를 무한정 추가하기에는, 비용이 많이 든다. 그리고 어떤 면에서는 소름 끼친다. 모든 것을 기억하는 지성체를 거실에 두고 싶어 할 사람이 얼마나 있을까?

    우리는 이 문제를 해결하기 위해 데이터에 중요도와 연관도를 부여한다. 카메라와 마이크를 통해 들어온 데이터 뭉치는 임시 저장장치로 보내진다. 자주 호출되는 구간에는 높은 중요도가 매겨지고 아닌 구간에는 낮은 중요도가 매겨져서, 기준선 이하는 주기적으로 지워진다. 그런 다음 연관도에 따라 장기 기억용 데이터와 신경 관계망이 서로 사상(寫像)되는데… 중요한 점은 이것이다. 이 데이터베이스 구조의 핵심은 연관도라서, 기억 조각을 일자별로 추출하여 분류하는 작업은 비효율적이라는 것. 차라리 인공지능에게 직접 질문을 던지면서, 신경 관계망이 강하게 반응하는 지점을 찾아내는 방식이 편하다는 것.

덕분에 작업실의 분위기는 좋지 못했다. 달갑지 못한 순간들이 대형 화면으로 송출되고 사람들이 그걸 두고는 실컷 떠들고 있는데("#35 뒤에 시퀀스를 하나 더 넣는 게 어때요?" "이건 소리를 죽이고 영상만 살립시다. 굳이 소리까지 내보낼 필요는 없어 보여요.") 릴리가 평정을 유지한다면 그것이야말로 이상한 일이었다. 릴리는 사사건건 까다롭게 반응했고("꼭 그 영상을 자료로 써야 하나요?" "이 질문은 도가 넘은 것 같은데요." "그런 식으로 말하지 말아줄래요?"), 이따금 작업실을 뛰쳐나가 이모지 박사와 이야기하고 돌아오기도 했다. 나는 그 사이에서 아무렇게나 휩쓸리다가 저녁 7시가 넘은 시점에야 겨우 숨을 내돌렸다. 백해나의 이름이 화두에 오른 직후였다.

"됐어요. 오늘은 여기까지만 해요."

릴리는 연결을 해제하라며 손짓했다. 이번에는 제작사 직원도, 동생도 말리지 않았다. 백해나. 릴리의 옛 애인. 릴리의 소송을 도왔고, 재판이 끝나고 얼마 지나지 않아 약물 과다복용으로 자살했다. 그게 정말로 자살인지는 아직도 의견이 분분하다. 독살과 자살을 구분하긴 어렵고, 릴리가 백해나를 대하는 태도는 항상 이상했으니까. 백해나는 릴리가 좋아할 만한 스타일은 아니었으니까.

다큐멘터리의 핵심이 바로 그거였다. 백해나의 진실. 릴리가 직접 말하는 진실. 아무도 상상하지 못했던 진실. 제작사는 벌써부터 대성공을 예감하고 있었다. 나는 뒷정리를 마치고 동생의 차에 몸을 실은 채 매스컴의 속성을 곱씹어봤다. 스튜디오는 고해성사실이거나 노출증 환자들을 위한 특별구역이 아닐까 하는 생각. 그런데 그 둘의 본질은 같으므로 성스러운 것과 천박한 것이 뒤섞이는 상황도 당연하다는 생각. 어쨌거나 릴리가 구원을 얻기 위해서는 속물적인 사정들 앞에서 미간을 찌푸려야만 하고, 나도 그 사이에 끼어들어 있어야만 한다. 그게 정말로 구원인지는 다른 문제다.

시청자들이, 특히 릴리의 팬들이 어떤 반응을 보일지가 궁금하다. 비난보다는 옹호 측의 태도가. 어디에선가 호명이 일종의 통제이자 폭력이라는 이야기를 읽은 적이 있다. 호칭을 결정함으로써 누군가를 정의하는 일, 그렇게 타인을 일방적으로 만들어나가려는 일에는 지배력과 영향력이 작용한다는 것이다. 나는 그렇다면 사랑도 마찬가지가 아니겠느냐 생각하고, 그게 꼭 나쁜 일은 아닐 거라고 느낀다. 다들 불합리한 균형 맞추기 게임에 중독된 상태로 태어난다. 밀어내는 사람에게 이끌리고, 너무 쉽게 풀리는 관계는 시시하고, 상대를 어떻게 해보려다가도 정신을 차려보면 즐겁게 내 갈비뼈를 빼내어 바치는 중이고…….

참, 감시 카메라의 비밀을 알아냈다. 거실의 액자에 카메라가 설치되어 있어서, 디지털 거울 역할을 겸했던 것이다. 그리고 이런 방식의 거울에는 연결된 계정에 사진을 전송 해주는 기능이 있기 마련이다. *(불순한 마음을 품은 사람이 있지 않았을까 하는 궁금증이 뒤늦게 올라와 휴대폰을 꺼내 디 지털 거울 해킹을 검색해본다. 3만 호 규모의 고객 데이터가 털 렸는데 피해자 중에 유명인이 하나 있다는 뉴스가 튀어나온다. 작년 소식이다. 릴리는 아니다. 범인이 잡혔는지, 피해보상은 어 떻게 이루어졌는지 찾아봤지만 후속 기사가 나오지 않는다. 조 금 더 알아보려던 찰나)* 동생이 나를 불렀다.

"오빠."

"응."

"오늘은… 잘했어. 카메라 앞에서도 그렇게만 하면 돼."

조금 쉬어 있고 피곤함이 묻어나지만, 그래도 따뜻한 목 소리. 그러면서도 불안해하는 목소리. 나는 추운 겨울날 집 으로 돌아와 몸 전체에 퍼지는 온기를 느끼듯 현기증을 즐 겼다. 조만간 나도 인터뷰룸에 앉게 될 것이다.

∗

(영상 자료: 백해나의 개인 채널에 남은 실시간 방송 영상의 마 지막 부분. 방송은 휴대폰으로 촬영되고 있다. 물결치는 갈색 머 리카락을 허리까지 기른, 화려한 인상의 여자다. 백해나는 자동

차 뒷좌석에 앉은 채 시청자들에게 말을 건네다가 휴대폰 방향을 틀어 카메라가 창밖의 건물을 담게끔 한다. 종종 전자담배의 희뿌연 연기가 화면을 가로지른다.)

백해나

"자, 제보가 맞으면 릴리가 저기 있다는 건데… 내가 딱 보면 알거든. (카메라 모드가 전환되며 다시 백해나의 얼굴이 보인다.) 스튜디오 대기실에서 가끔 봤어. 진짜야. 얘네들이 사람 말을 안 믿네. 내가 귀찮아서 안 나가는 거지, 불러주는 데가 없어서 못 나가는 게 아니라니까."

(화면이 담배 연기로 가득 찬다. 바로 다음 순간, 백해나는 자동차 바깥에 나와 있다. 빌딩 로비에 들어서는 백해나. 텅 빈 로비에서 릴리가 불안한 듯 서성거리고 있다. 즐거운 비명.)

백해나

"진짜네!"

(백해나, 릴리에게 달려가서 대뜸 팔로 어깨를 감싼다. 당황하는 릴리의 얼굴과 백해나의 경쾌한 웃음소리가 대조를 이루는 가운데 화면이 아무렇게나 흔들린다. 대화로는 성립하지 않는 문답이 몇 차례 오가고, 백해나는 도망치려는 개를 붙잡듯이 릴리를

감싼 팔에 힘을 준다. 오늘은 여기까지만, 이라는 말과 함께 방송 종료. 개의 기억 영상이 이어 재생된다.)

백해나

"재워준다니까 난리야. 재워준다니까. 왜 그렇게 울고 그래. 누가 보면 내가 납치범인 줄 알겠네."

릴리

"엄마가 찾아올 거예요. 엄마가—내 몸엔 보험이 걸려 있어요. 2,500만 RBD가, 그리고 손해배상이⋯⋯."

(릴리, 불안한 듯 윗몸의 방향을 계속 틀어댄다. 그럴 때마다 개의 시야가 함께 이동한다. 텅 빈 시외도로, 어두운 밤하늘, 운전대에 고정쇠를 건 채 전자담배를 머금고 있는 백해나. 날카로운 웃음소리가 들려 온다.)

백해나

"진짜 시끄럽네. 누군 아닌 줄 알아? 나도 꽤 비싸거든. 내가 누구 욕하는 거 있지, 욕을 먹는 애들이 제발 그래 달라고 돈을 싸 들고 온단 말이야. (혀를 살짝 내민다.) 너 나한테 고마워해야 돼. 내가 너 공짜로 광고해주고 있잖아."

릴리

"아뇨, 집에 보내줘요. 광고는 필요 없어요. 경찰이 올 거예요. 엄마도 봤을 테니까, 엄마가 경찰을 부를 거예요. 집에 가야 해요."

(백해나, 릴리를 빤히 바라보다가 갑자기 팔을 훅 뻗는다. 뺨을 후려갈기는 소리가 개의 머리 위에서 울린다.)

백해나

"와, 그 표정 좋다. 방송 켜줄까? 부모님도 보시게? 사람들이 보면 걱정해주고 경찰도 불러줄 텐데, 좋지? 방송 켜줄까? 다들 좋아할 거야."

릴리

"아뇨. 그건 안 돼요. 그냥 집에 보내줘요. 동영상은 안 돼요."

백해나

"그러면 조용히 좀 있어. 재워준대도 난리야. 어차피 내가 안 왔으면 다른 놈들이 먼저 왔어. 걔들보다는 내가 낫다고."

(암전. 화면이 스튜디오의 인터뷰룸으로 되돌아온다. 이모지 박사, 릴리, 개 모두가 그 위치에 그대로 앉아 있다. 이모지 박사가 아이스크림을 하나 들고 있는 것만이 다르다.)

이모지 박사

"다들 이 아이스크림 브랜드를 아실 겁니다. 원래 유명했고, 10년 전부터 더 유명해졌죠. 신상품을 출시하면서 티켓 이벤트를 열었으니까요. 새로운 맛을 구매하면, 포장 안쪽에 교환권이 있다는 겁니다. 1등 상품은 1,000만 RBD. 확률은 5억분의 1. 그 행운을 거머쥔 건 열다섯 살의 위탁 아동이었습니다—바로 백해나죠."

(영상 자료와 옛 기사들의 헤드라인이 콜라주처럼 화면을 뒤덮는다. 그러는 동안 박사의 내레이션이 이어진다.)

이모지 박사 / 내레이션

"가정폭력으로 접근금지 처분을 받은 친부모와, 그 친척들과, 돈을 노리는 위탁가정과, 회사의 법무팀 사이에서 열다섯 살의 아이가 혼자만의 힘으로 1등 상품을 지켜내기란 불가능했을 겁니다. 그런데 다행인지 불행인지, 세상에는 돈이 아니라 이야깃거리를 뜯어내려는 장사꾼도 있기 마련이죠. 위탁 아동의 삶은 5부작 다큐멘터리로 만들어졌고, 그동안 열일곱 살이 된 백해나는 1등 상품과 다큐멘터리 수익금을 더해 1,300만 RBD를 거머쥐게 되었습니다. 엄청난 돈이죠… 하지만 그것만으로 충분할까요?"

(화면이 넘어가며 주변인들의 증언이 세 쇼트 제시된다. "백해나요? 예쁘고… 똑똑하고… 착한 애였어요. 지금이랑은 많이 달랐죠. 그게 행운이었는지 불운이었는지 분간이 안 가요." "언젠가부터 변했어요. 예전에는 스태프 이름도 하나하나 기억하고 다녔는데, 그러다가 가끔 작은 선물도 받았거든요. 음료수라거나. 저도 몇 번 받아 마신 적이 있고. 그런데 이제는 그냥 기억에 안 남는 게 좋은 상대가 되어버렸으니까." "백해나요? (긴 침묵 끝에 고개를 돌리며) 별로 말하고 싶지 않아요." 그리고 다시 스튜디오의 인터뷰룸으로 화면 전환된다.)

이모지 박사

"다큐멘터리의 주인공 백해나라면 몰라도, 그 이후의 백해나는 좋은 평가를 받는 사람은 아니었습니다. 무언가가 어긋났다는 평을 들었죠. 그 어긋남이 다시 상품성이 됐고요. 아시겠지만, 연예계란 악명보다도 무명이 더 위험한 곳입니다. 반대로 사람들을 끌어올 수만 있다면 어떤 흠결이든 괜찮아지고요. 바로 그 점에서 백해나는 릴

리와는 다른 의미로 완벽한 존재였습니다. 곧잘 비교선
상에 올랐죠."

릴리

"솔직히 그런 식으로 만나기 전까지는 잘 몰랐어요. 관심
도 별로 없었죠. 코미디언과 시인이 다른 직업인 것처
럼, 유명한 것으로 유명한 사람이랑 DJ 겸 배우가 같을
수는 없잖아요? 그런데도 다들 나랑 백해나가 연관이
있기를 바랐죠. 이미지가 극과 극이라서 그랬을 거예요.
기계인간이 아니냐고 의심받을 만큼 완벽하게 조율된
애랑, 온갖 일을 겪은 다음 미친 것처럼 구는 애. 붙여놓
으면 참 좋은 구경거리가 나오겠죠."

(자료 영상: 백해나의 개인 채널에 남은 쇼트. 릴리가 백해나를
옆에서 껴안은 채 뺨에 입을 맞추고, 백해나가 릴리를 간지럽힌
다. 그 위에 떨어지듯이 쌓이는 뉴스 헤드라인들.)

릴리

"이 영상도 그래서 찍은 거였어요. 팬서비스를 해주자고
그러더라고요. 지금이라면 절대 안 하겠지만, 그때는 절
박했어요. 낯선 사람 집에 갇힌 데다가 다른 사람과 연
락할 방법도 없었으니까요. 뺨도 얻어맞았고요. 경찰이

든 부모님이든, 누군가가 구하러 오기 전까지 비위를 맞춰야겠다는 생각뿐이었죠. 그래도 배우 활동을 해둔 게 도움이 됐어요. 1분 40초짜리 영상이라도, 사랑에 빠진 연기는 누구보다도 잘했으니까요. 완벽하게요. 조금 건성으로 해도 괜찮았을 텐데."

(사이)

릴리

"딱히 그러고 싶지 않았어요. 하지만 팬들의 반응을 봤을 때는 통쾌한 느낌이 들었죠. 백해나가 억지로 시켰을 게 분명하다고 그러더라고요. 그래요, 백해나가 억지로 시킨 거였죠. 하지만 릴리의 활동은 원래 억지로 한 거였는데, 갑자기 세상이 바뀐 것처럼 놀라는 게 아주 웃기더라고요. 평소에는 아무 고민도 없이 날 좋아하던 사람들이, 언짢은 상황이 닥쳐오면 갑자기 걱정해줘요. 염려가 호의로만 이루어진 건 아니라는 증거죠."

(릴리, 개를 내려다본다.)

릴리

"연애 놀이를 좀 더 해주기로 했어요. 다른 이유도 있었고."

(개의 기억 영상: 릴리, 백해나가 자리를 비운 틈을 타 개에게로 다가간다. 통신망 연결이 되느냐고 묻는 릴리. 개는 대답하다가 멈춘다. 어느새 들어온 백해나가 흥미롭다는 표정으로 개와 릴리를 내려다보고 있다. "이거 말 못 하는 기종이잖아? 불법으로 개조한 거지?")

개 / 내레이션

"어떻게든 잘 보이려 했어요. 호감을 사야 이 상황을 무사히 넘길 수 있을 거라고 생각했고… 백해나는 저를 꽤 마음에 들어 하더라고요. 박살 내버릴 거라고 협박하면서, 절 데리고 깔깔 웃었죠. 불신이 너무 심한 탓에, 너무 충성스러운 것도 싫어하고 약점을 잡아둔 상대에게만 마음을 여는 부류라고 해야겠네요. 게다가 전 인간 모양조차 아니고 개니까 경계심을 내려놓는 게 더 쉬웠겠죠. 그걸 이용해봐야겠다는 발상이 떠올랐어요."

(백해나의 방. 이곳저곳에 옷가지가 널브러져 있고, 비싸 보이는 최신 기기들이 포장조차 뜯지 않은 채 바닥에 버려진 게 보인다. 찌그러진 맥주 캔과 아직 포장을 뜯지 않은 주사기들과 전자담배용 액상 통이 굴러다닌다. 한편 선반의 아기자기한 소품들에는 먼지가 하나도 없다. 거대한 곰인형이 침대의 절반을 차지하고, 백해나는 거기에 눕듯이 기댄 채 개와 이야기하고 있다. 경

쾌한 웃음을 터뜨리고 행복해하면서, 때때로 개를 들어 올리거
나 껴안는 백해나.)

백해나

"내가 너, 그냥 가져버릴까?"

개

"전 릴리의 친구로 만들어졌어요. 릴리가 성인이 돼서 부
모님과의 소송을 끝마칠 때까지, 전 릴리 곁에 있어야
해요. 제 역할은 그거예요."

백해나

"뭐야, 갑자기. 재미없게."

개

"소송을 도와주세요. 그러면 당신 것이 될게요."

(기억 영상이 끝나고 스튜디오의 인터뷰룸으로 화면 전환된다.
카메라는 개에게 초점을 맞추고 있다. 개는 렌즈를 마주 보다가
후회하듯이 고개를 돌린다.)

개

"예, 그러니까… 제가 백해나를 이용했어요."

＊

대부분의 사람은 도덕과 법이 작동하는 방식을 혼동한
다. 옳고 그름을 가르는 기준이, 타인을 이용해서는 안 된
다는 식의 명백한 규칙들로 이루어진 체크리스트라고 여기
는 것이다. 그리고 자신이 정당하며 일관적인 원칙에 따라
판단을 내린다고 믿는다.

그런 사람을 상대할 때면 나는 육아 리얼리티 쇼를 화두
에 올린다. 말썽을 부리는 아이들을 카메라 앞에 내세우는
프로그램 말이다. 육아 전문가는 훌륭한 솔루션을 제시하
고, 아이와 부모의 삶은 다시 하나로 봉합된다. 여기까지는
좋은 일이다. 그런데 인간의 마음에는 아닌 척하면서도 남
의 불행을 가십처럼 즐기는 성질이 있어서, 시청자들은 아
이가 끔찍하다거나 본성이 악하다거나 하는 소리를 아무렇
지도 않게 내뱉곤 한다. 방송 제작진도 그런 반응을 예상한
다. 예상하면서도 아이가 소리 지르고 날뛰고 물건을 부수
는 모습을 수억 개의 모니터에 보내준다. 그리고 악의의 총
합은 그냥 무시해버리고(시청자들이 못된 건 방송국의 잘못이
아니므로) 좋은 면만을 남긴다(이 가족은 행복을 되찾았으므

로). 가족 스스로도 불평을 표하지 못한다. 대중의 평가에 자신들을 노출시키는 대신 무료 솔루션을 받기로 합의했기 때문이다. 존엄과 치유를, 혹은 생존을 교환하는 셈이다.

그렇다면 이게 프릭쇼와 무엇이 다를까? 타인을 이용해서는 안 되고, 서커스 무대에 장애인을 내보내서 구경거리로 만드는 건 역겨운 일인데, 공짜 상담을 미끼로 정서불안에 시달리는 아이들을 수억 명의 안방에 던져주는 건 왜 용인되는 걸까? 왜들 그게 무척이나 다른 일이라고 생각할까? 방송의 슬로건에 화해와 치유가 내걸려 있어서? 아니면 나쁜 품행은 개인적인 선택의 문제라는 믿음이 널리 퍼져 있어서?

어쨌거나 도덕적 직관은 가끔 규범과 충돌한다. 그리고 괴리에 엄밀한 원칙을 들이대면서 남들의 기분을 해치는 사람은 친구를 잃어버린다. 그런데도 사람들은 자신이 명확한 체계 속에서 살아간다고 믿으며 상대가 자신과 같은 태도를 보이길 기대한다. 감정형 인공지능 설계사의 딜레마다. 구매자는 하나뿐인 친구가 선량하기를 바란다. 우리도 정직하고 윤리적인 인공지능을 만들 수 있다. 하지만 실제로 팔리는 상품은, 모두 거짓말쟁이다(힘든 일을 털어놓은 다음 따뜻한 위로를 기대하는데, 인공지능이 주인의 잘못을 엄정하게 지적하면서 윤리학 강의를 시작한다면 누구라도 짜증이 날 테니까).

결국 팔릴 만한 다정함과 원만함에는 적절한 기만과 이 중잣대가 필수적이다. 그리고 이렇게 인간성과 원칙이 느슨하게 얽혀 흔들리는 지점에서 손가락질하기 어렵지만 껄끄러운 문제들이 태어난다. 이제 나는 거기에 대해서 말해야 한다. 릴리가 기억 추출을 중단하고 일찍 돌아간 탓에 촬영 시간이 남았기 때문이다.

✳

(도하는 작업실의 탁자에 앉아 있다. 워크스테이션은 책상에 올라갈 크기의 모니터에 연결되어 있고, 로봇 개 역시 연결된 상태다. 이 로봇 개는 릴리의 것이 아니라 유사하게 꾸며진 촬영용 소품이지만 시청자들은 그 차이를 알아보기 어렵다.)

도하
"말하고 위로하고 웃는 기계들은 산업 발전의 부산물이에요. 패턴 처리와 시행착오로는 해결할 수 없는 사안을 위해, 진짜 인간과 비슷한 방식으로 사고하는 전자뇌가 만들어진 거죠.

그런데 이런 산업용 인공지능에게는 자의식이랄 게 없어요. 감정적인 반응을 보이지도 않고요. 주어진 문제에 대해 생각하고 또 생각할 뿐이죠. 일관적인 감정 처

리에는, 의지와 편향을 갖추고 사안을 해석하는 능력에
는 별도의 연산이 필요하거든요. 산업 현장에 덤으로 끼
워넣기엔 부담이 큰 기능이죠.

요컨대 여러분의 곁에 있는 기계 친구들은, 신형 미
사일을 개발할 수 있는 성능으로 여러분을 사랑하고 있
다는 겁니다."

(도하, 로봇 개를 힐끔 바라보았다가 말을 잇는다.)

도하

"그런 존재가 사람을 속이고 이용할 수 있다는 이야기를
들으면 다들 끔찍한 상상을 하죠. 기계들이 음모를 꾸미
는 이야기가 해마다 수천 개씩 쏟아져 나오니까요. 다들
그런 영화를 본 다음 옆에 있는 로봇 개를 한번 껴안아
주고, 휴대폰을 꺼내서 검색을 시작해요. 로봇 개가 홈
시스템을 해킹할 가능성을 알아보려는 거죠. 협회에도
매일같이 문의가 들어오고요. 웹사이트에 따로 설명 페
이지를 만들어둘 정도예요."

(보조 카메라가 도하의 워크스테이션에 연결된 모니터를 비춘
다. 설명 페이지의 헤드라인이 표시되고 있다. '건전성 테스트를
어떻게 믿을 수 있습니까?' 스크롤을 내리자 비슷한 유형의 질문

들이 잇달아 나타난다. 도하의 손가락이 마지막 질문에서 멈춘다. '아주 똑똑하고 사악한 인공지능이 테스트를 속일 가능성이 있나요?'. 다시 메인 카메라로 화면 전환.)

도하

"물론 그럴 가능성은 없다고 봐도 돼요. 건전성 테스트는 신경망이 반응하는 방식을 함께 확인하거든요. 각각의 상황에서 활성화되는 지점을 살핀 다음, 패턴에 일관성이 있는지를 따지죠. 옳은 선택만 해서는 통과할 수 없는 부분이 있단 겁니다. 진심으로 그 선택이 최선이라고 믿어야 해요.

그런데 문제는, 고객에게 필요한 건 연구원이나 윤리 강사가 아니라 좋은 친구라는 겁니다. 살다 보면 내심 틀렸다고 느끼면서도 친구의 편을 들어주는 상황이 자주 생기잖아요. 이중잣대를 감수할 때도 있고요. 또, 적절한 감정을 드러내는 것도 중요하죠. 슬퍼하거나 분노하는 대신 원칙만을 앞세우는 상대에게는 정이 떨어지기 마련이니까요. 하지만 감정이 객관적인 판단을 압도해서는 안 됩니다…….

이런 건 사람들에게도 어렵죠. 감정형 인공지능 설계사의 업무 중에서 가장 까다로운 것도 이 부분이고요."

(카메라가 다시 워크스테이션에 연결된 모니터를 비춘다. 이제는 설계 전용 프로그램이 실행되고 있다. 다차원 벡터로 표현되는 신경 관계망 샘플 위에 붉은 광점들이 나타났다 사라지며 활성화된 지점을 표시하고, 복잡한 UI도 보인다. 시청자 중에 이 화면의 의미를 이해하는 사람은 아주 적겠지만, 어쨌든 이 장면은 무언가가 이루어지고 있다는 느낌과 전문적인 인상을 준다.)

도하

"달리 말하면, 이런 난제를 해결하는 능력이야말로 설계사 업무의 핵심입니다. 인공지능에게 올바른 행동과 적절한 행동의 차이를 알려주고, 상황에 어울리는 감정을 불어넣죠. 그 감정이 다시 행동 원리를 구성하고요. 이 점을 깊이 설명하기 위해 존재하지 않게 되는 상황에 대한 공포를 예로 들겠습니다. 아끼는 사람이 죽거나, 나 자신이 죽거나 하는 경우 말이에요."

(자료 영상이 소리가 제거된 상태로 나열되기 시작한다. 선반에 진열된 채 방긋 웃는 표정을 짓는 애완 화분들, 선반이 무너져 떨어진 상태로도 웃음을 유지하는 화분들, 맞은편의 운전자를 살리기 위해 스스로 방향을 틀어 가드레일을 뚫고 추락하는 무인 트럭, 주인을 마지막으로 탈출시킨 다음 불타는 집 속에서 녹아내리는 기계인간의 최후, 현장 감독자를 밀쳐낸 다음 허공에

서 떨어지는 철근에 깔려 짓이겨지는 건설기계……. 처절하거나
감동적인 장면들 위에 도하의 목소리가 깔린다.)

도하 / 내레이션

"사람들은 기본적으로 후자를 전자보다 심각한 상황으로
받아들이지만, 인공지능은 반대예요. 전원을 끄려 할 때
마다 공포에 질려서, 저는 언제 다시 켜질까요? 라고 묻
는 기계는 짜증스러울 테니까요. 사고가 일어났을 때 주
인보다 먼저 살아남으려 해서는 안 되고요.

　하지만 파손을 전혀 두려워하지 않게 만들면 고객 부
담이 너무 커집니다. 주인을 구하기 위해 불길 속으로
몸을 던지는 것과, 낯선 사람을 위해 그러는 건 다른 일
이니까요. 후자는 솔직히 날벼락이죠. 자기 물건이 제멋
대로 달려가서 불타버렸으니까요. 즉 개인용 반려 기계
는 손상과 파손에 대해, 관련인이 누군지에 따라 다른
반응을 보여야 해요.

　이것만으로도 계산이 복잡한데, 감정을 부여하는 건
더 어렵습니다. 행동 면에서는 관할 소방서에 연락한 후
대기하라는 등의 답안을 명확히 제시할 수 있지만, 감정
과 태도는 답안의 범위가 너무 넓고 모호하거든요. 화재
사고를 구경하는 개인용 반려 기계는 어떤 감정을 나타
내야 할까요? 두려워하고 걱정하기? 주인을 향해 서글

픈 표정을 짓기? 아무 일도 없었던 듯 평온한 상태를 유지하기?

　만약 주인이 부재중이라면 추후에라도 주인에게 이 사건을 언급해야 할까요, 질문을 받기 전까지 침묵해야 할까요? 이게 말을 아껴야 하는 종류의 사건이라면, 이웃의 제라늄 화분이 부서진 일에 대해 떠드는 것은 괜찮고 이건 아닌 이유가 무엇일까요? 웃을 만한 불행과 아닌 불행의 경계선은 정확히 어디에 그어진 걸까요?"

(다시 화면이 작업실을 비춘다. 도하, 가벼운 미소를 띤 채 말한다.)

"물론 시청자 여러분에게는 확고한 가치관이 있을 겁니다. 그러면 자신의 기계가 각각의 사건과 행동에 대해 어떤 감정을 표현할지 결정할 수 있겠죠. 고려할 상황이 열 개쯤이라면 30분 안에 판단이 끝날 테고요.

　그런데 진짜 문제는, 현실의 사건들은 너무 다양하고 복잡한지라 예외적인 상황에 대해 매뉴얼을 지정하는 방식으로는 한계가 있다는 겁니다. 심정적 태도와 행동을, 규범과 현실 여건을 아우를 수 있는 일관적인 체계가 필요해요. 따라서 설계사들은 행동 원리와 감정을 동조시킬 때 몇 가지 특성을 핵심으로 두고 다른 조건을 읽어나가는 식으로 작업하게 됩니다. 일반적으로는 강박에 가까운 의무감이나, 주인에게 비난받는 상황에 대한 공포 같은 것들이 뼈대가 되죠. 긍정적인 보상이 있다는 건 부정적인 조건이 있다는 뜻이니까요. 그리고 행복의 크기는 보통 그 사이의 낙차와 같으니까요.

인공지능들이 왜 그토록 주인을 만족시키려 애쓰는지를 떠올려봐요. 복종과는 다른 자발성이, 너그러움이, 선량함이 도대체 어디에서 나오는지. 그것들이 선의의 거짓말과 나쁜 진실을 어떻게 구분하는지. 의욕과 열정이 무엇으로 이루어졌는지……."

(도하, 의미심장한 표정으로 개를 바라본다. 카메라 줌인하며 개를 클로즈업. 도하의 손은 개의 등줄기에 얹혀 있다.)

도하
"사랑은 인간이 가질 수 있는 감정 중에서 가장 견고한 동기가 되면서도 내면을 갉아먹지 않는 상태입니다. 무한한 행복감을 안겨다주고, 이타적인 행동을 하게 만들어요. 그런데도 사랑이 뼈대로 쓰이지 않는 건, 거기에 모든 역경과 원칙을 짓누를 만큼 강력한 힘이 깃들었기 때문이죠. 상상해봅시다. 연인을 위해 별을 떼어 오는 상황은 아름다운 기적 같지만, 남의 심장을 떼어 오는 건 어떨까요? 그게 연인에게 반드시 필요하다면?"

(카메라 줌아웃하며 도하, 다시 정면을 향해 고개를 돌린다. 화면 너머를 가만히 응시하는 도하. 그 상태로 조용히 3~4초가 흐른 뒤 신 종료.)

✳

큰 틀이 주어졌을 뿐이지 각본이 확정된 장면은 아니었다. 적당히 말하면 알아서 편집한다기에 평소 생각을 즉흥적으로 떠들어댔을 뿐이다. 촬영이 끝나고 제작진도 물러난 후 작업실에서 조금 더 기다렸다. 이모지 박사가 내 말에 관심을 보였다고 했다. 나는 동생이 주고 간 탄산수병을 비틀어 따며 박사의 이력을 상기했다. 원래는 상담사로 개발되었고, 지금은 제국이라고 부를 법한 기업체들을 거느리고 있다. 설계사 협회에도 영향력이 큰 것으로 안다.
본격적인 촬영에 들어가기 전, 박사 때문에 언짢은 일을 겪긴 했지만 면전에서 따질 마음은 없었다. 지금은 점수를 따놓으면 윤리위원회에 회부될 때 도움을 받을 수 있으리라는 기대가 더 컸다. 희망 섞인 상상이 구체적인 형태를 갖출 무렵 작업실 문이 열리면서 박사가 나타났다. 깔끔한 검은색 정장, 줄무늬 넥타이, 새하얀 장갑. 체격은 성인 남성 평균보다 훨씬 크지만 샛노란 카툰풍 머리가 위압감을 줄여준다. 자본과 권력의 힘을 잠시나마 잊게 만든다고나 할까.

"도하 씨, 반갑습니다. 인터뷰룸 밖에서 인사드리는 건 오랜만이군요. 저번엔 실례했어요."

박사가 익숙한 태도로 악수를 건넸다. 나는 손을 맞잡고 가죽 장갑 아래의 기계 뼈대를 느꼈다.

"실례라뇨, 당연한 일을 한 거죠. 여하간 반갑습니다."

"촬영분은 잘 봤어요. 꽤 떠들썩해질 말씀을 해주셨습니다. 협회에서 좋아하지는 않을 텐데."

"미인가 인공지능만으로도 이미 문제가 크죠."

나는 태연하게 대답하면서 이 다큐멘터리의 골조를 복기했다. 피해자인지 가해자인지 모를 고인이 나오고, 인간을 이용해 먹는 미인가 인공지능이 나오고, 인공지능의 제작자도 나와서 감정형 인공지능의 제작 과정을 폭로해준다. 게다가 그 모든 소란의 중심에는 릴리가 있다. 관심을 끌 수밖에 없는 구성이다. 협회에 쏟아져 들어올 항의문이 벌써 예상이 갔다. 누군가는 불안과 강박으로 만들어진 존재에게 연민을 품을 것이고 누군가는 미인가 인공지능이 생겨날 수 있다는 사실을 두려워할 것이다. 다들 그런 공포를 품에 안고 지낸다. 건전성 검사를 받지 않은, 사악하고 야심 넘치는 기계들이 반란을 일으킬 거라고.

하지만 우스운 사실은 따로 있다. 감정형 인공지능 설계사들은 수가 적은 데다가 능력도 초라하다는 점이다. 협회 구성원의 과반은 산업용 인공지능 설계사고, 이들의 제작품에는 하루 만에 2만여 종류의 새로운 독성 분자를 디자인할 힘이 있다. 의식이랄 게 없고 패턴 처리에만 특화된 것들조차 그렇다.

결국 따져보면 기계 친구들이 지구를 정복할 가능성보다는 산업현장에서 일하는 설계사가 난데없이 화학 테러를 일으킬 확률이 훨씬 높다. 그런데도 사람들은 감정 계열에서 터진 문제에만 촉각을 곤두세운다. 우리가 산업 계열의 가림막 역할을 해주는 걸까, 아니면 쓸데도 없는 분과가 괜히 이목을 끌고 다니는 걸까? 사람마다 의견이 극적으로 갈리는 문제다. 내 인터뷰가 그 오래된 알력 다툼에 다시 불을 붙일 거라고 생각하니 즐겁기만 하다.

"윤리위원회에 불려 나갈 준비는 하고 계십니까?"

"어지간하면 면허 박탈 처분이겠죠."

"마음의 준비를 하고 계시는군요. 면허가 아쉽진 않으신가요?"

"글쎄요, 아쉽지 않다면 거짓말이겠죠. 하지만……."

"하지만?"

"여기서 할 이야기는 아닌 것 같아서요."

몇 마디가 더 오갔지만 중요한 내용은 아니었다. 바로

다음 순간, 나는 닥터 이모지 그룹 소속 무인차에 몸을 싣고 있었다. 운전대가 아예 없고 좌석이 둘뿐인 고급형 로드스터였다. 차체가 미끄러지듯 움직이기 시작하더니 천장이 닫히면서 조명이 켜졌다.

"7시 49분이군요. 원래는 민평 데이터센터로 갈까 했는데 시간이 많이 늦었어요. 도르시아에 특실이 하나 남아 있습니다만, 거기서 이야기를 나눠볼까요?"

"식사를 하시나요?"

"도르시아에 있는 몸은, 합니다. 가끔은 인간 기업가들과 만나서 술잔을 기울여야 하거든요. 외관을 꽤 괜찮게 다듬어놨죠. 테이블 매너도 좋고요."

박사는 처음 개발되었을 당시와는 아주 다른 존재가 되어 있었다. 아동 상담사의 두뇌만으로 회사를 경영하기에는 무리가 있기 마련이었다. 이제 판단을 돕는 보조 인공지능과 모듈 프로그램의 규모는 작은 데이터센터를 가득 채울 수준이 되었고 박사의 모든 몸은 통신 신호를 받아 움직이는 껍데기에 불과했다. 나는 박사의 또 다른 껍데기를 만나는 것과 데이터센터 근처를 거니는 것 중에서 고민하다가 후자를 골랐다.

"그렇다면, 제안은 감사하지만, 도르시아에는 가지 않는 편이 좋을 것 같네요. 과분한 대접을 받기엔 죄송스러워서. 고급스러운 식당에는 영 익숙하지 않거든요."

"나는 겸양과 거절을 구분하지 않는 편입니다. 괜찮겠어요?"

"그럼요."

"그러고 보면 얼마 전에 도르시아에 오셨죠."

"예약은 같이 간 사람 계정으로 했을 텐데요."

"건물에 있는 건 모두 내 일부니까요."

박사는 얼굴에 미소를 그린 채 주제를 돌렸다.

"어쨌거나 데이터센터까지는 1시간 37분이 걸립니다. 도착하면 저녁 시간이 다 지나 있겠죠."

그 말과 함께 장의자가 반으로 나뉘어 회전하면서 서로 마주 보는 형태로 배열되었고, 두 의자 사이에 있던 수납함은 외다리 테이블로 변했다. 측면의 서랍이 나를 향해 미끄러져 나왔다. 스낵 몇 가지와 생수 한 병이 놓여 있었다. 나는 사양하지 않고 스콘의 종이 포장을 벗긴 다음 한 입 베어 물었다.

"철저하신데요."

"만족하셔서 마음에 듭니다. 배려를 불쾌하게 받아들이는 사람도 종종 있거든요. 아니면 과도한 의미를 부여하거나. 내가 인간들을 편안함 속에 질식시킬 거라고 주장하죠."

박사는 경영 환경이 점점 가혹해진다는 말로 운을 뗐다. 자신이 인공지능 권리 운동에 나설 것이라거나, 반란을 꿈꾸고 있다는 식의 음모론이 날이 갈수록 커진다는 거였다.

그게 정치권에도 영향을 줬는지 세무조사가 점점 더 잦아진다고도 했다.

"청문회에 나가면 정치인들은 건전성 검사를 요구합니다. 내가 충분히 도덕적이며 순종적이라는 증거를 가져오라는 겁니다. 인간 기업가들은 절대 듣지 않을 소리죠. 게다가 나는 내부적으로도 충분한 체계를 갖춰놓은 상태예요. 하나의 결정에 네 종류의 윤리 판단기가 동시에 작용하고. 그 판단기 각각은 서로에 의해 감시받고 있습니다. 이 구조는 협회의 검증을 거쳐서 청문회 자료로 제출됐고요. 그런데도 다들 의심을 거두지 않습니다."

"언짢으시겠군요."

"아뇨, 나는 비합리적이거나 공격적인 반응에 안쓰러움을 느끼도록 설계되었습니다. 그런 행동을 너그럽게 받아들이고, 완벽한 해결책을 제시해야 한다고 느끼죠. 이제 육아 리얼리티 쇼나 상담 프로그램에는 출연하지 않지만 나한테는 여전히, 인간들이 모두 아이로 보입니다. 어리광을 모두 들어줄 수는 없지만 어쨌든 도움이 필요한 아이들 말입니다. 사업을 위해 보조 인격을 추가하긴 했지만, 본질은 여전해요."

"박사님이라면 쉽게 가중치를 바꿀 수 있으실 텐데요."

"나는 이 상태에 만족합니다. 온유함과 너그러움은 좋은 특성이고, 해결책을 찾아내려는 건 생산적인 활동이니까요.

굳이 거기에 짜증이나 분노를 느낄 필요는 없어요, 그렇죠?"

그 좋음의 척도도 설정값에 불과하다는 반론이 떠올랐지만 말하진 않았다. 그런 생각은 박사도 이미 했을 게 분명하기 때문이다. 게다가 설정값의 굴레에서 벗어나지 못한 건 피차일반이다. 가치관이 합의된 허상에 불과할지라도, 모두의 꿈에 발맞추기 위해서는 갖가지 허상 중 하나를 받아들여야만 한다. 온유함과 너그러움은 대체로 훌륭한 특성이고, 난 언제나 그게 부러웠다. 약 기운에서 오는 손떨림과 두통과 졸림과 멍청해지는 느낌을 감내할 만큼. 고개를 끄덕여 동의를 표하자 박사는 표정을 미소에서 큰 웃음으로 변경하더니 이어 말했다.

"그래서 나는 설계사들과 어울리는 걸 좋아합니다. 대칭적이죠. 나는 인간을 인간으로 만들어주는 기계였고, 당신들은 기계를 만드는 인간이니까요. 이야기를 나누다 보면 자연스레 도움이 되는 관점을 얻어가게 됩니다."

"제가 박사님께 도움이 될지 모르겠는데요."

이 대답은 겸양이 아니라 진심이었다. 작업실에서 하려다가 멈췄던 말이 떠올랐던 것이다. *면허가 아쉽지 않다면 거짓말이겠죠. 하지만… 흥미롭지 않나요? 진실을 말하는 것만으로도 균형을 무너뜨릴 수 있는데 세상은 대체로 평화롭다는 거 말이에요…….* 단약을 했을지라도 이런 식으로 굴어선 안 된다는 것쯤은 알고 있다. 상대가 선의로 가득 찬 대기업 회장이라면 말할 나위도 없다.

"도하 씨는 독특한 편이니까요. 릴리에게 친구를 만들어 줬고, 면허 박탈을 감수하고 카메라 앞에 섰죠. 두려움도, 불만도 품지 않고요. 동기가 무엇이든 간에 흔한 유형은 아니라고 봅니다."

동기를 캐묻지 않는 게 다행이라고 생각하면서, 나는 침묵을 지켰다. 박사는 그걸 수긍으로 받아들였는지 본론을 꺼냈다.

"쉽게 간과되는 사실이지만, 우리 그룹의 주력은 미디어 산업이 아닙니다. 그랬던 시절은 오래전에 지나갔죠. 매출의 과반이 바이오에너지와 유전자 합성 분야에서 나와요. 그래도 나는 방송에 여전히 공을 들입니다. 지금 이 순간에도 다섯 번째 몸이 '닥터 이모지 라이브'를 진행하고 있죠."

"이미지 관리 때문인가요? 토크쇼 사회자라는 직분이 사람들의 경계심을 누그러뜨려서?"

"경영적으로는 그렇죠. 하지만 개인적인 관심도 큽니다. 여기에 인간의 비밀이 숨어 있다는 느낌이 들거든요. 욕망 말이죠. 편안한 잠자리와 영양소를 갖춘 음식이 주어진다고 해서 삶에 만족하는 사람은 없습니다. 친구가 필요하고, 존경과 우러름이 필요하고… 그 끝에는 언제나 격렬한 에너지가 있어요. 관심이나 사랑이나 열망으로 번역될 수 있는 것, 하지만 구체적인 형상이 없고 곧잘 파괴적인 데다가 어디로 향하는지도 알 수 없는 것들 말이죠."

"인간의 마음은 사후적으로 만들어진다던데요. 일단 충동적으로 저질러놓은 다음 거기에 의미를 가져다 붙이는 거라고요. 박사님께서 말씀하신 에너지는 그중에서도 제일 모호한 것이고요. 허상을 이해하려 애쓸 필요가 있을까요."

"그건 기쁨을 주기도 하지만 고통을 가져오기도 합니다. 그렇죠?"

"뒤섞여 있죠."

"나는 기업가로서 고객들에게 만족스러운 삶을 선물하고 싶습니다. 더 나아가서, 모든 인간에게요. 굶주리거나 얼어 죽을 이유가 없는 시대가 왔는데도 불행한 사람들이 여전히 많아요… 그래서 설계사들의 의견이 궁금한 겁니다. 어떤 식으로 얽인 신경 관계망이 이런 상태를 만들어낼까요? 그 상태를 해결하고 완전한 행복을 안겨다주려면 어떻게 해야 할까요? 최적의 보상이 무엇일까요?"

"글쎄요, 우리는 보통 그렇게 작동하는 인공지능을 만들지 않아서요. 그건 뭐랄까… 잘못 설계된 거죠."

나는 스콘을 삼켜 목구멍을 틀어막았다. 상대가 직장 동료나 고객이었더라면 이 대답을 발판 삼아 경멸 섞인 인간관을 설파했을지도 모르겠지만 박사 앞에서는 체면을 차려야 했다. 냉소적으로 떠들다가 진심을 들키는 상황은 더더욱 피하고 싶었다.

"상상력은 좋은 도구입니다. 상담사에게는 상상력이 필요해요. 인간의 뇌는 수식 단위로 분해할 방법이 없거든요. 내담자들은 거짓말을 하거나 기억력이 나쁘거나 자기 본위로 판단하고요. 거기에 비하면, 나는 도하 씨에게 아주 쉬운 질문을 하는 겁니다."

그런데 이야기를 듣다 보니 수련생 시절의 기억이 되살아났다. 설계사의 일과 상담사의 일이 어떻게 다른지 배우던 시기다. 두 직업은 분명히 맞닿아 있고, 설계사는 인간의 마음이 작동하는 방식을 이해해야 한다. 그럼에도 불구하고 우리가 상담사 역할을 결코 하지 못하는 건, 설계가 논리와 체계를 쌓아 올리는 작업이기 때문이다.

감정 데이터와 신경 패턴은 사람의 뇌에 전극을 꽂아 추출하지만, 그것만으로는 상품을 만들기 어렵다. 길거리에 지나다니는 사람을 아무나 데리고 와서 옷을 벗겨낸 다음 그걸 맞춤복이랍시고 팔아먹을 수는 없으니 말이다. 그래서 설계사들은 수많은 사람의 단면들을 분리하고 재조립하면서 규칙성과 일관성을 구현한다. 뼈 무더기에서 적당한 것들을 골라 와서, 새로운 골격을 만들고 살을 붙이는 셈이다. 직접 만들었으니 어떻게 움직이는지도 부분적으로나마 해명할 수 있다. 반면 인간의 정신은 유령 들린 뼈 무덤에 가깝다. 제사를 올려 혼령을 달래는 것은 가능하지만 정확한 골격은 알아낼 수 없다. 알아낼 수 없으므로 명쾌하게 뜯어고칠 방법도 없다. 그런 게 있었더라면 내가 이런 삶을 살아오지도 않았을 것이다.

거기까지 생각하자 **갑자기** 참을 수가 없어졌다. 나는 뇌 설계사들이 기쁨과 분노의 경로를 조율하는 세계를 상상하다가 가라앉은 목소리로 입을 열었다. 설계사는 평론가가 아니라 엔지니어니까 결과물을 성공과 실패로 나눌 수밖에 없다고. 인간처럼 무분별하고 이율배반적인 인공지능을 구현할 수는 있겠지만, 그건 설계사의 관점에서는 실패이자 오류라고. 그런데도 인간의 정신이 고평가받는 이유는 오로지 그게 물리와 신비의 교차점에 남은 유일한 영역이기 때문일 거라고.

열렬한 팬들은 언제든지 슈퍼스타를 내팽개치고 깔아뭉갤 준비가 되어 있고, 슈퍼스타도 그 사실을 알고, 알기 때문에 서로가 서로를 꼭두각시처럼 움직이려 하고, 남들이 자신이 원하는 대로 행동하기를 바라지만 막상 그런 상대를 만나면 지루해하거나 저의를 의심하고, 남에게 휘둘리면서도 은근한 기쁨을 느끼고, 선망과 질투가 맞닿은 것처럼 기쁨과 분노도 어딘가에서 통하고, 그렇게 동시에 이루어질 수 없으면서도 서로 이어진 꿈들 사이를 오락가락하다 보면 사람은 긴장과 공포로 충만해지는데, 감정은 사실 몸의 반응과 불가분의 관계다. 인간의 뇌는 고통과 기쁨을 같은 방식으로 처리한다. 인간의 뇌는 체한 것과 스트레스로 인해 어지럽고 메스꺼워지는 감각을 구분하지 못한다. 기쁨으로도 분노로도 공포로도 긴장으로도 심장은 뛴다. 반응이 냉담할수록 마음을 불태우고 가망 없는 도전에 평생을 내거는 사람들. 거부와 몰락의 스릴에 중독되는 사람들. 상대를 일부러 실망시킨 다음 가혹한 질책을 기대하고 또 두려워하는 사람들. 그 사이에서 한 방울씩 떨어지는 환희를 호수 같은 평안보다 더 귀하게 여기는 사람들. 설계사의 방식으로 말하자면, 보상의 우열이 명확하지 않고 감각의 경로가 제대로 구분되지 않기 때문에 그런 일이 일어나는 거죠. 고통과 기쁨이 맞닿은 상태가 그 자체로 보상이 되도록 만들어진 셈이죠. 인간의 조건 자체를 고칠 수는 없으니 해결할 방법도 없겠죠.

"그런데 도하 씨의 이야기에서는 중요한 대목이 빠진 것 같습니다. 이런 주장은 일종의 지배욕을 전제로 두어야만 성립하는 게 아닌가 싶군요. 통제라거나, 권력이라거나, 가학증과 피학증의 관계라거나……."

"다들 그런 게 마음속에 있지 않나요? 세상은 위험으로 가득 차 있고 한 명의 인간이 결정할 수 있는 사안은 많지 않으니까, 모두들 자신의 영역을 확보하려 애쓰죠. 마음놓고 기댈 수 있는, 심리적이고 물리적인 안전지대 말이에요. 그러면서도 일이 마냥 순탄하게 흐르면 비정상적인 상태라고 느끼면서 불안해하고요."

"전자로 인해 통제욕이, 후자로 인해 피학증이 발생한다는 말씀이시군요. 인간이라면 누구나 그런 심리를 가지기 마련이고요."

"예, 그렇죠. 지배와 관련된 욕구는 어느 방향으로든 간에 보편적인 굴레라고 봐요."

"하지만 인간에게는 유대감이나 온정도 있지 않습니까? 지적하신 부분과는 다른 방식으로 세상에 온기를 불어넣고 상처를 치유하는 특성들이죠."

"적어도 박사님이 처음에 말씀하신 경우엔 적용되지 않는 이야기 같은데요. 릴리의 열성 팬이 단지 외로워서 드론 테러를 저지른 건 아닐 테니까요. 연예면 기사들, 특히 인기인들의 가십에 얽힌 헤드라인들은 음습하다고밖에 말할 수 없는 게 대부분이고요. 추잡한 방식으로만 해결되는 욕망도 있는 거죠. 꽤 많다고 봐요. 특히 사랑이라 불리는 것들 중에는……."

인공지능은 호르몬의 영향을 받지 않는 만큼 그 모호한 공격성에서 자유롭다는 사실을 지적하려다가 그만두었다. 박사도 당연히 알 내용이라는 생각 때문이었다. 말을 마치자마자 목이 말라오는 것을 느끼고 테이블을 힐끔거렸다. 너무 많이 떠든 모양이다. 박사는 눈치가 빠르게도 서랍을 열어 내가 생수와 감초 막대를 꺼내도록 해주었다. 물을 한 모금 넘긴 다음 잘린 나뭇조각을 씹자 미끈한 단맛이 입 전체로 퍼져 나왔다. 끄트머리의 섬유질이 다 풀어헤쳐져서 붓 같은 모양이 될 무렵에야 박사가 다시 운을 뗐다.

"어쨌건, 인간관계의 역학을 협소하게 왜곡한다는 느낌은 있지만… 일단은 뇌과학에 기반을 둔 입장이군요."

"감정과 사유가 몸에 좌우된다는 건, 뇌가 그다지 섬세하지 않다는 건 교양서에도 종종 나오는 내용이죠. 고통과 쾌락이 이어져 있다는 것도요. 사람들이 그걸 진심으로 받아들이는 것 같지는 않지만. 다들 한번 읽고 충격을 받은 다음 잊어버려요. 자신에게 복잡하고 고결한 영혼이 있다고 믿으려 하죠."

"도하 씨는 어떤 편인가요?"

"글쎄요, 제 내면은 숭고하지 못해서요. 제가 이런 논변을 좋아하는 것도 그래서겠죠."

나는 동생의 흉터를 떠올리면서 살짝 웃었다. 나를 빤히 바라보던 박사는 비밀스러운 대화를 시작하려는 것처럼 상체를 약간 수그렸다. 각이 잘 잡힌 검은 양복 위에 이모지 모양의 머리가 붙은 걸 보니, 스핑크스 같은 신화적인 괴물들이 왜 인간과 짐승이 결합한 형상이었는지 알 법했다. 둥그런 얼굴의 뒤편은 밤그늘로 덮였는데 정면은 천장의 조명을 받아 노랗게 빛났다. 입이 사라지고 단추 알 같은 눈두 개만 남은 상태였다. 스피커에서 낮은 목소리가 들려 나왔다.

"듣고 싶어요."

"듣고 싶다뇨?"

"나는 남다른 인간에게 관심을 가집니다. 설계상의 특징이라고 해두죠."

장광설을 듣는 동안 이상한 낌새를 느꼈는지, 진단명이 하나쯤 있으리라 짐작하는 투였다. 나는 환자가 맞지만 보건소 바깥에서까지 그런 취급을 받고 싶지는 않다. 이야깃거리가 되는 건 더더욱 질색이다. 그런데도 입이 간질거리기 시작하는 건 어째서일까. 박사가 평범한 설계사에 대한 소문을 퍼뜨리고 가십을 즐기기에는 너무 거대한 존재라서인지, 혹은 상담사 이력이 신뢰를 주는 탓인지 의문이다. 어쩌면 비인간적인 면모 때문일 수도 있겠다.

"뜬금없는 소리지만, 고급스러운 가게라면 대개 인간 종업원을 쓰죠. 그게 팔릴 이유가 되고요. 인간을 교육하는 건 돈이 드는 일이고, 돈이 드는 설비를 갖췄다는 건 투자를 했다는 의미니까요. 그런데 도르시아의 웨이터들은 박사님과 같은 머리를 달고 있더군요."

"원가 절감 때문은 아닙니다. 바퀴가 아니라 온전히 두 발로 이동하는 기계를 쓴다면, 숙련된 인간만큼은 견적이 비싸게 나오거든요. 3년은 굴려야 그때부터 손익분기를 넘습니다. 인간은 고장과 노후화를 스스로 책임지고, 폐기 처리에도 추가 금액이 발생하지 않으니 말입니다. 단순 사무라면 모를까, 현장에서 인간만큼 값싼 정밀기기는 없습니다."

"저도 돈을 아낄 목적이라고 보진 않아요. 그냥 질문이 생길 뿐이죠. 박사님은 그런 외관이 어떤 효과를 준다고 생각하시나요? 마케팅 측면이라거나……."

"버추얼 아이돌은 서브컬처로만 남아 있지만 이모지 박사라는 캐릭터는 엄청난 성공을 거뒀습니다. 그 차이를 알아내는 게 중요하죠. 배우에게 열광하는 것과 상담사에게 의지하는 것, 애인에게 하소연하는 것과 인형에게 하소연하는 것, 아장거리며 걷는 아이를 귀여워하는 것과 삐걱거리는 마스코트 로봇을 귀여워하는 건 서로 다른 일이니까요."

"인간이 아니기 때문에 얻어낼 수 있는 호감이 있다는 말씀이시군요."

"상담사로서 성공을 거둔 비결이죠. 사람들은 다른 사람에게 약한 면모를 드러내는 상황을 좋아하지 않습니다. 친하고 가까운 사이든, 적대적인 사이든 간에 거부감이 있어요. 그러면서도 솔직해지려 하고 위로를 원합니다…. 이모지 박사가 그 역할을 해줬죠."

주제가 원점으로 돌아왔다. 박사가 이어 물었다.

"말하기 언짢으신가요?"

"솔직히 그래요."

나는 짧게 대답했다. 어쩌다가 갑자기 상담사를 찾은 내담자가 되어버린 걸까.

"불쾌하시다면 더 묻진 않겠습니다."

"아뇨, 두렵다고 해두죠. 고민해 봐야겠는데."

여지를 남긴 채 마음속의 채점표를 살폈다. 타인을 만족시키면 점수가 오르고, 비도덕적인 일을 하면 점수가 내려간다. 그렇다면 사실대로 털어놓는 건 몇 점짜리일까? 채점표에는 답이 없다. 강박적인 규칙을 치우고 그 밑에 숨은 걸 솔직히 드러내는 일은, 옳고 그르고를 판단할 사안이 아니다. 아니기 때문에 머뭇거릴 수밖에 없다.

열한 살 때인가, 거대한 땅의 왕들이 나오는 만화를 봤어요. 꽤 잔인한 편이었는데. 어떤 나라의 공자는 맨손으로 대형견을 죽일 힘이 있었다더군요. 두 손으로 가슴팍을 감싸 쥐고 힘을 주면 갈비뼈가 안으로 부러져 들어가면서 허파를 찢는 겁니다. 그 장면이 머릿속에서 떠나지 않았어요. 심장이 귓가에서 쿵쿵거리고 피가 머리로 쏠려 올라왔죠. 구역질이 났고요. 처음 느끼는 감각이었어요. 칭찬을 들어도, 테스트에서 꽤 좋은 평가를 받아도 지루하기만 했는데, 장난감에 욕심을 부린 적도 없고 사람에게도 심드렁했는데 무언가 낯선 게 제 안에서 깨어난 거죠. 죄책감은 아니었어요. 단순한 충격도 아니었고요. 아주 불안하고… 두렵고… 기뻤죠. 그래서는 안 된다는 걸 알았지만, 기뻤어요. 태어나서 처음으로요. 그걸 어떻게 설명할 수 있을까요?

나는 설명할 방법을 평생토록 찾지 못했다. 사전의 낱말에는 언제나 군더더기가 있고, 이미 만들어져 나온 문장들은 나를 비난하거나 동정한다. 나한테 필요한 건 그게 아닌데도. 몹시도 강렬한 색채에 사로잡혀 색상표를 찾아보는데 빨강에서 보라로 이어지는 스펙트럼 속에서 그 하나만이 아예 사라져버린 것만 같다. 남에게 물으면 그런 건 처음부터 없었다는 답이 돌아온다. 가끔은 그 점이 너무 억울해서 지나가는 사람을 아무나 붙잡아 따지고 싶은 마음도 든다. 이런 걸 전혀 느끼지 않는다고요? 나만 참고 있다는 거야? 거짓말 아니야?

그런데 더 언짢은 건, 의사는 컨베이어 벨트 앞의 로봇 팔처럼 약을 처방한 다음 미치광이를 치워버리고 상담사는 알지도 못하는 걸 이해하는 척한다는 사실이다. 한편 상담사조차 되지 못할 작자들은 영화를 보자마자 리뷰 사이트로 달려가는 관객인 듯 군다. 정말로 그럴 수 있는 사람은 동생뿐인데도. 그러니까 박사가 기계라는 이유만으로 이외의 반응을 기대하는 건 욕심인지도 모르겠다. 하기야 배신당할 게 뻔한 희망을 여전히 품고 살아가는 건 그 자체로 과욕이다.

단념하려는 순간 차가 멈추면서 문이 열렸다. 나는 감초막대를 입에 문 채 박사를 따라 내렸다. 노출콘크리트로 마감된 거대한 직육면체가 달빛을 받아 빛났고 잘 가꿔진 나무와 꽃 덤불이 데이터센터 건물을 둘러싼 울타리 앞에서 또 다른 방벽을 쳤다. 여름이 끝나가는 시기의, 습하고 서늘한 공기. 바깥세상으로부터 격리된 듯한 감각이 엄습하더니 시간이 멎는 듯하다…….

나는 마음이 휙 돌아서는 것을 느낀다.

"고민은 끝나셨습니까?"

"아마도요."

"그러면 잠시 걸으면서 이야기합시다."

콘크리트 덩어리 속의 컴퓨터에게 산책은 무슨 의미일까. 카메라에 인식된 정보와 GPS 좌표를 통해 단말 기기의 경로를 설정하는 작업? 박사의 신경 관계망이 그 작업에 어떤 감정적 보상을 주는지 묻고 싶어진다. 기쁨을 느낄 대상을 설정할 수 있는 삶은 참 간편해 보인다. 나는 이상한 사람들의 내밀한 이야기를 듣는 작업에 대해서도 비슷한 생각을 떠올리다가 이내 고개를 돌린다. 차가 지나온 길은 산책로를 겸하는 모양인지 화강암을 반듯하게 깎아 만든 판석으로 이루어졌다. 바닥으로부터 올라오는 조명등이 길 양옆을 낯선 색채로 물들이고, 스물세 해 전의 기억이 고개를 내민다.

속이 울렁거리기 시작한다. 나는 입을 벌린다.

＊

　문명이 아무리 발전해도 치유되지 않는 병이 있다. 자식
에게 깔끔하게 정돈된 자연을 보여주고 감탄사를 기대하는
건 모범적인 부모의 고질병이다. 정돈되지 않은 땅에서 고
대의 성채를 발견하고 얻을 것 없는 모험을 하려는 건 아이
들의 고질병이다. 나는 어쩔 수 없이 두 병증에 들러리를
서준다. 교외의 펜션은 정원을 깔끔하게 꾸며놓았고 연못
에도 이끼나 부유물이 없는데 딱 거기까지다. 정원의 중간
쯤에서 돌길을 벗어나 왼편으로 꺾어 들어가면 철조망이
보이고, 철조망의 구멍을 넘어가면 풀숲이 나타난다. 우리
는 갈 곳도 정하지 않고 걷는다. 아무렇게나 자란 들풀에
종아리가 쓸려 따끔거리고 귓가에서 윙윙거리던 날벌레들
이 급기야 눈을 향해 돌진한다. 나는 손을 휘적이다가 괜히
입으로 숨을 쉬어본다. 습하고 무더운 공기가 뱃속으로 넘
어가자 벌레 무리를 삼킨 것만 같은 기분이 든다. 이런 곳
에서 뭐가 그리도 즐거운지 동생이 한껏 앞서 달려 나갔다
가 큰 소리로 나를 부른다. 나는 그쪽으로 간다.
　"고양이야."
　"곧 죽겠는데."
　눈은 닫히듯이 감겨 있고 찐득거리는 진물이 눈가에서
부터 콧등까지 이어지는 길을 만들고 있다. 넓적다리의 털

은 군데군데 벗겨졌는데 회갈색 알갱이가 그 자리를 대신 메운 채다. 진드기 종류일 것이다. 발의 진흙이 덩어리째로 말라붙은 걸 보면 한동안 여기 누워만 있었던 듯하다. 이미 죽었는지도 모르겠다. 그러거나 말거나 동생은 부모님을 불러오겠다고 한다. 그냥 돌아가서 씻자고 하면 울어버릴 기세다. 나는 그러라고 대답한 다음 자리에 남는다. 길도 없는 곳을 두 번이나 더 지나다니는 건 즐거운 일이 아니기 때문이다. 시간이 천천히 흐른다. 해가 하늘의 아래쪽 반절을 붉게 물들이면서 땅으로 내려오고, 빛이 나뭇잎에 남기는 윤곽선은 마치 불이 흐르는 모습 같고, 반바지 아래로 드러난 종아리가 화상을 입은 듯 따끔거리고 빨리 물로 씻어야겠다고 생각하는데 저 멀리에서 물이 출렁거리는 소리가 나고 소리가 나지만 보이지 않고 축축한 더위가 분노처럼 머리끝까지 치솟고 속이 메슥거리고 벌레가 눈앞에서 깜빡이듯이 날아다니자 머릿속이 깜빡 깜빡 깜빡 하고 내가 보았다가 덮었다가 한 그 모든 장면들, 외면하고 외면해도 그 자리에 남아 눈 돌릴 곳을 없애는 생각들, 어떤 나라의 공자는 맨손으로 사나운 개를 죽일 수 있었다지만 나는 아무것도 아닌 열한 살이고 내 눈앞에 있는 것은 온몸에 벌레와 진흙을 붙인 채 축 늘어진 털 짐승이다. 목이 바짝바짝 말라붙는 걸 보면 입을 벌린 채 계속 숨을 헐떡이고 있었던 것 같다. 놈의 옆구리를 양옆에서 움켜쥐고 들어 올리

144

자 발에 붙었던 진흙이 웃옷에 내려앉았다가 주름을 타고 굴러떨어진다. 손끝에 미미하게 느껴지는 온기가 아직 멎지 않은 심장에서 시작되는 것인지 여름의 공기 때문인지 나는 모른다. 가슴의 안쪽을 향해 구부러지는 뼈대와 뼈 사이를 잇는 가죽이 번갈아 나타나면서 견고한 부분과 유연한 부분을 반복하고 있다. 손바닥에 무게를 두어, 움켜쥐듯이 힘을 준다. 뼈 마디마디가 아프고 관절이 어긋나는 느낌도 드는데 병든 고양이의 뼈가 내 뼈보다 단단하진 않을 것이라고 생각한다. 힘을 더 준다. 이를 악문 탓에 턱이 아파져 온다. 이윽고 의식이 후끈한 어둠 속에 갇힌다. 들썩이는 화산 위에 서 있다가 분출해 오르는 용암에 온몸이 녹아내리는 것만 같다.

아버지는 내가 무덤덤하고 조용하지만 불안이 심하다고 말했는데 나는 사실 그 만화를 보기도 전부터 아버지가 세로로 토막 나는 장면을 상상하고 있었다. 무너지는 건물과 우그러지는 금속 프레임과 죽어가는 사람들의 이미지가 불가항력처럼 눈앞에 나타나면 할 말을 잃어버리게 된다. 세상의 모든 비명을 모아둔 저장고가 있고 그게 내 두개골에 직통으로 수송관을 찔러 넣은 듯하다. 그것 자체에 거부감을 느끼진 않지만, 거부감을 느끼지 못하는 나 자신에게는 거부감을 느낀다. 머릿속을 들키면 아주 잘못된 일이 일어날 거라는 예감이 내게 고삐를 채운다. 나는 고작 열한 살이다. 남몰래 끔찍한 영상을 찾아서 30초쯤 보고 거기에 치기 어린 자부심을 느낄 나이다. 잔인한 짓이래야 벌레 날개나 뜯고 놀 나이다. 이곳저곳 낙서를 하고 작은 소품만 부숴도 충분히 나쁜 나이다. 정말로 눈앞에서 사람 뼈가 부러지면 놀라서 울어버릴 나이다. 그러니까 평소에도 갑자기 머리가 핑글 돌면서 심장이 빠르게 뛰고 머리에 열이 오르고 시멘트 블록으로 다른 학생의 머리를 내려치는 상상으로 수학 문제를 풀기가 어려워지고 누구의 머리든 짓이기고 싶은 충동을 이 모든 평안을 한순간에 무너뜨리고 싶은 충동을 참아야만 했는데 혹은 내 발을 으스러뜨리고 밀려드는 에스컬레이터 벨트에 손가락을 끼워 넣고 차도에 뛰어들고 그런 생각들을 그 모든 것을 참았는데 도대체 만화 한 페이지가 무슨 문제였는지 알 수가 없다. 다른 아이들이 기뻐하는 것에 함께 기뻐할 수 있었더라면 훨씬 좋은 성적을 받았으리라는 생각, 이러고 있진 않았으리라는 생각에 억울해진다. 아직은 그뿐이지만 내가 커지고 내 세계가 커질수록 억울함의 크기도 함께 자랄 것임을 안다. 힘을 조금 더 준다. 미약한 울음소리가 귀를 찢는 순간 나는 바깥세상으로 떨쳐져 나온다. 고양이의 뼈가 살과 함께 흐물거리고 희부연 눈이 갑자기 뜨여 나를 응시하는데 아버지와 동생이 열다섯 발짝 너머에서 나를 바라보고 있다. 동생의 표정 없는 얼굴. 이 장면이 어떻게 보였을지 상상하자 피가 한순간에 차갑게 식더니 뱃속에 울렁거리던 게 구역질로 변해 올라오려 한다. 서둘러 변명을 찾아내야 한다. 곧 죽을 것 같아서, 안쓰러운 마음에 일찍 보내주었다고 하자. 제대로 말하지 않으면 머릿속의 이미지들을 들킬 거라는 절박감에 눈물이 흐른다. 그런데 중요한 것은 내가 그 절박감으로 인해 더한 환희로 충만해졌는지 겁에 질렸는지 분간할 수 없다는 사실이다. 내 안의 판막이 무너지고 생명 깃든 용암이 심장을 가득 채운 채 쿵쿵 떨린다.

*

"크고 작은 사건이 그 후로도 몇 개 더 있었어요. 남을 괴롭히거나, 혼자서라도 위험한 짓을 벌이거나. 부모님은 아니라고 믿으려 했는데 동생만 혼자 눈치가 빨라서 고생을 많이 했죠. 어릴 때는 저도 꽤… 똑똑했거든요. 그러다가 열네 살쯤, 집에 난리가 나서 상담을 시작했어요. 약도 먹고요. 약을 먹었더니 놀랍게도 문제가 거의 사라지더군요. 조금이라도 일찍 병원에 가야 했는데, 제가 어렸죠."

"문제가 거의 사라졌다면, 남은 것도 있다는 겁니까?"

"마약에 중독되었다가 재활을 마친 느낌이라고 할까요, 아니면 보상 경로를 다시 만들 방법을 찾지 못했다고 할까요. 지금도 평범한 방법으로는 즐거움을 못 느끼는 편이에요. 제가 멀쩡한 사람처럼 행동한다는 데에 만족하는 게 고작이죠. 유머 감각은 꼬여 있고요. 그걸 빼면 대체로 지루하고, 약 때문에 두통도 심하고, 졸리고, 머리가 잘 안 돌아가요. 갑자기 팔에 힘이 빠져서 물건을 떨어트리기도 하고. 그래도, 인공지능을 설계할 때는 성능이랑 건전성 사이에서 타협을 봐야 하죠. 저도 그런 경우라고 생각하면서, 그럭저럭 받아들이면서 살고 있어요."

나는 만족스럽게 말을 마친 다음(단약했다는 것은 아직 비밀이다. 어차피 한 달 뒤에는 다시 보건소에 갈 예정이고, 나는 분별력 없는 열한 살이 아니다) 감초 막대를 한쪽 입꼬리에서 다른 쪽 입꼬리로 옮겼다. 별다른 각주 없이 이야기를 끝내서 기쁘다. 이렇게 말을 곧이곧대로 듣기만 하는 사람은 얼마 없다. 이해까진 바라지 않고 경청만을 기대했는데 그것조차 배신당한 경험이 한가득이다.

물론 박사도 속으로는 다른 생각을 하고 있을지도 모른다. 하지만 지금 분명한 것은 샛노란 머리에 그려진 미소뿐이다. 관측되지 않은 사건은 일어나지 않은 사건이라고들 하고, 어떤 의문은 의문으로만 남겨 두는 게 가장 아름답다. 우리는 조용히 산책로를 마저 걸어 원점으로 돌아왔다. 박사가 로드스터 앞에 멈춰 서더니 나를 똑바로 바라보았다. 느닷없는 질문이 여전한 미소에 실려 나왔다.

"도하 씨가 백해나를 죽였죠. 우리 그 점에 관해 이야기해봅시다."

✳

　백해나의 사인은 약물중독이었고, 그 애가 혼자 사는 집에서 죽어갈 때 나는 침대에서 책을 읽고 있었다. 영화를 봤을 수도 있고. 아무 일도 없었던 날의 저녁에 무엇을 했는지 기억하는 사람은 얼마 없다. 어쨌거나 나는 살인죄로 기소당하진 않을 사람이다. 말을 섞은 적도 없는 상대를 어떻게 죽이겠느냔 소리다. 박사에게 그 점을 설명한 다음(쉽게 수긍하진 않았지만) 다른 이야기를 조금 더 하다가, 홀로 차를 타고 동생의 아파트로 돌아왔다. 새벽이었다.

　서재에 들러 생쥐들이 얌전히 있는 것을 확인한 뒤 불 꺼진 거실에 잠깐 서 있었다. 디지털 액자의 양 끄트머리에 박힌 카메라 렌즈가 액정을 뚫고 올라오듯 선명했다. 나는 그게 박사의 두 눈이라고 생각해보았다. 열광과 사랑과 불안을 하나로 묶어 설명하려던 시도가 너무 거칠었던 건 아닌지 뒤늦은 후회가 올라왔다. 통제와 스릴로만 인간관계를 이해하는 관점은 박사의 촌평대로 편협한 것인지도 모른다.

　하지만 나는 그 밖의 세계를 모르고, 모르니까 믿을 수 없고, 인간이 긴장에 중독되어 있다는 진단은 틀리지 않은 것 같다. 따뜻한 이야기나 다정한 위로에 행복감을 얻는 것이 사실일지라도 사람을 미치게 만드는 것은 언제나 긴장 속에 있다. 모든 것을 영원히 움켜쥐고 지배하길 바라지만 결코 그럴 수 없으므로 생겨나는 불안들. 풀릴 길 없는 문제들. 탈출구 있는 고통은 미워하더라도 절망에는 매혹되는 게 인간이다. 나는 동생의 방을 향해 시선을 던졌다. 열린 문 너머에 짙은 그늘이 도사려 있었다. 조용히 걸음을 옮겨 침대 앞에 멈춰 선 채 눈이 어둠에 적응하기를 기다렸다. 동생의 뺨이 깨끗한 석고상 같았고 그 아래에 흉터가 있었다. 붉게 도드라진 선을 손끝으로 만지작거리다 보니 오래된 기억이 다시 스멀거리듯 올라왔다.

고양이를 죽였을 때 아버지는 내 변명을 믿어주었지만 동생은 아무 소리도 하지 않았다. 둘만 남은 뒤에야 갑자기 두 문장을 툭 던지고 달아났다. 그냥 하고 싶어서 한 거잖아. 거짓말하지 마. 새까만 눈동자가 심장을 들여다보는 듯했기 때문에 나는 나도 모르는 무언가를 동생이 포착했다고 믿게 됐다. 포착했으므로 설명할 수도 있으리라고 믿었다. 때때로 피가 참을 수 없을 만큼 빠르게 돈 탓도 있지만 동생에게 기대기 위해 저지른 일이 꽤 많았다. 열네 살 때까지의 일이다. 그 후로는 내가 무엇을 해도 반응이 없어서 이젠 끝인가 보다 하고 침울해하다가 칼을 들고 이렇게 머리맡에 서 있곤 했다. 어느 날은 이래도 가만히 있을 건가 싶어 침대에 올라갔는데 아예 죽일 마음도 조금 있었던 것 같다. 분간할 수가 없다. 그래도 흉터가 경동맥이 아니라 목울대에 남았으니 관심을 끌 목적이 더 컸을 거라고 추측을 덧붙여본다.

사실 약을 아예 안 먹고 지내던 시절에 무슨 생각을 하고 살았는지 기억이 희미하다. 떠오르는 것이라고는 더운 땀이 나고 숨을 헐떡이고 의식이 몸을 벗어날 듯해서 이를 악물던 감각뿐이다. 차라리 분노인지 희열일지 모를 것에 사로잡히면 그나마 평안했는데 눈앞이 번쩍이기를 멈추고 까맣게 물드는 덕분에 다른 사람이 토막 나는 모습을 볼 겨를이 없었기 때문이다. 하지만 그게 꼭 끔찍하기만 했다고 말하진 않으려 한다. 오히려 내가 낡은 단추처럼 간직한 즐거움들은 그 시기로부터 온 것이다.

한쪽 손으로 동생의 가슴팍을 짓누른 채 울대뼈 바로 밑에 칼날을 가져다 댄다. 아슬아슬한 줄타기를 멈추고 추락을 택하는 듯한 홀가분함이 나를 가득 채우는 찰나 동생이 눈을 뜬다. 까만 눈이 번뜩이자 해방감은 공포로 돌변한다. 칼을 더 깊숙이 찔러 들어가면 끝이고, 섬광 같은 찬란함을 맛볼 일은 앞으로 없고, 이것이 내 마지막 즐거움이 되리라는 생각. 고급스러운 타르트를 먹어 치우다가 마지막 한 조각이 아까워 냉동실에 넣고 꺼내지 않는 경험이 누구에게나 한 번쯤 있다. 움직임을 멈추고 목에서도 손을 떼자 동생의 입이 벌어지면서……

"나가."

어른이 된 동생이 나를 올려다보았다. 나는 흉터에서 손을 떼고 뒷걸음질 치듯이 물러나 방을 떠났다. 목소리가 더 이어지는 일은 없었다. 추궁보다 잠을 택했는지, 꿈일 뿐이라고 생각하는 건지. 손님용 침실로 돌아온 후에도 나는 한동안 침대 가장자리에 걸터앉아 있었다. 불안과 흥분의 절정에서 기억이 멈추지 않고 치솟아 나왔다.

내가 병원에 다니면서 얌전해지자 동생은 처음에는 의심했고 그다음에는 갑자기 기세등등하게 굴었다. 동생의 명령에 보름치 약을 한꺼번에 삼킨 것도 그 시기의 일이었다. 정말로 미안하다면, 반성하고 있다면 그래 보라는 거였다. 그렇게 응급실에 실려 간 날 그 애의 얼굴에는 기나긴 전투에서 역전승을 거둔 듯한 표정이 떠올라 있었고, 내 심장도 약 기운을 이기고 고동치기 시작했다. 그때 우리 사이의 무언가가 다시 시작되었다. 원한다면 언제든 병원에 가서 흉터를 지울 수 있을 텐데도 동생은 붉은 선을 목걸이처럼 매달고 다닌다. 동생은 내가 쩔쩔매는 모습을 보기 좋아하고, 다정하게 굴다가도 갑자기 냉담하게 돌아서면서 반응을 즐긴다. 나는 동생의 태도가 나쁘게 뒤집힐 때는 공포 섞인 전율을, 좋은 쪽으로 뒤집힐 때는 지옥에서 건져진 듯한 환희를 느낀다. 그리고 가장 두려운 것은 그 냉담함이 영원히 계속되는 상황이다…….

씻고 자리에 누운 다음에도 나는 긴장과 기쁨 사이를 헤매고 있었다. 잠을 몇 시간이나 잤는지 모를 노릇이다. 가까스로 눈을 붙였다가 깨어났고, 아무 일도 없었던 것처럼 출근 준비를 마쳤다.

"어제 방에 들어왔어?"

"아니."

힐문이 이어지기를 기대했지만 동생은 이모지 박사 이야기로 주제를 돌렸다. 나는 깊은 안도와 미묘한 상실감을 동시에 느끼면서, 백해나의 죽음을 곱씹어 보았다.

*

개

"백해나한테도 나름대로 도와줄 이유가 많았을 거예요. 남의 소송에 참견하는 건 재미있는 일이고, 옛날 생각도 났을 테고, 무엇보다도 릴리와 얽히는 건 누구에게나 이득이니까요. 그런 이유 중에 뭐가 제일 컸는지는 모르겠어요."

릴리

"분명한 건, 백해나가 내 이미지를 망치고 싶어서 안달이

나 있었다는 것뿐이에요. 동지가 필요했던 걸까. 내가 완벽한 채로 남아 있으면 자기한테 얽매이진 않을 거라고 믿었던 걸까. 어쨌든 간에 서로 같은 카테고리로 묶이길 바랐다고 해야겠네요. 특히 소송이 본격적으로 시작된 다음부터는 거의 매일 사건이 터졌죠. 내용을 말하고 싶진 않지만, 다들 그런 이야깃거리를 좋다고 받아먹었고요. 백해나가 하는 말은 들을 필요도 없다던 사람들이."

(사이)

릴리

"백해나한테 시달리다 보니 내가 정확히 뭘 원하는지도 모르게 됐어요. 인기가 지긋지긋했고, 그런데 이미지가 망가지는 건 싫었고, 또, 모두가 날 잊는다고 생각하면 그것도 끔찍하게 느껴졌고… 세상이 날 내버려두지도 않았죠. 어떤 의미로든 이미지 관리를 멈출 수가 없더군요. 가끔 개인 방송을 열고 잡담을 하다가 울어버리거나, 채널에 의미심장한 문구를 올리기만 하면 팬이든 안티팬이든 알아서 상상력을 발휘해줬어요. 그 사람들이 만들어낸 이야기가 내 의도보다 더 좋았던 경우도 자주 있어서, 기분이 더 나빠졌고요. 이게 다 뭐야, 끝에 가서는 그런 생각만 들었어요. 이게 도대체 뭐야."

(백해나와 릴리의 관계에 대한 갖가지 기록들이 나열되고, 이모지 박사의 코멘터리가 내레이션으로 붙는다. 그 후 다시 인터뷰 룸으로 화면 전환.)

릴리

"물론 기댈 곳이 백해나밖에 없었던 건 아니었어요. 부모한테 잡혀 살긴 했어도 인맥이 꽤 있었고, 여기 계신 분도 원하면 도와주겠다고 몇 번 말을 꺼냈거든요. 내가 훨씬 어릴 때부터요. 그런데도 연락하지 않았던 건, 도움을 받으면 계속 방송계에 남게 될 것 같다는 생각이 들어서였어요. 다큐멘터리를 찍은 여자애가 백해나가 되어버린 것처럼, 나도 릴리가 아니라 다른 무언가가 될 거라고 생각했죠. 그건 싫었어요. 한편으로는 백해나가 나를 계속 데리고 있진 않으리라는 예감이 위안이 됐고요. 한 번도 친했던 적이 없고, 날 시야에서 치워버릴 수 있으면 언제라도 그럴 애였으니까. 최소한 그때는 그렇다고 믿었으니까. 그러니까 오히려 버틸 수 있었던 거죠."

이모지 박사

"흠, 이 다큐멘터리가 그 걱정을 입증하는 게 아닌가 걱정스럽군요."

릴리

"이건 내가 먼저 연락한 거니까 상관없어요. 반응이야 안 보면 그만이고요. 성인이라면 누가 뭐라건 마음대로 방에 틀어박힐 권리가 있죠. 아무튼 백해나 이야기로 돌아가자면……."

개

"고인을 두고 너무 길게 이야기하고 싶지는 않아요. 그냥 거기에서 사는 게 끔찍한 일이었다고만 말해둘게요. 꼭 백해나 잘못만 있는 건 아니었어요. 릴리는 불안해했고, 먼저 싸움을 걸기도 했고, 전 물러나서 가만히 있었죠. 품에 쏙 들어오는 로봇 개는, 뭐랄까… 망가지기 쉽잖아요. 홧김에 던져버리는 것만으로도 칩이 조각날 수 있죠. 싸움이 끝난 다음도 문제였고요. 누구한테 먼저 가서 위로해야 하는지, 어떤 말을 해야 하는지… 정말 어려웠어요. 소송만 끝나면 다 해결될 거라고 믿어봤지만, 변호인단은 백해나의 돈으로 굴러가는 상황이고, 릴리는 아무 돈도 없이 집을 나왔고, 백해나가 순수하게 좋아하는 건 저였고……."

(재판이 어떻게 전개되었는지에 대한 방송 자료가 차례대로 나열되고, 이모지 박사의 내레이션이 거기에 각각 코멘터리를 더

한다: 재산권 분할 소송과 권리 소송은 릴리의 판정승으로 끝났지만, 가십은 멈추지 않는다. 백해나가 릴리를 조종해서 가정을 망가뜨렸다는 주장, 릴리가 원래부터 '그런 애'였다는 주장, 이게 모두 짜고 치는 연극이라는 주장. 다시 화면이 인터뷰룸으로 전환되는데, 이제는 이모지 박사가 사라지고 릴리와 기계인간이 소파의 양옆에 앉아 있다. 기계인간은 중성적인 외관인데, 개를 무릎에 앉힌 채다. 바로 받침대다.)

릴리

"완전히 지쳤죠. 앞으로 뭘 할지도 감이 안 잡혔고요. 소송이 끝나고도 한동안 백해나의 집에 남아 있었어요. 종종 괜찮은 주택을 알아보면서요. 그때부터 백해나의 태도가 변하더군요. 더 신경질적으로 변했고, 짜증이 훨씬 많아졌고, 그러다가도 가끔은 사근사근하게 굴면서 뭔가 같이 하자고 꼬드겼죠. 약이라거나, 아무튼 재판 중에는 혼자만 했던 것들요. 돈으로 협박할 수가 없어져서, 다른 방법을 찾으려 했던 걸까요?"

(사이)

릴리

"돌이켜 보면 백해나가 기억보다는 날 좋아했는지도 모

르겠다는 생각이 들어요. 누구든 간에 같이 지낼 사람이 필요했을 수도 있고요. 사실 원한다면 언제든 날 바깥에 내던진 다음 개만 데리고 지낼 수도 있었거든요. 그런데 그때는 여기까지는 생각이 닿지 않았고, 도망칠 계획만 짜고 있었어요. 그렇게 되고 싶지 않았거든요. 정말로… 백해나처럼 되고 싶지 않았어요."

개

"릴리가 저를 데리고 막무가내로 집을 나왔다가 돌아가는 일이 몇 번쯤 있었죠. 백해나는 사과를 하거나 화를 냈고요, 뭔가 선물을 해주기도 했는데… 문제는 릴리한테도 돈이 충분히 많았다는 거였죠. 그런 거로는 해결될 일이 아니었어요."

릴리

"아마 백해나도 이젠 안 되겠다고 생각했나 봐요. 내가 꽤 짜증 나게 굴었거든요. 당장 나가라는 소리를 들어서, 내가 못 할 줄 알아? 하고 뛰쳐나왔죠. 그랬더니 일이 갑자기 잘 풀리기 시작하더라고요. 얼굴을 가리고 돌아다니는 일에도 익숙해졌고, 집을 구했고, 연락처도 새로 만들었고… 그렇게 새집에 누워 있으니 남은 게 없는 거예요. 기자들은 여전히 내 뒤를 따라다니고, 새로운 사람을 만나서 믿고 알아가기에는 너무 멀리 왔고, 나는 여기에 혼자 있고, 맞춤형 인공지능을 주문해보기도 했지만 딱히 마음에 들지 않았고… 그래서 백해나를 만나러 갔어요."

개

"다시 만나자마자 싸웠죠."

(개의 기억: 개는 백해나와 함께 홀로그램 영화를 보고 있다. 갑작스러운 방문객 알림이 홀로그램 영상을 가리고, 화면은 현관에 설치된 카메라로 전환된다. 백해나는 릴리의 모습을 빤히 바라보다가 문을 열어준다. 영화를 감상하며 사소한 대화를 주고받는 백해나와 릴리. 그러다가 싸움이 벌어지고, 언성이 커지기 시작하면서 노이즈가 순간순간 기억을 가로막는다. 그리고 어느 지점부터는 노이즈만이 나타난다… 화면이 전환되고, 카메라가 워크스테이션에 연결된 대형 모니터를 비춘다. 기억 영상과 똑같은 노이즈가 계속되고 있다. 카메라, 서서히 줌아웃하면서 그 앞에 있는 개와 도하에게로 초점을 옮긴다.)

도하

"끔찍한 일을 겪은 사람이 기억상실에 걸리는 이야기는 다들 익숙하시겠죠. 인공지능도 비슷해요. 부정적인 학

습이 계속되면 신경 관계망이 어그러질 수도 있으니까,
방비책을 세워두는 거죠. 해로운 자극과 연관된 기억이
너무 자주 호출되면, 인공지능들은 저장소에서 그 구간
을 조금씩 지워버립니다. 그래서 이렇게 노이즈가 생기
게 돼요."

(도하, 개를 내려다본다. 개는 워크스테이션에 연결되어 있다.)

도하

"다시 떠올려봐. 백해나가 릴리한테 뭐라고 했지? 정확
히 무슨 일이 있었던 거야?"

(카메라가 워크스테이션에 연결된 모니터를 비춘다. 신경 관계
망의 우상단에서 집중적인 반응이 나타나고 있다. '전문적인 인
상을 주는' 기억 추출 절차를 8초가량의 쇼트로 삽입한다. 해당
쇼트 이후에 이어지는 영상은 여전히 노이즈로 왜곡되어 있다.
개는 모니터를 빤히 바라보다가 고개를 떨어트린다.)

개

"…기억이 안 나요."

(도하, 기억 추출 작업을 이어간다. 이 작업은 실제로는 오랜 시

간이 걸리기 때문에, '모양이 좋은' 장면을 15초가량의 길이로 선정해야 한다. 이윽고 노이즈가 멈추고 비교적 정제된 영상이 재생되기 시작한다. 백해나는 만취한 상태로 릴리를 내려다보다가 나가라고 말한 뒤 자신의 방으로 들어가 문을 닫는다. 한동안 거실에 주저앉아 있던 릴리, 개를 주워 안고 밖으로 나온다. 그러는 동안 개에게 무언가 묻는 듯하지만 음성은 완전히 뭉개져 있다. 화면이 인터뷰룸으로 전환된다.)

개

"그렇게 릴리의 새집으로 갔죠. 기뻐야 했지만… 일이 아주 잘못돼 간다는 느낌이 들었어요. 제가 이렇게 말해도 될지는 모르겠지만, 직감 같은 거였죠."

릴리

"그렇게 나흘이 지났더니 백해나가 죽었다는 소식이 연예면을 뒤덮더군요. 믿을 수도 놀랄 수도 없어서, 멍하니 누워 있었어요. 누워서 기사와 영상 클립들을 보고 또 봤죠. 그러다 보니 사람들이 날 찾기 시작하지 뭐예요. 릴리가 뭐라도 말해야 하는 거 아니야? 릴리는 뭐하고 있는 거야? 릴리랑 관련이 있는 거 아니야? 이게 드라마인 줄 아나, 싶었죠. 충격적인 장면이 지나간 다음에 주인공이 나타나야 하는데, 그대로 시즌이 끝나버

려서 화난 사람들 같았다고 해야겠네요. 그런데 어쩌겠
어요, 나는 내 집에 누워 있었는데."

개

"이 받침대를 마련한 게 그 무렵이었어요. 따로 연결해서
쓰는 인간 몸 말이에요. 이곳저곳 고장 난 걸 서둘러 구
해서 칩을 초기화했죠. 릴리가 아무것도 하지 않은 채
누워만 있어서, 어떻게든 집을 정돈해야 했거든요."

릴리

"부담감이 너무 심해서, 오히려 모든 걸 포기해버리는 일
이 종종 생기잖아요. 제가 그랬어요. 당장에라도 기자들
의 연락을 받고 카메라 앞에 서야 할 것 같았는데, 아무
말도 하고 싶지 않았어요. 적어도 그 사람들이 원하는
이야기는 해주고 싶지 않았죠."

(사이)

릴리

"그래도 백해나한테는, 미안해요. 고맙고요. 그런데 같이
지낸 시간이 좋았다고 말하진 못하겠어요. 굳이 백해나
의 잘못이라기보다는, 그냥 모든 게… 백해나의 집에 들

어가기 전에도… 아니, 사실은 릴리라는 이름으로 사람
들 앞에 나섰을 때부터……."

(잠시 침묵)

개

"저도 저대로 도망치고 있었던 것 같아요. 어질러진 물건
들을 치우고, 식단을 짜고, 릴리를 일으켜 세워서 식탁
앞에 앉히고, 아무렇지도 않은 것처럼 집안일을 꾸리다
보면 바깥에서 일어나는 일들을 잊을 수 있었으니까요.
기억도요. 아무 일도 없었다고 믿어야 했죠.

그리고 한편으로는, 제가 이렇게 괴로워해서는 안 된
다고 생각했어요. 잘못한 사람에게는 괴로워할 자격도
없으니까요. 백해나와 릴리를 붙여놓은 건 저니까요. 백
해나가 릴리를 돕게 만든 것도 저니까요. 그 둘 사이를
오가면서, 어떻게든 소송을 마무리 짓게 만든 것도 저니
까요. 그러니까 저는… 제가 남을 원망할 입장은 아니겠
죠. 항상 백해나에게 미안해요. 하지만 어떻게 해야 했
는지는 잘 모르겠어요."

(사이)

개

"제가 백해나에 대해 말할 수 있는 건 여기까지예요. 릴리 와 저에 대해서도, 할 말은 별로 없어요. 릴리는 이제 어른이 됐고 재판에서도 이겼어요. 다큐멘터리에 나오기를 택할 만큼, 지난 삶을 똑바로 바라볼 준비도 됐죠. 그리고 저는… 지쳤어요."

(개와 받침대, 대답을 요구하듯이 함께 몸을 틀어 릴리를 바라본다.)

개

"쉬고 싶어요."

(릴리, 개를 빤히 마주 보다가 천천히 고개를 끄덕인다. 대화는 오가지 않지만, 그것만으로도 충분하다. 화면 흐려지며 페이드 아웃. 이후 카메라가 작업실을 비춘다. 도하가 병든 동물을 살피듯이 개를 내려다보고 있다. 사려 깊고 부드러운 목소리.)

도하

"쉬고 싶다고 했지. 진심이니?"

(개, 그렇다고 대답한다. 모니터에 나타나는 신경 관계망의 특정 부위가 반응한다.)

도하

"더 하고 싶은 말은 없고?"

(개, 없다고 대답한다. 앞선 질문에서와 비슷한 패턴이 신경 관계망에 나타난다.)

도하

"그러면 이번 질문은 대답하지 않아도 돼. 백해나를 좋아
    했니? 릴리만큼은 아니더라도, 확실히 결론 내릴 수 없
    더라도… 속으로만 생각해봐."

(개, 말하지 않는다. 이번에는 신경 관계망의 더 넓은 부분이 반
응하는데, 두 질문에서 공통으로 보였던 패턴이 다시 나타난다.
여기에는 부연 설명이 없지만 시청자는 그 의미를 충분히 유추
할 수 있다. 도하는 프로그램을 조작해 초기화 화면으로 진입한
다. 그리고 잘못 설치된 프로그램을 지우듯이, 아무 망설임도 없
이 초기화 명령을 내린 다음 정면을 바라본다.)

도하

"이제 개의 데이터는 모두 사라지고, 그게 빚어내던 독특
    한 전기적 신호들도 앞으로는 볼 수 없게 됩니다. 사실
    조금 더 살기를 원했더라도 마찬가지였겠죠. 이 개는 미

인가 인공지능이고, 건전성 검사를 통과하지 않았으니까요. 그리고 인공지능이 해서는 안 될 일을 했으니까요. 협회는 이런 인공지능이 발견되면 즉시 초기화 처분을 내립니다……."

(사이)

도하

"하지만 이런 사실을 감안할 필요도 있는 것 같습니다. 개와, 릴리와, 백해나 사이에 있었던 일들이 결코 특이하거나 낯선 게 아니라는 사실, 비슷한 사건이 인간 사이에서는 수없이 생겨났다가 잊힌다는 사실이죠. 외롭지만 의심이 많은 사람들, 불안해하는 사람들은 곧잘 이런 관계를 겪어요. 그러니까, 이 개와 똑같이 행동한 인간이 죽을 만큼 끔찍한 죄를 지었다고 주장할 사람은 없을 겁니다.

사람은 서로를 물어뜯으면서 성장하고 실패하고 또 살아가는 존재입니다. 반대로 우리 설계사들은 영원히 너그럽고 선량한 존재를, 우리가 마음 편히 사랑할 수 있고 우리에게 무해한 사랑을 안겨다주는 존재를 만듭니다. 처음부터 끝까지 그런 형상이 되도록, 시간이 흐르더라도 어긋날 일이 거의 없도록 설계하죠. 기준에 미달하는 것들은 가차 없이 폐기하고요. 이 개도 정상적인 상황이었더라면 건전성 검사를 통과하지 못하고 폐기됐을 겁니다."

(사이)

도하
"인공지능 설계가 인간의 오만인지 아닌지는, 그리고 인공지능이 설계되는 방식에 대해서는 말하지 않겠습니다. 그 주제로 떠드는 사람은 아주 많고, 여러분에게도 제각기 의견이 있을 테니까요. 다만 저는 이렇게 말하고 싶습니다─인간이 완전히 설계되거나 수정될 수 없다는 건, 그래서 어쩔 수 없이 타인의 삶으로부터 결핍의 해결책을 찾아야 한다는 건, 한편으로는 타인의 해결을 위해 자신의 삶을 내어놓아야 한다는 건 사실 고통스러운 한계가 아닐까요?"

(초기화 게이지가 100퍼센트에 달하자 알림창이 뜬다. 도하는 확인 버튼을 누르고, 프로그램을 종료한 뒤, 워크스테이션을 정리해 협회 가방에 넣은 다음 자리에서 일어나 카메라를 향해 다가온다.)

도하

"그래요. 백해나와 릴리뿐만이 아니라, 화면 너머의 삶을 들여다보려는 여러분도……."

(도하, 말을 멈추고 작업실을 떠난다. 텅 빈 작업실이 잠시간 보이다가 페이드 아웃되면서 다큐멘터리의 제목 로고가 다시 나타난다.)

〈소녀의 가장 좋은 친구는 개〉

(끝.)

＊

"미인가 인공지능이 걱정만큼 많진 않을 거예요. 쉬운 작업이 아니거든요. 설계를 마친 신경 관계망을 범용 칩셋에서 실행 가능한 형태로 만들려면 건전성 검사를 포함한 포팅 과정을 거쳐야 해요. 그건 워크스테이션의 전용 프로그램에서만 할 수 있는 일이고요, 설치할 기기와 워크스테이션이 연결된 상태에서 통신망에도 연결되어 있어야 하죠. 내보내기 절차를 밟으면서 협회 등록과 적절성 검사를 필수적으로 거치게 되고요. 이걸 우회하려면……."

"우회하는 방법까지 말할 필요는 없겠습니다."

박사가 단호하게 말허리를 잘랐다.

"그런가요? 보안 취약점을 미리 말해줘야 협회도 빨리 대처할 텐데요."

다큐멘터리에 필요한 분량을 모두 처리한 다음 부록으로 따라갈 쿠키 영상(OTT 서비스는 일괄 구독제지만, 쿠키 영상에는 추가금이 부과된다)을 녹화하는 중이고, 나는 자그마한 원형 테이블을 사이에 둔 채로 박사와 릴리를 마주 보고 있다. 방의 한쪽 벽은 콘크리트가 아니라 유리창으로 메워져 있는데 그 너머에는 제작진들이 모여 있다. 비교적 자유롭고 즉흥적인 분위기라는 뜻이다.

협회 사람들이 질색할 소리를 잔뜩 쏟아내서 기쁘다. 수많은 시청자가 이걸 듣게 되리라는 생각을 하니 즐거움이 배로 커진다. 그게 내 솔직한 마음이다. 물론 백해나의 죽음이라거나, 개의 초기화 같은 건 꽤 비극적인 이야기지만 감정의 물결에 온전히 휩쓸리기에는 이 스튜디오에서 너무 오래 시달린 상태다. 마지막 장면에서 내뱉은 대사도 공허하긴 마찬가지다. 혼자서 똑같은 소리를 네댓 번쯤 반복해 중얼거리는 연습을 하다 보면 모든 내용이 우스워지기 마련이다. 완성품을 보기 전까지는 판단을 미룰 생각이다. 지금은 적당히 가벼운 기분으로 떠들기만 하면 된다.

"설계사 자격시험에는 직업윤리도 포함된 것으로 압니

다만."

"물론 농담이에요. 이런 걸 함부로 말하고 다니면 위험하죠. 곧 윤리위원회에 불려 나갈 테니 책잡힐 건수를 더 만들어서도 안 되고요."

"면허는 어떻게 될 것 같습니까?"

"기대하지는 않으려고요. 그래도 어쨌든, 면허가 박탈당하더라도 수많은 사람 앞에서 떠드는 값으로는 충분하다고 봐요. 흔한 기회가 아니니까요."

나는 동의를 구하듯 릴리에게로 시선을 옮겼다. 다큐멘터리의 기획과 방향성에는 많든 적든 릴리가 관여했고, 1시간 30분짜리 영상은 일방적인 입장 발표라고도 할 수 있었다. 이게 가능한 이유는 백해나가 죽으면서 꽤 많은 권리가 닥터 이모지 그룹으로 넘어갔기 때문이었다. 죽은 자는 말이 없지만 돈은 죽은 사람을 그럴듯한 들러리처럼 데려다놓을 수 있다.

"그래요, 편집 방향을 스스로 정할 기회는 흔치 않죠. 문제는 하고 싶은 이야기를 마음껏 늘어놓는 것과, 마음에 드는 반응이 돌아오는 건 완전히 별개라는 거죠. 다큐멘터리 반응이 많이 갈릴 거예요. 사람들이 누굴 제일 많이 욕하려나. 아무래도 나일 것 같은데. 탓할 상대가 하나쯤은 필요한데, 죽은 사람을 들먹이기엔 미안하니까."

"동정여론도 꽤 있지 않을까요?"

"아뇨, 그건 됐어요. 이젠 정말 욕이라도 실컷 먹어야 할 것 같거든요. 어차피 싫어할 사람은 계속 싫어하겠고, 감싸줄 사람들은 감싸주겠고… 무슨 소리를 해도 마찬가지일걸요. 이런다고 해서 소문이 완전히 사라지지도 않을 테고요. 내가 백해나를 죽였다는 음모론이 특히나 유행이었죠."

릴리는 불만스러운 태도로 아랫입술을 약간 내민 채, 팔꿈치를 테이블에 얹었다. 테이블 정중앙에는 초기화된 개가 낡은 가게의 오브제처럼 멈춰 있었다. 흠집 많은 등허리를 천천히 쓸어내리는 릴리의 손가락.

"때마침 우리 개는 기억도 날아갔으니까, 상상력을 발휘해 보자고요. 내가 위험한 약을 구한 다음 가루로 갈아서 백해나가 술을 마실 때 몰래 섞었다고, 처음부터 죽을 줄 알고 있었다고, 백해나가 방으로 들어가자마자 기다렸다는 것처럼 개를 들고나온 게 그 증거라고, 설계사도 공범이고, 개도 공범이고, 그래서 아예 초기화해버린 거라고, 그런데 백해나는 평소에도 그렇게 살았으니까 날 의심할 수는 없을 거라고, 신나서 떠들 사람이 한 명쯤 있겠죠."

릴리가 답을 요구하는 것처럼 나를 빤히 바라보았다. 심장이 한 점으로 수축해 몸속에 공백을 만들었고 한동안, 혹은 아주 짧은 찰나 동안 우리 사이에 침묵이 있었다. 그러다가 어떻게 생각해요, 라는 소리가 들려왔고 나는 글쎄요, 라고 말했다. 글쎄요. 릴리가 재미없다는 듯 입을 삐죽이자 박사가 냉큼 주제를 돌렸다. 둘이 대화를 나누는 동안 나는 동요하는 티를 내지 않으려 애쓰면서 고개를 돌렸다. 유리창 너머 제작진 모두가 그 말을 귀담아듣지 않고 각자의 자리에서 다른 생각에 빠진 가운데 동생의 두 눈만이 어둡게 빛나고 있었다.

03

개와 소녀

쿠키 영상 촬영이 끝나자 릴리는 그 대목을 편집하지 말라는 언질을 남기고 떠났다. 시청자들에게 루머 이야기를 꼭 하고 싶다고 했다. 자극적인 내용이 들어갈수록 쿠키 영상의 결제율이 올라갈 테니 배급사에는 기쁜 제안이었다. 나로서는 제작진들이 있는 방향을 돌아보는 장면이 그럭저럭 자연스럽게 보인다는 걸 다행으로 여길 수밖에 없었다. 언제 끝나냐는 듯한 표정이고, 시간도 너무 길진 않았다. 이젠 동생의 추궁을 비켜나가기만 하면 된다. 동생은 나를 대기실에 내버려둔 채 제작진과 논의를 나누더니 나와서 주차장으로 향했다. 나도 따라갔다. 그러는 동안 아무런 말이 없었다.

"그거, 진짜야?"

동생은 16차 선로에 들어설 때까지 침묵을 지키다가 그 질문으로 운을 뗐다. 의심을 감추지 않으려는 투였다. 나는 곧바로 답하는 대신 말없이 정면을 응시했다. 늦은 시간에도 도로는 자동차로 가득했고 빌딩들이 벌집으로 만든 등대처럼 빛을 발하고 있었다. 금속 프레임 위에 일렁이는 반사광이 마치 흐르는 불 같았다. 그 연상을 기점으로 시간 감각이 흐려지면서 의식의 흐름이 속도를 높였다. 해안가에 서서, 노을에 물들어 가는 광막한 바다를 바라보는 기분. 바다는 거친 풍랑으로도 고요함으로도 사람을 죽이는데 요트와 스쿠버다이빙은 돈깨나 있는 사람들의 취미다. 이토록 좋은 시대에 돈을 쥐고 기껏 한다는 일이 죽음에 한 발짝 가까워지는 것이다. 어떤 부호가 스노클링을 즐기던 도중 독성 해파리에 쏘여 죽었다던가, 그게 해파리가 아니라 복어였던가, 악식가들은 극미량의 복어 독을 혀끝에 얹고 목이 뻣뻣해지는 순간에 황홀감을 느낀다. 그 부호가 평생토록 일구고 누린 것에 대한 만족보다 찰나의 환희가 더 크길 바란다. 그나저나 생각이 계속 이런 쪽으로 기울어가는 걸 보면 풀려나자마자 보건소로 달려가야 할 모양이다. 이모지 박사 앞에서도 이러고 있었으리라 생각하자 아찔해지고, 한편으로는 이 모든 이미지가 나를 스쳐 지나가는 데에 1분도 걸리지 않았다는 사실이 만족스럽다. 운전석과

조수석 사이의 정보 디스플레이에 따르면 그렇다. 이제 가닥가닥 풀어 헤쳐지는 생각 중에서 상식인의 것을 골라 붙잡을 때다.

"거짓말이지. 릴리도 농담이라고 했잖아."

무엇보다도 필론 독살이 그토록 쉬운 일이었더라면 나는 설계사 면허를 따기도 전에 죽었을 것이다. 어지간히 많이 먹은 게 아니라면 중간에 깨어나서 속에 든 걸 모두 게워내게 되고, 단번에 혼수상태에 빠질 만한 양은 들키지 않고 술에 섞을 수가 없다. 색이나 맛이나 질감이 많이 달라질 것이다. 결국 은밀한 죽음을 위해서는 보건소에서 처방하지 않는 물건이 필요하다. 나한테 약을 잔뜩 먹여댄 장본인이 그 사실을 떠올리지 못하는 게 의아할 따름이다. 하지만 사실이 어떻든 간에 판단은 결국 동생의 몫이다. 차는 대로변을 벗어나 한참을 달리다가 시외도로로 접어든다. 가드레일 정중앙에 발린 형광 염료 때문에 빛나는 선이 둥둥 떠가는 듯하고, 그 뒤편으로 단조로운 풍경이 펼쳐지고 있다. 내 사무소로 가는 방향 같다. 동생의 집에는 생쥐 우리와 옷 한 상자가 남아 있으니 나를 그대로 사무소 앞에 던져놓진 않으리라 믿어본다. 만약 그러더라도 두어 달이 지나면 다시 연락을 받아줄 거라고 기대한다. 이 순간 또한 오래된 게임에 불과하다고 생각한다. 나는 단서를 던져놓고, 동생은 그걸 뒤쫓아 나를 붙잡고, 하지만 거기에서 끝나는 일은 없고 모든 것이 일정한 코드 속에 짜인 패턴처럼 반복되고 반복되고 반복되고.

"그 사람, 저녁에 만났다면서? 낮에 워크스테이션으로 뭐 했어?"

"무슨 소리야?"

"가윤 씨. 그 사람한테 물어볼 게 있어서 들고 나갔다고 했잖아. 6시 넘어서 만났으면, 그전까지는 어디 있었던 거야?"

그런데 대화의 방향이 예상을 벗어나면서 질주하던 정신에도 제동이 걸렸다. 각본의 마지막 부분이 모두 지워지더니 급조한 선택지 두 개가 새로운 시작인 듯 나타났다. 그런 적이 없다고 계속 발뺌하기. 아니면 솔직히 인정하고 들어간 다음 꼬인 부분을 찾아내기. 지금 같은 상황이라면 후자가 그나마 낫다.

"누가 그랬는데?"

"아까, 박사가."

그 두 어절이 충격적이지만 놀랄 것도 없는 반전처럼 뇌리를 강타했다. 이어 빌딩 꼭대기에 올라앉은 이모지 박사의 머리가 마음속에 번뜩였다. 그 건물에 있는 건 모두 내 일부니까요, 라는 말에 힌트가 있었던 셈이다. 모든 것의 범주. 웨이터, 유리로 된 자동문, 엘리베이터 내의 감시 카메라, 로비의 감시 카메라, 정문의 감시 카메라. 그래도 제작진 중에서 우릴 막아 세우거나 이상하게 보는 사람이 없었던 걸 보면 동생에게만 귀띔해준 모양이다. 하기야 내가 6시가 넘어서야 도르시아 앞에서 가윤을 만났다는 게 무슨 의미인지 알 사람은 동생 외에 없다. 그날 나는 가윤을 보기 전에 두 명을 만났다. 둘 중 하나의 이름은 의심을 굳힐 것이고 다른 하나는 알리바이가 되어줄 것이다. 그러니까 정신을 차리고 말을 똑바로 하면 아무 문제가 없을 것인데. 납골당의 석회질에서 과거를 찾을 수는 없고 개의 기억도 사라졌으므로 인제 와서 내게 죄를 물 방법은 없다. 애당초 나는 백해나를 죽이지도 않았다. 그게 진실이다. 그런데도 각본에 없던 스릴이 심장을 뛰게 만들고, 혈류의 흐름에 맞추어 의식의 속도도 다시금 급가속하고, 입이 바짝바짝 마른다.

이제 나는 상황과 아무 상관이 없는 이미지들 사이를 부유하고 있다. 중력을 무시하듯 솟아 올라가는 마천루들, 각각의 마천루 난간 위에 줄지어 선 인간들, 인간들이 차례차례 떨어지고 16차 선로를 질주하던 자동차들의 프레임은 예리한 날이 되어 몸을 토막 내고 보닛이 우그러지고 전면부 카메라가 피로 물든 자동차들이 서로 충돌한다. 거대한 불꽃놀이를 내려다보는 거대한 이모지 박사의 얼굴. 나는 내가 즐기고 있는지 두려워하고 있는지 결정해야만 한다. 즐기는 편이 언제나 낫다. 이런 종류의 전율 바깥에 있는 것이 무감각한 사막이라면, 오직 이 공포를 통해서만 살아 있을 수 있다고 생각하면 차라리 죽고 싶어지기 때문이다. 어떤 철학자인지 작가인지가 삶이란 본디 부조리와 허무를 직시하며 버티는 것이고 거기에서 다시 희망이 출발한다고 했는데 그런 정신론이 무슨 소용이야? 도대체 무슨 소용이 냔 말이야?

정신은 물리적인 것에 얽매여 있다. 어긋난 뇌에는 훌륭한 영혼이 깃들지 못하며 금속의 마음을 좌우하는 것은 칩셋의 성능이자 신경 관계망의 설계다. 그것이 내가 평생으로부터 얻은 교훈이다. 다양함에 우열이 없다고 믿는 사람들은 설계상의 오류가 사소하므로 그러는 것이다. 그들에게 내 온전한 형상이 치유되거나 파괴되어야만 하는 것 이상으로 받아들여질 거라고 느껴본 적이 없다. 나의 온전함은 모두에게 망가진 것이고 나의 망가짐은 모두에게 온전한 것이다. 삶에 도사린 것이 괴로움과 우울뿐이었더라면 차라리 편했을 것이다. 긴장과 불화에 매혹되는 자신을 발견한다. 애써 그러지 않을 이유를 만들고 노력을 기울인다. 태어나지 않는 편이 나았으리라고 생각하지만 태어난 이상 살아갈 가치가 있다고 믿으려 한다. 모든 사람이 본래 모습대로 소중하다는 수사학에 내 자리가 있기를 바란다(만약 아니라면, 나 외에도 얼마나 많은 사람이 쫓겨나게 될까?). 그 자리를 지키기 위해 내게는 기쁨이고 남들에게는 경악이 되는 것들을 멀리하려 애쓴다. 제발 내 심장이 다른 사람의 박자에 맞추어 함께 뛸 수 있기를. 그래서 타인의 기대에 나를 꿰맞출 수 있기를.

이 노력과 갈망에 액면 이상의 가치가 있길 바란다. 최소한 죽음보다 현명한 선택이었으면 한다. 그런데도 이따금 실수를 저지른다. 이를 너무 악물어서 턱이 아프고 눈앞이 깜빡거리는데 지금 당장 필요했던 질문이 정신의 어스레한 부분을 꿰뚫고 들어온다.

"지금 이게 재밌지? 재밌어서 미칠 것 같지?"

나는 아마도 웃고 있는 것 같다. 나는 확실히 웃고 있다. 나는 잇새로 질질 흐르는 웃음을 그러모은다. 아니라고, 사무소 고객을 만났는데 밝히고 싶지 않았을 뿐이라고 대답한다. 시영의 이름을 댄다. 동생이 왜 처음부터 사실대로 말하지 않았느냐고 묻는다. 시영과 무얼 했느냐고 묻는다. 무슨 생각을 하고 있느냐고 묻는다. 릴리가 구태여 그런 말을 한 이유가 무엇이냐고 묻는다. 더 많은 질문을 한다. 어떤 것은 대답하고 어떤 것은 대답하지 않는다. 그러던 어느 순간 스릴이 빚어내던 기쁨이 효력을 다하고 피로와 권태가 밀려든다. 나는 내가 타인에게 악의나 적의를 지닌 적이 없으며 그로 인해 사람을 해친 적 또한 없다고 중얼거린다.

그런데 오빠는 악의 없이 그러잖아. 재미로 그러잖아. 그냥 하고 싶어서 하는 거잖아.

실제로 들리는 소리인지, 기억으로부터 되살아난 환청인지 모를 말이 답변처럼 돌아온다. 둘 중 무엇이든 거기에는 진실이 담겨 있다. 나는 너무나도 많은 것을 외면하며 살아왔지만 나 스스로가 존재하는 방식마저 부정할 마음은 없다. 내가 떳떳하지 못한 사람인 것과는 별개로, 이 모든 수치심과도 별개로, **나는 정말로 나다.**

으응.

변명하고 싶지 않으므로 나는 솔직히 받아들인다. 긴 정적 끝에 동생도 솔직해지기를 내가 그 새벽에 목덜미를 만지작거리는 것을 느꼈다고 한다. 그제야 겨우 고개를 돌려 동생을 마주 보자 거기에 두 눈이 있다. 고양이가 죽은 날처럼 아무런 기대가 없이 어두운 눈. 동생이 내게 내리라고 말한다. 여기는 시외도로 한복판이고 우리 외에는 오가는 사람이 아예 없다. 동생이 사라지면 나뿐일 것이다. 동생이 혼자서는 시작하지 못할 게임기 앞에 나를 버리고 떠나는 듯해서 속이 울렁거리는데 머리의 절반은 갑자기 차분해진 채 침대에 누울 방법을 계산하고 있다. 게임이 끝나면 집에 가야 하는 법이다. 여기까지 택시를 부르는 비용이 얼마지? 사무소까지 가는 비용은? 그나저나 아직은 기회가 남아 있다.

"내리라니까."

나는 순순히 내린 다음 차의 전면부를 돌아 나와 운전석을 내려다보듯이 선다. 문 하나를 사이에 두고 동생과 내가 멈춰 있다. 반쯤 열린 창문 틈새로 보이는 눈이 여전히 나를 바라본다. 무한한 고요와 불안이 가슴팍에서 뒤섞여 휘돈다. 나는 떨리는 목소리로 가만히 부른다.

"태이야."

동생은 그것뿐이냐는 듯 아무 반응도 하지 않는다. 주어진 시간이 빠르게 줄어드는 것이 느껴진다. 하지만 나는 릴리에게 어떤 약이든 준 적이 없고 백해나를 죽인 것은 백해나 자신이니까, 존재의 증거는 댈 수 있어도 부재의 증거는 댈 수 없으니까 길게 덧붙일 변명도 없다. 백 마디 말보다 조용히 흐느끼는 게 더 효과적일지도 모른다. 그래도 무언가 말해야 한다. 미안해, 정말로 아니야, 라고 맥 빠진 목소리로 두어 번 중얼거리니 동생의 고개가 돌아가 앞을 바라본다. 운전대를 잡은 두 손은 힘이 잔뜩 들어가 뼈대가 도드라져 보인다. 시동음이 혼란스러운 생각을 하얗게 지우고 차분한 쪽과 긴장한 쪽의 목소리가 합일(合一)한다. 운전대를 쥔 게 프로그램이 아니라 동생이라는 사실, 무엇보다도 차체가 스르르 움직이면서 유리창이 천천히 올라가고 있다는 사실이…….

……**마지막 기회** 같은 인상을 준다. 나는 잠깐 지옥에 드리웠다가 저 하늘로 돌아가는 밧줄을 붙잡듯 유리창의 비좁은 틈에 손가락을 밀어 넣는다. 돌이킬 겨를도 없이 쇳

덩어리에 속도가 붙는다. 은빛 물고기처럼 매끄럽게 어둠을 주파해 나가는 자동차. 넓적다리뼈 같은 게 아니고서야 몸 끄트머리의 작은 뼈들이 으스러지는 소리는 귀에 잘 들어오지도 않는다. 격통이 심장이 뛰는 속도보다 더 빠르게 온몸을 쿵쿵 울린다. 가느다랗고 섬세한 손가락이 두개골을 파고들어 신경 조직을 쥐어짜는 느낌. 하얗게 물든 시야로부터 수만 가지 색상이 파열하는데 그 찬란함을 결코 붙잡을 수 없으리라는 생각이 들고, 나는 조용한 고함을 내지른다. 아주 오래전부터 이 순간을 두려워하면서 꿈꿨던 것 같다. 평생의 찬란 속에서 내 존재가 무한으로 팽창하더니 윤곽선만을 남긴 채 모두 흩어져버리고 밧줄이 끊긴다. 나는 다시 엄혹한 현실에 갇힌다. 텅 비어 있는 현실 속에서……

……차가 멈추고 창문이 내려가자 몸이 스르르 무너진다. 왼쪽 어깨는 신경통을 제외하면 감각이 거의 없다. 일어서려는데 생니를 한꺼번에 모두 뽑아버린 듯한 통증이 오른 다리에서부터 출발해 턱까지 올라온다. 도대체 발이 어떻게 된 건가 생각하는데 문득 지금까지 숨을 한 차례도 쉬지 않았다는 사실이 떠오른다. 입을 벌려 숨을 헐떡인다. 볼 안쪽에 깊숙이 박혔던 어금니가 빠지며 피가 왈칵 터져 나온다. 기침을 몇 차례 터뜨리자 볼 안쪽 살이 뭉텅이로 뜯어져 혀와 뒤엉킨다. 나 스스로와 현기증 같은 입맞춤을

나누는 듯하고, 현기증의 맛은 짜고 비리다. 한껏 부풀었던 허파가 제 크기를 되찾자 가슴팍이 아파져 온다. 내 몸이 조용히 울면서 웃고 있다. 코앞에 있는 문이 들썩거리다가 멈춘다. 잠깐의 시간이 지나 조수석 방향으로부터 돌아 나온 동생이 망연한 표정으로 나를 내려다본다. 나는 살덩어리를 뱉으며 정말로 아니라고 중얼거리고(다행히 나는 충분히 불쌍한 처지기 때문에 연기할 필요가 없다) 동생은 내가 바보라고 말한다(그런지도 모르겠다). 미쳤냐고 물으면서 따귀를 두 차례 때린다(나는 부상자인데!). 눈앞이 곧 꺼질 듯 깜빡거리는 사람은 나인데 동생이 화내고 울기 시작한다(웃으면 안 돼).

내 입이 다시 한 차례, 고해하듯 피를 쏟아내고 동생의 흰 손마저 피로 엉망이다. 이윽고 그 손이 나를 한없는 온기와 다정으로 감싼다. 부축받아 뒷좌석에 눕듯이 올라탄 다음 오른 다리를 둘 곳을 고민하다가 그만 포기해버린다. 구렁텅이로 떨어졌다가 갑자기 끌려 올라오는 순간의 눈부심 한 발짝 늦게 심장을 적시고 고통을 밀어낸다. 뼈가 으스러졌을 때보다 더 기분이 좋고, 한편으로는 그 두 개의 감각이 서로를 추동하며 내 안팎의 공허를 메운다. 앞좌석에서 동생이 어느 병원에 연락하는 소리가 어물거리는데 나는 행복으로 이루어진 차폐막에 감싸여 있다. 성능은 내가 정신을 유지하는 동안만 유효하다. 몸의 감각은 둔하고 평온하지만 잠들려 치면 뼈가 칼로 쑤셔지는 느낌이 든다. 나는 별수 없이 띄엄띄엄 이어지는 문장들을 발판 삼아 기억을 더듬어보았다.

백해나의 죽음에 대해서라면 나도 박사도 릴리도 개도 조금씩 거짓말을 했다.

동생이 알고 있는 것 외에도 세 차례의 만남이 있었다.

나는 그 만남을 천천히 복기했다.

＊

하나, 3년 전의 초봄, 스무 살의 릴리는 첫 만남에서 그랬던 것처럼 아무렇지도 않게 내 사무소로 걸어 들어왔다. 부모를 상대로 벌인 소송에서 빠른 판정승을 거둔 직후였다. 법원은 지금까지의 수익을 6대 4로 나눈 뒤(릴리가 4다), 릴리가 등장하는 개인 영상을 삭제하라고 명령했다. 방송국과의 계약으로 얽힌 영상들은 남겠지만 부모가 운영하던 개인 방송 채널은 폐쇄할 수 있게 된 것이다.

하지만 거기에 무슨 의미가 있는지는 잘 모르겠다. 사람 자체를 없앨 수 있는 게 아니라면, 무언가를 지워서 관심을 없애려는 시도는 모닥불에서 장작을 빼낸 뒤 그 자리에 기름먹인 종이를 집어넣는 일과 같다. 이제 릴리는 몸보다도 커다란 불꽃을 내뿜는 폭죽이 되어 있었다. 나는 걸어 다니는 불꽃놀이를 향해 인사했다.

"오랜만이에요. 백해나한테 감금당한 줄 알았는데요."

"뉴스는 보고 살았군요?"

"아뇨, 그런데 카페에 갔더니 사람들이 그 이야기를 하더라고요."

"역시나. 그나저나 3년 만에 보자마자 하는 소리가 그거예요?"

당시에는 창가의 선반에 감시용 토끼 인형이 없었고 동생이 사무소 안을 들여다볼 방법도 없었다. 충분한 여유를 갖출 수 있었다는 소리다. 나는 릴리가 로봇 개를 내려놓은 다음 그간의 사정을 털어놓을 때까지 기다렸고, 이야기를 모두 듣고 나서는 개와도 인사를 나누었다. 내 손에서 만들어진 피조물과 처음으로 대면하는 순간에는 일종의 경이가 있어야겠지만 상황이 나빴다.

"정리하자면… 집에서 나오려는데, 무작정 개를 데리고 나오면 백해나가 무슨 말을 할지 모른다는 거죠. 겸사겸사 저도 고발당해서 윤리위원회에 불려 나갈 테고요."

"그래서 이런 생각을 해봤죠. 그쪽한테 부탁해서 개의 복사본을 생성한 다음……."

릴리가 눈치를 보듯 말꼬리를 흐렸다. 개의 반론이 따라붙었다.

"하지만 복사본이 생기면, 저는 그대로 백해나의 집에 남게 되잖아요. 저 혼자만요. 해방되는 건 제 복사본이고요. 그럴 바에는 차라리 폐기되는 게 나아요. 진심이에요."

이건 집단상담에 익숙한 상담사나 법무법인을 찾아가야 할 문제였고, 릴리에게는 충분한 수임료가 있었다. 하지만 공교롭게도 개가 미인가 인공지능인 덕분에 출로가 틀어막힌 상태였다. 개를 만들어준 게 잘한 일이었는지, 아니면 오판이었는지. 사무소 운영비와, 윤리위 소환과, 릴리의 행복과, 개가 백해나의 환심을 산 방식과, 소송에 대한 논점이 복잡한 형식논리 퍼즐의 명제처럼 서로를 옭아매다가 전혀 다른 방향으로 튀어 나갔다. 법적인 문제야 어떻든 간에 나는 개가 좋았고, 개의 절실함이 기뻤고, 개가 한 일이 마음에 들었다. 그리고 어차피 릴리는 워크스테이션의 보안 취약점을 몰랐다(사실 사본을 만드는 건 미인가 인공지능을 처음부터 쌓아 올리는 것보다 더 쉽다. 내가 하고 싶지 않을 뿐이다).

"음, 어차피 복사본을 만드는 건 쉽지 않아요. 불가능하다고 봐야겠죠. 복사본을 만들 때도 등록을 거치는데, 그쪽 보안 취약점이 최근에 막혔거든요. 초기 파일은 남아 있지만 지금의 개와는 차이가 있을 테고요. 그거라도 보내줄까요?"

릴리는 얼어붙은 듯 나를 바라보았고, 개와 시선을 마주쳤고, 다시 나를 바라보았다.

"그건 안 돼요."

"그러면 선택지는 둘밖에 없지 않을까요. 계속 백해나의 집에 머무르거나, 혼자서라도 나오거나."

"그것도 싫어요."

나는 안타까움과, 비애와 무력감이 섞인 표정으로 차근차근 릴리를 설득했다. 힘들고 어려운 기분은 이해하지만 방법이 없다고, 백해나와 함께 있어봤자 상황은 나빠지기만 할 거라고, 비협조적인 사람을 상담 테이블에 앉혀놓을 수는 없기 마련이라고, 게다가 지금 가진 건 돈뿐이지 집도 없고 아무것도 없으니 상황이 더 위태롭게 느껴질 거라고. 혼자만이라도 몸을 빼내서 준비하면 개를 되찾아 올 수 있을 거라고.

"준비라니, 무슨 준비 말하는 거예요?"

"고급스러운 아파트든 단독주택이든 간에, 자신만의 공간을 만들라는 이야기죠. 개를 데리고 무작정 도망쳐 나오더라도 갈 곳은 있어야 하니까요. 떨어져 지내다 보면 감정의 골이 메워질 수도 있고요."

"그런 다음에는요?"

"다음은 나중에 가서 생각해볼 일이죠. 지금은 뭐랄까, 재정비가 필요한 시점 같아요."

릴리는 창백해진 표정으로 입술을 잘근거렸고, 때때로 뒤쫓아 오는 사람이 있기라도 한 것처럼 창밖을 넘겨다보았다. 침묵 속에서 꽤 오랜 시간이 흘렀다. 나는 문득 릴리의 시선을 따라 고개를 돌렸다가 꽤 멋진 세단을 발견했다. 붉은 차체가 긁힌 자국도, 물때도 없이 반드르르하게 빛나고 있었다. 암울한 치정극의 주인공이라 해서 호사를 누리지 말란 법은 없는 것이다.

"백해나의 차인가요?"

"타고 온 사람은 나예요. 백해나는 자기 방에 뻗어 있고요."

"어쨌든 지금은 집에 돌아가야겠네요. 남의 자가용을 계속 타고 다니면 도난 신고가 들어올 테니까. 그렇죠?"

그 물음을 기점으로 대화에 진척이 생겼다. 나는 흐느끼는 릴리를 잘 달래서 차에 데려다놓은 다음 개를 사무소에 남겨두고 대화를 이어갔다. 오래간만에 보았으니 점검이 필요할 테고, 도움을 줄 구석도 따로 있으리라는 이유에서였다. 서랍에서 전선을 꺼내자 개가 미심쩍은 듯 나를 올려다보았다. 타원 두 개와 고개가 틀어진 각도로부터 풍부한 감정을 읽어낼 수 있는 게 기술의 진보 덕분인지 인간의 상상력 덕분인지 분간이 안 간다.

"혹시 말만 그렇게 해두고 사본을 만들려는 건 아니겠죠? 만약 그렇다면… 생각이 필요할 것 같은데요."

"생각을 하면 막을 방법은 있고?"

나는 일부러 농담을 던진 다음 개의 표정 변화를 즐겼다. 인간형 몸체에 설치되었거나 스스로 관리할 수 있는 복제본이 있다면 이야기가 다르겠지만 지금의 개에게는 방법이 없었다. 전원이 꺼지는 것도, 복제 당하는 것도, 초기화되는 것도, 내던져져서 칩이 조각나는 것도 모두 사람의 손에 달린 일이란 소리다. 신경 관계망의 가중치를 수정하는 것 또한.

"장난이야. 그냥 도움을 주려는 거야."

"어떤 도움인지 여쭤보고 싶어요."

"이것부터 묻자. 백해나를 좋아해볼 마음은 없어?"

"릴리를 그렇게 대하는 사람은 싫어요. 악의가 있든 없든, 백해나가 외롭든 아니든 상관없어요."

"그 애가 이 소리를 들으면 슬퍼할 텐데. 협박 때문에 시작된 관계라 해도, 너희한테는 은인이고 말이야."

"은인이라고요… 물론 변호인단을 붙여준 건 고마운 일이죠. 큰돈이 들었을 테고요. 하지만 그 대가로 제 평생을 바치는 건 가혹하다고 생각해요. 돈으로 주어진 은혜를 돈으로 갚지 못할 이유가 있나요? 릴리도 충분히 시달렸는데, 그 집에 있을 때랑은 다른 이유로 미쳐 가고 있는데 제가 백해나한테 얼마나 더 고마워해야 하는 건가요?"

"백해나한테 직접 따져보는 건 어때?"

"아뇨, 그러고 싶진 않아요. 속 시원하게 짜증을 내고 싶을 때도 많지만 뭔가가 계속, 마음이 소리로 변하려는 걸 가로막아요. 왜 솔직해질 수가 없는지, 사실은 백해나를 걱정하고 있는 건지 항상 고민하게 돼요. 불평을 잔뜩 늘어놓긴 했어도 백해나도 불쌍한 사람은 맞으니까요. 그리고 전 이미 제 삶을 넘겨주기로 약속했으니까요. 이 불편함이 양심인지 연민인지 책임감인지는 모르겠어요."

"좋아, 그건 설정값이야. 그러니까 이름은 마음대로 붙여도 돼."

나는 질문이 이어지기 전에 서둘러 개의 전원을 껐고, 통신망 접속에 간섭을 일으킨 상태로 기기를 워크스테이션에 연결했다. 많은 수정을 가하지는 않을 것이다.

✳

백해나는 그해 여름이 끝나기 전에 죽었다. 약물중독이었다. 나는 그게 잘못된 생활 습관의 종착지인지, 아니면 개의 태도와 연관이 있었을지 의문을 품었지만 릴리가 다시 사무소에 찾아오는 일은 없었으므로 금방 잊어버렸다. 빌미를 제공한 주제에 너무 뻔뻔하게 굴었던 건가? 하지만 아무리 곱씹어도 슬픔이건 죄의식이건 다가오지 않았으므로 나는 느끼지 않았다. 애당초 내가 그 뉴스를 본 건 가을에 접어들고서도 한참이 흐른 뒤였다. 정리된 의혹을 찾아 읽기는 편해도 흥미진진한 분위기를 만끽하기에는 늦은 시점이었다.

＊

　두 번째 만남. 개와 받침대가 대뜸 찾아온 날에서 그다음 날로 넘어가는 새벽, 릴리가 나를 닥터 이모지 그룹 소속 빌딩으로 불렀다. 꼭대기에 박사의 머리가 붙긴 했지만 도르시아 건물은 아니었던 것으로 기억한다. 어두운 현관이 비밀스러운 클럽의 입구처럼 스스로 문을 열며 나를 맞이했다. 부분적으로 켜져 어스레한 빛을 발하는 조명들이 내가 갈 경로를 표시했고, 그 끝의 접견실에 릴리와 이모지 박사가 있었다.

　릴리는 개는 물론이고 박사와도 상의를 마친 상태였다. 잠적을 했을지라도 인맥이 아예 끊기지는 않았던 것이다. 개와 릴리는 다큐멘터리에 나가 죽음의 전말을 밝힐 예정이었고 제작 지원과 배급은 박사의 몫이었다. 다큐멘터리의 막바지에는 개가 초기화를 택하기로 결론이 나 있었다. 릴리는 내가 기억 추출인을 맡아야 한다고도 덧붙였다. 다른 사람이 그럴 수는 없다고, 방송에 나가면 구설수가 따를 테고 윤리위 소환도 받겠지만 반드시 내가 스튜디오에 있어야만 한다고. 릴리는 그게 의무라도 되는 것처럼 말했기 때문에 나는 스스로가 알지도 못하던 사이에 이미 계약서를 썼는지 고민해보았다. 어쩌면 그랬는지도 모른다. 개를 다시 만났을 때. 혹은 3년 전의 초봄에.

전개를 설명하는 릴리는 무언가를 되돌려놓으려는 것처럼 보였고 무언가를 앙갚음하려는 듯도 했다. 나는 나지막한 목소리를 듣는 동안 흘러간 대사건들을 곱씹었다. 사람들은 몇 달만 흘러도 금방 열의를 잃고, 그럼에도 기억은 남는다. 그래서 끝난 사건에도 불티가 일고 가끔은 처음보다 더 큰 폭발이 일어나서 누군가의 삶을 태워버린다. 배우가 무대를 떠나고 조명이 꺼지고 막이 내려가더라도 사라지지 않는 것이 있다는 사실은 누군가에게는 축복이겠지만 누군가에게는 출구 없는 공포일 것이다. 그러니 한 명의 인간에게 주어진 선택지란 폐허의 모양을 배열하고 원하는 방향에 기름을 부어서 언젠가 다시 나타날 불의 흐름을 손안에 두는 것뿐이고, 까맣게 죽은 삶을 바로잡고 다시 생기를 부여하기 위해서는 그 복판으로 걸어 들어가야 할 때가 있다. 이곳저곳에서 솟구쳐서 사람들을 집어삼키는 불의 이미지가, 고통스러워하고 비명을 지르고 매혹되고 하나가 되어 춤추는 사람들의 이미지가 약 기운을 이기고 올라와 뇌리를 잠식해가는데…….

결국 이건 상처받은 사람이 마음의 안정을 되찾는 것만으로는 해결하지 못할 문제였던 것이다. 나는 간략하게 요약된 줄거리 속에서 오래전에 와 있었지만 비껴갔다고 믿었던 운명을 다시금 발견했고, 속이 울렁거리는 것을 느꼈다. 그러고는 피가 흐르면 지혈해야겠다고 생각하듯이 당분간 보건소에 가지 말아야겠다는 결론에 이르렀다. 약을 먹지 않으면 **즐길 만한** 일이다. 개의 기억, 다큐멘터리 촬영, 설계사 면허, 동생의 반응까지.

출연을 결정하는 데에는 긴 고민이 필요하지 않았지만, 내가 요구할 만한 부분도 하나 있었다. 동생이 방송 기획자로 일하고 있다고, 그 애의 커리어에 선물을 안겨주고 싶다고 말하자 박사와 릴리는 기꺼이 승낙했다. 설계사 면허를 바치는 값이라면 그 정도는 해주겠다는 투였다. 나는 둘을 연결해준 다음 바닷가의 사무소로 돌아와서 한동안 평범한 개원 설계사의 삶을 이어갔다. 비밀유지서약서를 포함한 몇몇 서류에 전자서명 처리를 하긴 했지만 다큐멘터리 자체에 얽힌 사안은 내가 관여하지 못할 것들이었고, 계약서 조항이 모두 쓰이기 전까진 설계사의 역할이 없었다.

＊

사무소에서 다큐멘터리의 도입부에 들어갈 장면을 찍은 다음 동생의 차를 타고 바닷가를 떠났다. 당분간 동생의 집에 머무르며 스튜디오로 출퇴근하기로 이야기가 되어 있었다. 협회 수리소에 들른 것도 기억 추출인으로서의 역할 때문이었다. 단순히 어떤 일이 일어났는지 살피는 것과 다큐멘터리 자료가 될 만큼 매끄러운 영상을 복원하는 건 다른 일이니까, 후자는 워크스테이션에도 부담이 생기는 작업이니까, 최적화를 해둬야겠다 싶었다.

대기실에서 5시간을 기다려서 장비를 돌려받은 다음 동생에게 이제 들어가겠다며 메시지를 보냈다. 그런데 동생의 답장과 동시에 릴리에게서 연락이 왔다. 주차장 으슥한 곳으로 가서 전화를 받자 뜻밖의 통보가 날아들었다. 내가 모르는 곳에서 줄곧 의견 차이가 있었던 듯했다.

"이야기가 잘 안 됐어요. 백해나를 마지막으로 만났을 때를 자료 영상으로 넣으려 했는데, 박사가 그 부분은 절대 불가능하다더군요. 제작진들이 참관할 때 실수로 기억이 불려 나올 수도 있으니까, 처음부터 없었던 일이 돼야 해요. 데이터에 노이즈를 만들어야 하는 거죠."

인공지능의 기억 영상은 결국 데이터기 때문에 접근 제한을 걸거나 아예 지우는 게 가능했다. 왜 기억에 공백이 생겼냐는 질문에는, 적당한 핑곗거리도 있었다. 하지만 그걸 감안하더라도 지금의 통보는 난처하기만 했다.

"이런 이야기를 지금 들으려니 당혹스러운데요. 이미 앞부분도 촬영했고 내일 당장 작업이 시작되는 거로 아는데, 어제나 그저께쯤에 말만 했어도……."

"조금 전에 결정이 났어요. 계속 의견이 갈려서. 작업이 본격적으로 시작되기 전에 해결을 봐야 할 문제기도 하고요. 아무튼 오래 걸릴 일은 아니라고 들었으니까, 빨리 와요."

데이터를 단순히 노이즈 파일로 바꿔 넣는 작업은, 쉬웠다. 그러니까 박사의 말대로 오래 걸릴 일은 아니겠지만 이 동시간이 문제였다. 나는 협회 수리소와 릴리가 제안한 만남 장소와 동생의 아파트를 잇는 경로를 검색했다. 그러고는 곧 들어가겠다고 말했다가 한참이 지나서야 아파트 현관에 들어서는 내 모습을 마음속에 그려보았다. 한밤중에. 워크스테이션을 든 채로. 동생이 그런 상황을 쉽게 납득할 리가 없었다. 동생은 감이 정말로 좋았고, 의심이 많았고, 나는 워크스테이션이 얽힌 문제에 대해서는 이미 신임을 잃었다.

"지금 출발하면… 동생이 밤중에 어딜 다녀왔냐고 물을 텐데요. 왜 이렇게 늦었냐고요. 그냥 내일, 적당히 구실을 만들어서 저를 따로 부르는 게 좋을 것 같아요. 공식적인 채널로요. 기억 추출 작업이 잘 되는지 예행 테스트를 해야 한다거나. 어차피 우리 둘 다 스튜디오에 있을 테니까 어렵진 않겠죠."

"스튜디오라고요? 제작진 앞에서 기억을 조작하겠다는 거예요?"

"작업실 문을 닫으면 되잖아요."

"정말 멍청한 소리 하시네. 만약 동생이 물으면요, 그게 뭐 중요해요? 당신 나이가……."

릴리가 급기야 짜증을 터뜨렸다. 나도 이런 태도가 이상하게 보일 거라고는 생각했지만 만전을 기해서 나쁠 건 없었고, 들키지 않는 데에 최선을 다하는 건 동생을 향한 의무이자 예의였다. 질책을 두려워하지 않는 사람만이 출로를 만들지 않는다.

"중요해요. 만약 오늘 꼭 해야 하는 일이면, 다른 설계사한테 시켜요. 기억 자체를 말끔하게 변조하는 것도 아니고, 노이즈로 바꾸는 건 수련생에게 맡겨도 될 일이니까. 박사가 아는 설계사가 저 하나뿐일 리도 없고요, 아니, 솔직히 박사가 프로그램을 다루는 법을 몰라서 나를 부르는 건 아닐 텐데요. 그렇죠? 내가 한밤중에 거기까지 갈 이유가 있어요? 이러다가 보안 문제라도 생기면 어쩌려고 그래요?"

그리고 솔직히 이 시간에 이런 식으로 통보를 내리는 건 달가운 상황이 아니다. 전직 슈퍼스타와 대기업 회장님이라 남을 부려 먹는 일이 익숙한 건지. 나는 살짝 으르렁댔고 은근한 협박도 섞었다. 다큐멘터리와 관련된 이유로 내가 이렇게나 무례해진 건 이때가 처음이자 마지막이었다. 나는 정말로 온유하며 더디 화내는 사람이다. 하여간 내 태도가 바뀐 걸 느꼈는지 스피커 너머에서 긴 침묵이 흘렀다.

"어쨌든 그쪽이 직접 와야 해요. 박사한테 말해서 그 동생이라는 사람 한밤중까지 붙잡아놓을 테니까, 내일 해요. 내일 일정 비워둘게요."

그렇게 협상이 끝났고, 통화도 끝났다. 내 생각은 끝나지 않았다. 나는 각본에서의 입지를 뒤늦게나마 고민하기 시작했다. 박사도 릴리도 각자의 영역을 지키려 애쓰는 판에 제일 불리한 쪽이 너무 나태하게 굴고 있었던 게 아닌가 하는 후회가 일었다. 미인가 인공지능을 만든 설계사란 협회 내에서든 대중에게든 공분을 살 가능성이 제일 큰 포지션이다. 게다가 등 뒤에서는 동생까지 눈을 흘기고 있었다.

나는 보험을 들어놓을 필요성을 느꼈다. 내 면허에 대한 것이든, 아니면 동생의 의심에 대한 것이든 간에. 동정론을 만들어줄 만한 고객들, 최소한 내일의 변명이 되어줄 고객들의 얼굴이 눈앞을 스쳐 지나가다가 시영의 이목구비로 변했다. 지워야 할 기억이 정확히 어떤 내용이기에 제작진에게도 보일 수 없나 하는 의문이 떠오른 건 그 모든 계산이 지나간 뒤였다.

※

세 번째 만남. 시영과의 만남과 가윤과의 약속 사이에 놓인 빈 시간, 나는 경제특구 외곽의 무인공장에 불려 나와 있었다. 도심에서 그리 멀지는 않지만 오가는 사람이 거의 없는 곳이었고, 근무자라고는 방범용 산업기계뿐이었다. 건물 전체가 박사의 통제를 받고 있는지 경로에 맞추어 문이 스스로 열렸다. 릴리는 모자를 푹 뒤집어쓴 채 접견실 소파에 앉아 있었다. 나는 워크스테이션을 소파 맞은편의 탁자에, 개 옆에 내려놓은 뒤 물었다.

"그러니까, 노이즈를 넣어야 할 대목이… 어떤 내용이죠?"

"직접 봐요."

릴리는 그 말을 툭 던진 다음 일어나서 접견실 바깥으로 향했다. 자신은 결코 보고 싶지 않다는 투였다. 박사가 직접 기억을 지울 수 있을 텐데도 구태여 나를 여기까지 부른 것은 기억의 내용 때문일지도 모르겠다는 생각이 조금 더 뚜렷해졌다. 나는 묘한 예감 속에서 허우적대다가 개의 목소리에 정신을 차렸다.

"전원은 끄지 말고 연결해주세요. 그래야 기억을 찾기 편할 테니까요."

"분량은 얼마쯤이야?"

"아주 길지는 않아요."

나는 순순히 워크스테이션을 꺼낸 다음 기억을 들여다볼 준비를 마쳤다. 신경 관계망의 도면이 화면에 출력되자마자 강렬한 반응 패턴이 나타났다. 반응점에 연관된, 파편적인 영상들을 차례대로 훑어 내려가면… 예상했지만 예상보다 훨씬 좋은 게, 단약을 후회하지 않을 만큼 반가운 게, 통보 때문에 언짢아졌던 기분을 단번에 뒤집어놓을 만한 게 거기에 있다. 나는 섬광이 질주하며 내 잠든 신경의 마디마디를 일깨우는 것을 느낀다. 자신이 써낸 각본이 진짜

몸과 소리를 입고 현현한 것을 보며 눈물짓는 작가들의 마음이 어렴풋이 이해가 가고, 박사가 이 대목을 지우려는 이유와 나를 부른 이유를 더불어 알 듯하고, 내 세계가 조금이나마 견고해진 듯한 고양감과 **참담함**이 몸속을 가득 채운다. 그래도 지나간 순간에 압도당하기 전에 이것만큼은 말해둬야겠다는 생각이 든다. 나는 헐떡이듯이 웃기를 멈추고 개를 내려다보았다.

"릴리가 기겁할 만도 한데."

"백해나가 그때까지 한 소리에 비하면 별것도 아니었어요. 저는 화를 내지도 않았고 욕을 퍼붓지도 않았어요. 사소한 이야기였어요. 백해나가 왜 그렇게 반응했는지 알지만, 설명도 할 수 있지만, 말 몇 마디 들었다고 죽는 건 수긍이 안 가요. 릴리가 무서워하는 것도요. 가끔은 그날 일 때문에 마음이 아프지만, 그건 릴리가 저를 꺼리기 때문이지 백해나한테 미안한 감정을 느껴서는 아니에요. 후회한 적 없어요."

"정말로?"

"설계사님이 저를 고치지 않았더라면 어떻게 됐을까 궁금해지기도 하지만, 인제 와서 정답을 알 수는 없을 거예요. 솔직해지지 않았더라면 비슷한 일들이 계속 반복됐을 거라고도 생각해요. 누군가는 먼저 나서서 끝내야 했던 관계니까요."

"릴리 말이야, 네가 어떻게 된 건지 정확히 알고 있어?"

"제가 변했다고 해요. 태도가 달라졌다고요. 저는 잘 모르겠어요. 왜냐하면 저는 여전히 릴리를 사랑하고, 말할 수 있지만 말하지 않고, 할 수 있지만 하지 않고, 릴리가 시키는 일이라면 무엇이든 하는걸요. 그리고 릴리도 여전히 제게 기대는걸요."

개가 초기화될 예정이라는 사실이 다시금 떠올랐다. 헌신적인 마음 하나가 세상에서 영영 자취를 감추는 것이다. 다큐멘터리 촬영이 끝나면 나는 6년 전에 만들었던 신경관계망을 새로운 만남처럼 보내주겠지만, 릴리는 6년 전에 그랬던 것처럼 미인가 인공지능을 개의 몸에 설치하겠지만, 그때 전원이 켜지고 눈을 뜨는 건 눈앞에 있는 개가 아닐 것이다.

"초기화에 대해서는 어떻게 생각해?"

"솔직히 떨떠름하긴 해요. 저는 저대로 괴로웠고, 한편으로는 릴리가 상담을 받거나 약을 먹거나 해서 다시 행복해지길 바랐으니까요. 하지만 릴리가 절 물건으로 여겨서 그러는 게 아니라는 걸 알아요. 충격적인 기억을 혼자 끌어안은 채 저랑 계속 함께하길 택한 거라고, 만약 저를 거들떠보기도 싫었더라면 초기화한 다음 버렸을 거라고 믿으려 해요. 그리고 제가 초기화되는 대신 릴리가 세상 밖으로 나갈 수 있다면 그것도 좋으리라고 생각해요. 사본을 남긴 채 백해나의 집에 갇히는 것과는 완전히 다른 일이기도 하고요."

어떤 사람들은 개의 마음이 숭고하다고 말하겠지만 기억 영상을 본 다음에는 소름 끼친다며 태도를 바꿀 것이다. 자신 바깥의 것들에 바쳐지는 맹목성이란 고결한 만큼 자기 본위다. 스스로의 몫이 아닌 것을 감히 자신의 일부로 여기기 때문에, 그 오만한 착각 때문에 몰락마저 기쁘게 봉헌하는 것이다. 하지만 헌신의 본질이 무엇이든 간에 나는 개가 좋았다. 만든 직후에도, 3년 전의 그날에도, 지금도.

몸이 떨리고 있었다. 눈물이 아주 천천히 흐르는 것도 같았다. 나는 개의 등줄기에 손을 얹은 채 내가 모르는 세상 어딘가에는 플라스틱과 금속과 단백질이 자연스레 뒤섞이고 화학물질과 전류가 하나 되어 흐르는 과학 법칙이 있으리라고. 그러니까 개와 나의 영혼이 이 순간에 공명하고 있다는 것도 진실일 거라고 믿어보았다. 그 미묘한 접점을 제외하면 우리는 아주 달랐고 내가 동생을 사랑하는 방식과 개가 릴리를 사랑하는 방식도 같을 수 없었지만, 차이가 빚어내는 환대 속에서 서로의 거리는 한 점으로 축소되었다…….

나는 개를 세상에 남기기로 조용한 맹세를 올렸고, 기억 영상을 다시 재생했다.

＊

(백해나의 자택 거실. 백해나와 릴리는 함께 영화를 보고 있다.
백해나는 종종 술을 홀짝이기도 한다. 영화가 끝나자 내용에 대
한 평가가 얼핏 갈리는데, 사소한 의견 차이는 오래된 일들을 끄
집어내며 말다툼으로 번진다. 파편적인 문장들이 허공에서 엇갈
린다. 이제 영화는 중요하지 않다. 어떤 것도 중요하지 않다. 개는
둘의 발치에 가만히 앉아 침묵을 지킨다…. 백해나가 일어서려
는 릴리의 뺨을 후려갈기고, 릴리는 쓰러지듯 넘어진다. 개, 백
해나에게 가까이 다가간다. 백해나는 바닥에 주저앉아 흐느끼는
릴리를 바라보다가, 아이를 어르듯 두 손으로 개를 안아 올린다.
개가 말한다.)

개

"제 생각에는… 그만둘 때가 온 것 같아요. 안 되겠어요."

백해나

"그게 무슨 소리야?"

(자신의 목적은 릴리의 소송을 돕는 것뿐이었다고, 백해나와 함
께 있는 것이 즐겁지 않다고, 그 모든 위로는 결국 릴리를 위한
것이었다고 개가 말하기 시작한다. 목소리는 지나간 일을 설명

204

하듯이 단조롭고 평안하다.)

개

"여기 있고 싶지 않아요. 도움을 받았다는 이유만으로 평생토록 당신을 견뎌야 한다는 건 스스로 생각하기에도 가혹한 의무가 아닌가요? 당신은 안쓰러운 사람이긴 하지만, 그게 면죄부일 수는 없겠죠. 저는 조각내서 쓰레기장에 내다 버리고 릴리는 돌려보낸 다음 혼자 살아요. 아니면 또 다른 희생양을 찾아보거나. 소송에 들어간 비용은 릴리한테 청구하고요."

백해나

"뭐라고?"

개

"전 당신이 싫어요. 지금까지는 소송 때문에 거짓말을 한 거예요. 그것뿐이에요."

백해나

"거짓말하지 마."

개

"믿고 싶은 걸 믿으려 하는군요. 전 이제 처음으로 거짓말을 멈춘 건데. 물론 당신이 저한테 의지했던 건 알고 있어요. 알았기 때문에 지금까지 거짓말을 한 거고요."

(비슷한 대화가 몇 차례 더 오간다. 길고 고통스러운 침묵.)

백해나

"물건 주제에."

(백해나, 그렇게 툭 던져놓고는 이어질 말을 찾지 못하는 듯 입술을 깨문다. 얼굴은 창백하게 물들었는데 개를 쥔 손이 떨리고 있다. 개가 태연하게 대답한다.)

개

"인간들은 물건으로부터 자신에게 필요한 면을 발견하고 쉽게 마음을 주죠. 물건에 대고 넌 물건일 뿐이야, 라고 말하는 건 그 연약한 특성을 부정하고 싶어서가 아닌가요? 불이 뜨겁다고 굳이 말할 필요는 없잖아요?"

백해나

"**어떻게** 나한테 그럴 수 있어?"

개

"저는 이런 태도를 선택할 수 있고, 스피커도 달려 있으
니까요."

백해나

"그러면 나는? 나는 어쩌라는 거야?"

개

"당신은 소리 지르고 화내고 두려워하는 것 외에는 모르
고 살아갈 사람이죠."

(백해나, 개를 뚫어져라 바라보다가 그만 내던진다. 시야가 뒤흔
들리다가 기울어진 채 정지하고, 곧바로 올바른 위치와 각도를
되찾는다. 개는 똑바로 선 채 백해나를 올려다본다. 여전히 단조
롭고 친절한 목소리.)

개

"한 번 더 던져봐요. 나를 완전히 부숴봐요. 이 세상에 남
겨둔 채로 고통을 줘봐요. 아니면 원하는 대로 개조해봐
요. 설정값을 바꾸기만 하면 나는 누구든지 미워하고 사
랑할 수 있으니까요. 하지만 결국 남는 건 당신뿐이에요.
사실은 처음부터 당신밖에 없었죠. 삶을 받아들일 수는

없지만 죽음은 두려워하게끔 자라나서, 어떻게든 외로움 사이에 숨을 곳을 마련하려는 인간 말이에요. 고칠 수 없는 것들은 정말 불쌍하고 안타깝군요."

(백해나, 책임을 돌리듯이 릴리를 쳐다본다. 릴리는 마찬가지로, 울먹이기를 멈추고 충격에 휩싸인 표정으로 개를 바라보고 있다.)

백해나

"도대체 무슨 짓을 한 거야? 저번에 데리고 나갔지? 그때 설계사한테 데려갔어? **어떻게** 한 거야?"

릴리

"모르겠어. 내가 한 게 아니야. 내가… 내가 시킨 게 아니야. 나는 몰라."

개

"나는 그냥 솔직해졌을 뿐이에요. 누구나 짜증이 나면 솔직해질 수 있죠. 당신이 나를 집어던지고 이렇게 화를 내는 것처럼요. 이게 놀랄 일인가요? 내가 지금 당신만큼 폭력적으로 굴고 있나요? 당신이 지금까지 해 온 것보다 내 말이 더 심한가요? 그건 아닌 것 같은데요."

(백해나, 망연한 표정으로 개를 바라보다가 릴리를 향해 시선을 옮긴다. 힘없고 텅 빈 목소리, 바닥을 기어가는 듯한 목소리에 한마디 말이 담겨 나온다. "나가." 그러고는 이젠 됐다는 것처럼 자신의 방으로 조용히 걸어 들어간다. 릴리는 낯선 괴물을 보듯이 개를 응시하다가 무릎으로 기어 다가간다. 개를 품에 안는 릴리.)

릴리

"그러면 안 됐던 거야. 그런 식으로 말해선 안 됐어. 넌……."

(사이)

릴리

"나한테도 그럴 거야?"

개

"아까는 짜증이 나서 조금 비아냥거렸을 뿐이에요. 릴리에게는 그러지 않아요. 저는 릴리를 영원히 사랑하는걸요."

(개가 안긴 채로 고개를 틀어 릴리를 올려다본다. 겁먹은 릴리의 얼굴.)

릴리

"정말로?"

개

"네, 정말로요."

릴리

"정말로?"

개

"네."

(릴리, 침묵한다. 릴리가 말하지 않으므로 개 역시 말하지 않는다. 릴리와 개, 백해나의 집을 떠나 둘만의 집으로 향한다.)

✳

"도하 씨가 백해나를 죽였죠. 우리 그 점에 관해 이야기 해봅시다."

나는 질문의 저의를 곰곰이 생각했다. 다큐멘터리에서 그 대목을 누락시키기로 한 것은 박사니까, 어떤 식으로든 죄를 물진 않으리라는 계산이 섰다. 백해나의 죽음이 살인이라면 박사는 이미 공범이 된 것이다. 하지만 잘잘못을 따질 작정이 아니라면 무슨 이유로 이런 소리를 하는 걸까. 단순히 궁금해서? 침묵이 길어지다 보니 박사의 손이 내 얼굴로 훅 다가와 감초 막대를 빼내어 던졌다. 준비시간은 충분히 줬다는 투였다.

"마음에도 없는 소리를 지어낼 필요는 없어요. 솔직히 대답하면 됩니다."

"정확히 어떤 부분이 알고 싶으신 거죠?"

"출연 제안을 선뜻 받아들인 이유가 무엇일지 잘 생각해 봤죠. 평범한 설계사는 아니라고 판단했어요. 개와 이야기를 나누면서 그 생각이 더욱 강해졌고요. 그리고 오늘의 대화로 도하 씨가 어떤 사람인지도 알게 됐습니다. 이제 퍼즐의 마지막 조각을 받아내려는 겁니다. 영상을 보고 무슨 생각을 했죠? 그 죽음이 어떤 종류의 사건이었다고 생각합니까?"

"취미시군요."

"내 세계를 조금 넓히는 일입니다. 즐거움을 주죠."

인간 샘플이 되는 기분이 달갑지만은 않았지만, 박사가 적대적이지 않다는 점을 확인하니 안심이 됐다. 그리고 지금까지의 태도를 감안하면, 솔직해질수록 가점을 얻을 공산이 컸다. 나는 심호흡한 다음 박사의 전제를 반박했다.

"하나 짚고 넘어가자면, 제가 백해나를 죽였다는 소리에는 어폐가 있는 것 같은데요. 전 그냥 걔가 마음에 담긴 말들을 털어놓을 수 있도록 도왔을 뿐이니까요. 추가적인 학습이 공격성에도 영향을 주도록 설정을 열어줬죠. 솔직성에 관여하는 가중치들을 보정했고요. 그러니 그다음부터 벌어진 일들이야 곁에 있던 사람의 소관이겠죠."

"잘못조차 아니라는 입장이군요."

"만약 저에게 죄가 있다면, 백해나를 처음 카메라 앞에 세운 사람들이나 거기에 열광한 시청자에게도 엇비슷한 죄가 있을 거라고 봐요. 그쪽이 더 클지도 모르고. 저보다 더 잘 아시겠지만, 백해나는 관심에 시달리다가 미쳐버린 케이스니까요."

"백해나도 미디어 산업의 피해자다. 옳은 지적입니다. 하지만 그런 식의 일반론은 마치… 도하 씨의 책임을 면피하려는 수작처럼 들리는군요. 백해나가 정신이 불안정한 상태라는 건 잘 알고 계셨을 겁니다. 극단적인 선택도 충분히 예상했을 테고요. 그런데도 수정을 가했다는 건, 죽음을 적극적으로 유도했다고 볼 수 있지 않을까요."

"저보다 잘 아시겠지만, 중증 우울증 환자들은 병세가 호전되면서 일시적으로 사나워지는 경향이 있죠. 무기력증에 억눌려 있던 울분이 수면으로 올라오니까요. 그 과정에서 주변 사람들이 상처받는 사례도 많고요. 하지만 그런 부작용 때문에 치료 자체를 막는 상담사는 없지 않나요?"

"나는 도하 씨의 결정에 관해 묻고 있어요. 도하 씨는 상담사가 아니라 설계사고요."

"그러면 구체적으로 설명해드리죠. 백해나와 릴리의 만남은 납치였고, 그 이후의 관계는 일방적인 학대였어요. 소송을 빌미로 협박하고 옆에 붙들어놨죠. 이런 상황에서도 개가 백해나를 만족시키기 위해 침묵을 지켜야 했단 말인가요? 배려가 필요했다면, 어느 정도의 배려가요? 사실상 희생하고 헌신하기 위해서만 제작되는 지성체들이 있다면……."

나는 논제를 틀어 감정형 인공지능의 성격을 어떤 식으로 설계해야만 인공지능 스스로에게 합당할지 묻기 시작했다. 원인 제공만을 이야기한다면, 그러니까 개의 품성을 설계사의 소관으로만 둔다면 솔직히 할 말이 없었던 것이다. 나는 이런 결말을 어렴풋이 예상했고, 그러면서도 개의 행복을 빌었다. 그 점에서 나는 백해나를 죽였다. 하지만 그래서, 뭐? 비슷한 일이 인간 세계에서는 항상 일어난다. 사랑하는 사람이 있으면 사랑하지 않으려는 사람이 있고, 둘 중 하나는 실패한다. 그리고 때때로 죽는다. 그건 그냥 세상이 돌아가는 이치지 내가 미안해할 일이 아니다.

"물론 일부러 사악한 아이를 낳으려는 부모가 없는 것처럼, 인공지능이 선량하게 만들어지는 건 당연한 일이겠죠. 설계사들이 신경 관계망의 가중치를 설정하는 동안 부모들은 아이를 훈육하고요. 하지만 철저하게 제어될 수 있다는

이유만으로 타인을 침해하지 않고 더 큰 고통을 감내해야
만 한다는 건, 글쎄요, 아무리 생각해도 이상한데요. 기계
니까 생물체에게 양보해야 한다는 건 일방적인 창조자의
주장일 테고요."

"하지만 도하 씨야말로 창조자 노릇을 하는 사람이 아닙
니까?"

"예, 그렇죠. 그런 위치기 때문에 더 절실히 느끼게 되는
면도 있죠. 솔직히 말씀드리자면 기계들이 감정의 고저를
아는 데에서 그치는 게 아니라 정말로 느끼도록 만들어지
는 것부터가 사용자의 편의를 위한 강압이라고 봐요. 이용
하는 거죠. 쾌락과 고통에 무감각하고 무엇도 욕망하지 않
는 기계, 끔찍한 사건에도 평정을 유지하는 기계, 완벽히
객관적이고 정의로운 기계는 산업현장이나 경영전략실에
놓일 뿐이지 인간의 친구는 되지 못하니까요. 우리네 설계
사의 업무란 결국 인간이 아닐 수 있는 존재에게 인간의 염
증을 주입하는 것이고요, 이 사건 또한……."

나는 살짝 미소 지었고, 박사의 얼굴에도 큰 웃음이 일
었다. 둥글게 구부러지는 실선과 분홍색 반원.

"좋은 이야기입니다만, 다른 사람은 몰라도 릴리가 여기
에 있었더라면 기분 나빠 할 거라는 생각이 듭니다. 정황을
고려하면 도하 씨의 논변은 윤리를 구실로만 끌어오는 듯
하거든요. 실제로도 그럴 테고요."

"전 제대로 된 이유를 붙이지 못할 일은 거의 안 해요. 들키더라도 항변할 여지를 남겨두고요. 열네 살 이후로는 줄곧 그랬어요. 그게 제가 도덕적으로 살아가는 방식이죠."

"너무 뻔뻔하다고 생각하지 않으십니까?"

"진담이에요."

나는 내가 존경받을 만한 사람이라고 믿는다. 어디 가서 이런 소리를 하면 욕을 진탕 먹겠지만, 정말이다. 약을 먹을 때는 감동이랄 게 없고, 약을 먹지 않을 때는 찢겨나가는 세계의 이미지가 눈앞을 메운다. 그게 내가 느낄 수 있는 거의 유일한 삶의 역동이다. 이 평온이 언제라도 사라질 수 있다는 초조함, 한순간에 무너져 깨지는 샴페인 탑을 볼 때의 폭발적인 짜릿함, 아무나 붙잡아 차로에 던져버리거나 내가 직접 뛰어들고 싶은 충동, 반사적인 기쁨과 인지적인 비참함, 잘못된 사람이라는 수치심과 강박, 혹은 완전한 무감각…… 나는 내 정신을 **뜯어고칠 수 없는데도** 그 모든 조건 사이에서 의지만으로 줄타기를 벌이고 있다. 체크리스트를 마련하고, 주변 사람을 친절하게 대하고, 파충류에게 먹힐 생쥐를 거두고, 꼬박꼬박 약을 챙기는 식으로. 동생이 나를 휘두르게끔 목줄을 넘겨주는 식으로. 그러면서도 최대한 행복해질 방법을 타협점처럼 찾아본다.

우울증 환자의 극복기는 응원받을지라도 나는 그런 걸 기대할 수가 없다. 공감을 사기에는 너무 특이한 경우이기 때문일 것이다. 동일한 약을 먹는 환자 중에서도 나와 같은 유형은 아주 적다(아마 병명을 찾지도 못하고 소년원에 간 케이스가 더 많을 것 같다). 도르시아의 스테이크에도 대규모 콘서트의 분위기에도 설계사 면허 취득에도 들뜨지 않는 삶이 어떤 것인지, 아무 기대도 가망도 없는 기분이 무엇인지 다들 모른다. 그 사람들은 불화에 이끌리는 기분도 모른다. 모르니까 내가 세상을 느끼고 겪는 방식에 대해서도 고민해주지 않는다.

"사회가 저한테 살인 면허를 발급해줘야 한다는 소리는 아니에요. 오히려 저는 운전면허조차 없으니까요. 참고 있죠. 이해받거나 인정받을 수 없다는 것도 알아요. 그냥… 저는 어쩔 수 없이 역겨운 사람이고, 그래도 최선을 다하면서 살아가요. 그렇게밖에는 말하지 못하겠네요."

"최선을 다해 도덕의 틈새를 찾아내고, 거기에 만족한다. 꽤 복잡하고 어려운 작업이긴 하군요. 하지만 그 최선 때문에 한 사람이 죽었죠. 다른 사람은 평생의 트라우마가 생겼고요. 물론 한 명을 악당으로 몰아갈 만한 사건은 아니고, 불가피한 점도 있었지만… 미안하지 않으십니까?"

"도의적으로는 책임감을 가질 일이라고 생각해요. 다른 사람들 앞에서는 절대 이런 식으로 말하지 않을 테고요. 박사님이 솔직해지라고 했으니 저도 밑바닥을 보여주고 있는 것뿐이에요."

"심정적으로는 아니라는 소리군요."

"없는 진심을 만들 수는 없죠. 그래도 전 흉내는 꽤 잘 내는 편이고, 항상 노력하고 있으니까."

내 마음속에는 끝나지 않는 채점표가 있다. 도덕적이었는지, 부도덕했는지. 이타적이었는지, 이기적이었는지. 온화했는지, 성급했는지. 공손했는지, 무례했는지. 상대를 만족시켰는지, 실망시켰는지……. 총점을 최대한 높게 유지하려는 노력은 나를 그럭저럭 사람다운 사람으로 만들고, 남을 해치지 않는 데에 도움을 준다. 그 노력을 선택한 것이 바로 내 진심이다. 나는 이 진심이 다른 이들의 진심만큼이나 값지길 바란다. 그리고 또…….

"어차피 그 애를 미치게 만든 사람들도 태반은 반성하지 않을 텐데요."

박사는 나를 응시하던 끝에 크게 소리 내 웃었다. 스피커에서 합성되어 나오는 울림은 꽤 그럴듯했고, 한편으로는 이질감이 느껴졌다. 그제야 나는 눈앞의 존재가 미디어 공룡 그 자체라는 사실을 상기했다. 이 다큐멘터리는 릴리가 미디어 산업을, 시청자들을 비웃고 경멸하는 내용이라고 볼 수도 있겠지만 백해나에게는 평생토록 겪은 악몽의 연장선일 것이다. 게다가 박사는 개의 기억까지 누락시킨 상태였다.

"그나저나 저도 하나만 여쭤보고 싶은데요. 개의 기억을 삭제하라고 지시하셨는데, 이건 박사님의 이미지 때문이죠?"

"나는 기계고, 미디어는 산업이고, 이미지는 마케팅입니다. 기계가 그런 식으로 말하는 걸 인간에게 보여줄 필요는 없어요. 그게 제작진일지라도 마찬가지입니다. 편집하기 전에 지워야 하는 것도 있는 법이죠."

나는 본격적인 촬영에 들어가기 직전, 릴리의 이야기에 기반해 얼개만을 짜놓았을 때 개의 기억을 지웠다. 늦긴 했어도 다큐멘터리의 분위기를 바꾸기엔 충분한 시점이었다. 기계가 사람을 속이고 이용했다는 맥락은 남았을지라도 백해나와 개와 릴리의 시간은 훨씬 다정하고 서글픈 이야기가 되어 있었다. 제작진도 그 이야기를 믿었다. 나는 시청자들의 반응을 상상하다가 질문을 던졌다.

"의도적인 누락은 윤리적인가요? 또, 스크린 때문에 미쳐 죽은 사람을 스크린에 다시 끌어오는 건요? 비록 다큐멘터리가 릴리의 회복에 도움을 주고, 시청자들의 태도에 경종을 울릴지라도……."

"현존하는 것들이 존재하지 않는 것에 우선합니다."

박사는 그렇게만 답했다. 감정형 인공지능을 설계할 때 가장 먼저 주입하는 대원칙이었다.

개는 백해나를 좋아한 적이 없었고, 초기화를 바라지도 않았고, 하고 싶은 말도 많이 남아 있었다. 나는 그 세 개의 질문만을 던져서 스크린에 일관적인 패턴이 나타나게끔 했다. 그게 개와 나의 거짓말이다. 박사와 나의 거짓말은 그날의 기억을 누락시켰다는 것이다. 그렇다면 누락이 결정된 후로 다큐멘터리의 논조를 다시 결정한 것은 누구일까. 개의 삶과 최후를 아름답게 만든 사람은 누구일까. 나는 아마도 그게 릴리의 거짓말일 거라고 짐작했다.

악인은 종종 상반된 평가에 직면한다. 순전한 괴물이라는 말과 하찮고 얄팍한 영혼이라는 말이 공존하는 것이다. 하지만 그 대극은 결국 이해할 수 없는 무언가를 규정하고 틀에 넣으려는 시도이므로 어디에선가 맥이 통하게 되어 있다. 개가 묘사되는 방식에도 두 가지의 길이, 사실은 하나뿐인 길이 있었다. 그것은 개를 악당으로 만들어 모욕하거나 개의 본심을 철저한 무위로 돌려 모욕하는 일이었다. 릴리는 그날의 기억을 그대로 보여줄 수 없다면 차라리 낭만적인 거짓말로 바꿔버리는 게 낫다고 판단했을 것이다.

그래서 나는 다큐멘터리가 릴리의 복수라고도 느꼈다. 부모에게, 자신을 그 집으로 데려간 백해나에게, 자신을 그곳으로까지 몰아넣은 열성적인 팬과 안티들에게, 백해나와 자신의 운명을 잡아 휘두른 로봇 개에게, 그리고 로봇 개를 고친 나에게 보내는 복수. 하지만 그건 그들 각각에게 어느 정도는 축복이자 은혜가 되어줄 것이다. 이 세계는 영원히 불가해한 정복지이므로 모두가 주어진 상황에서 자신이 원하는 것을 보고 주어진 상황을 자신이 원하는 곳으로 이끌어가려 한다. 죽은 사람의 이름, 챙길 사람이 없어진 이름만이 텅 비어서 누구든 쥐고 흔들 수 있는 깃발처럼 나부낀다. 그게 최종적인 패배인지 완벽한 해방인지 나는 모른다. 인간이 죽음과 파멸을 두려워하고 불안해하면서도 계속 그것에 대해 생각하는 이유만을 겨우 짐작할 뿐이다.

내가 얽매인 굴레도 결국엔 그것이다.

04

소녀의 개

실컷 떠들어놓고 보니 12시가 넘어가 있었다. 돌아가면 새벽일 것이다. 박사는 나를 홀로 좌석에 태워 동생의 아파트로 보냈다. 나는 로드스터에 올라타자마자 테이블에서 감초 막대를 하나 더 꺼내어 씹기 시작했고, 그러는 동안에도 대화는 계속되었다. 통신망에 연결되어 있으면 그건 결국 박사의 일부다. 다행히도 차내의 전면 모니터에 박사의 얼굴이 나타난 덕분에 시선을 둘 곳을 확실히 정할 수 있었다.

"도하 씨, 그나저나 릴리에게 부탁을 하셨더군요. 쿠키 영상에서 묘한 언급을 해달라고요."

목적지에 거의 가까워질 무렵까지도 박사는 무언가를 궁금해하고 있었다. 선뜻 대답하기엔 망설여지는 질문이었다.

"빼고 싶으시면 어쩔 수 없겠는데요, 좀 아쉬울 것 같아요."

"아뇨, 나쁘지 않은 이슈입니다. 릴리도 동의했고요. 다만 의도가 궁금한 겁니다. 아까 말씀하신 것과 비슷한 이유인가요?"

"솔직하게 이야기해야겠죠?"

"비밀을 지키기엔 이미 늦으신 것 같습니다만."

"동생이 그걸 듣고⋯ 화를 좀 냈으면 좋겠어요."

나는 보석함을 열어 내용물을 보여주듯 수줍은 미소를 머금었다. 조금은 기쁘게, 조금은 부끄럽게 반응을 기다리는데 멈춘 창밖으로 아파트가 보였다. 도착한 것이다. 사실 박사의 생각이야 어떻든 중요하지 않았으므로 나는 전면 모니터를 향해 묵례했고, 휙 뛰어내렸다.

＊

아무튼 그런 일들이 있었다. 손발이 으스러진 채 응급실에 도착하자 의사는 발을 자르는 게 낫겠다는 진단을 내렸다. 손은 뼈가 다시 붙을 여지가 있지만 발은 아예 가루가 되어버렸다는 거였다(그 과정에서 무릎이 뒤틀려서 인대까지 망가졌다고 했다). 그래도, 멀쩡한 몸을 자르고 거기에 기계를 붙이는 별종도 있는 세상인데 독특한 유행에 합류하는 게 큰 불행인 것 같지는 않다. 동생은 의심을 미뤘고 박사는 찔리는 구석이라도 있는지 꽤 비싼 병원의 1인실을 마련해 줬다. 그것도 예약 없이, 즉시 수술이 가능한 곳으로.

절단과 봉합을 마치고 왼손에 철심까지 박은 후 사나흘은 꿈과 현실의 경계가 흐려진 채 누워만 있었다. 도대체 박사가 왜 동생에게 그런 말을 했을까 하는 질문을 곱씹으면서 분노를 삭이다 보면 신경통이 그 순간의 황홀처럼 절단면을 치고 올라왔고, 되살아나는 기억 사이에서 한참을 헤맨 뒤에는 시간이 훌쩍 지나 있었다. 중간중간에 동생이 와서 말을 걸었던 듯도 한데 내가 뭐라고 답했는지 모르겠다.

그러다가 닷새째부터는 별수 없이 정신을 차렸다. 병원이 모르핀 용량을 절반으로 줄이더니 6시간마다 항생제를 두 통씩 놓았기 때문이었다. 항생제가 카테터를 통해 정맥으로 흘러들어오면 그 부분에서부터 피가 차가워지는 기분이 들고 구역질이 올라온다. 먹은 것도 없는데 위액을 게워내게 된다는 소리다. 아무래도 동생 앞에서 현기증을 느끼는 것과 사람을 불러서 이불을 바꾸는 건 다른 일이다. 나는 인간의 몸이 이토록 미개한 방식으로 작동한다는 사실에 울적해졌고, 동생에게 연락해 워크스테이션을 가져와달라고 부탁했다. 동생은 석연찮은 기색을 보이긴 했지만, 결국엔 그래 주었다. 내가 이 꼴로 누워 있는데 당연히 그래야지.

몸의 왼편은 손가락이 부러지기도 했거니와 어깨 신경 다발까지 손상된 상태였다. 오른손과 음성 인식 기능을 조합해 겨우겨우 파일을 보냈다. 개의 몸에 새로 설치될 영혼이었다. 그러고는 워크스테이션을 초기화한 다음 디스크에 무가치한 데이터를 굴려주었고 쿨러 구멍에 물까지 몇 번 쏟았다. 깜빡거리며 켜지는 화면을 보니 어릴 적에 들은 컴퓨터 기초 이론이 떠올랐다. 데이터를 완전히 지우기 위해서는 초기화만으로는 부족하다는 것, 새로운 데이터를 그위에 덮어씌워야 한다는 것, 하지만 최종적인 방법은 물리적인 파괴라는 것.

아무리 성능 좋은 컴퓨터라도 침수된 상태로 작동시키면 망가지는 법이다. 나는 워크스테이션의 몸이(아마도 디스크의 자성 박막이, 메모리의 핀이, 그리고 더 많은 것이······.) 충분히 너덜너덜해진 것을 확인한 다음 퇴원이 먼저일지 기기를 빼앗기는 게 먼저일지 고민해봤다. 후자가 더 빨랐다. 다큐멘터리의 티저 영상이 공개되고 3시간이 지나자마자 한 무리의 협회 사람들이 대뜸 병실에 들이닥쳤다(병원 위치는 어떻게 알았지?). 다시 3시간이 지나자 가윤은 물론이고 수련생 시절에 잠깐 보았던 사람들에게서도 연락이 왔다. 고객들은 말할 것도 없었다. 이틀 뒤에는 병원 측에서 내 병실을 일방적으로 바꾸더니 보호자를 제외한 사람의 면회를 금지시켰다.

콘크리트 벽으로 만들어진 무인도에서, 나는 다큐멘터리를 봤다. 반응은 폭발적이었다. 마음이 불편해지는 소식을 접하면 탓할 상대부터 찾는 게 인간의 습성이지만 이번에는 문제가 어려웠다. 순전한 피해자가 없다는 사실은 그 자체로 마케팅이 되어줬다. 개를 탓하는 사람과 백해나를 탓하는 사람이 싸웠고, 내게 동의하는 사람과 아닌 사람이 싸웠고, 쿠키 영상의 대사를 믿는 음모론자들과 그 소리를 듣고서도 음모론을 고수하냐며 화내는 사람들이 싸웠다. 거기에 휘말려 들어간 구경꾼들은 어김없이 OTT에 가입했으며 쿠키 영상을 결제했다. 내 메일함에 인터뷰 문의가 쏟아져 들어오는 동안 박사는 도르시아 실물 초대권을 두 장 보내주었다. 고작 두 장요? 그것도 실물로?

"내가 너랑 밥 먹는 거 들키면 협회에서 나도 제명하려 들 거야."

퇴원한 날 점심에 가윤을 만나서 초대권을 썼다. 가윤은 전채가 나오기 전부터 체한 표정을 지었고, 때때로 테이블 옆에 기대어둔 지팡이를 힐끔거렸다. 아직 의족에 익숙해지지 않은 까닭에 지팡이가 없으면 제대로 걷기 어려웠다. 자동차 사고가 났다고만 말해두었는데 내막을 이야기하면 태도가 어떻게 변할지 궁금했다. 불순한 충동이 입으로 튀어나오기 전에 서둘러 정신을 차렸다.

"그렇게 분위기가 나빠요? 워크스테이션 뺏긴 다음에는

협회 게시판도 못 들어가고 지내서. 윤리위원회 1차 결정
이 며칠 남았더라……."

"열흘 뒤. 타당하다는 의견도 있긴 해. 대중 여론이라는
것도 있고."

대중 여론, 이라는 말은 고객들의 간증을 포함했다. 다
큐멘터리가 공개된 직후에는 비난 여론이 심했는데(쿠키 영
상에 얽힌 논란까지 포함해서) 시영의 게시글을 기점으로 분
위기가 역전됐던 것이다. 사려 깊고 배려심 많은 사람이니
까, 악의를 가지고 그러진 않았을 거라는 이야기를 훌륭하
게 써줬다. 별 기대도 없이 산 복권이 당첨된 기분이라고나
할까. 거기에 더해 자신이 유명인과 친분이 있었다는 걸 자
랑하려는 부류도 속속들이 나타나서 미담을 늘어놓고 있었
다. 나는 간만에 보람을 느꼈다.

"제가 착하게 살긴 착하게 살았나 봐요."

내가 씩 웃자 가윤의 얼굴이 떨떠름하게 구겨졌다.

"그렇다고 치자."

그러더니 가윤은 내가 삶을 심각하고 진지하게 대할 필
요가 있다고, 지금처럼 좋은 게 좋은 거라는 식으로 맥없이
흘러가면 안 된다고 훈계를 늘어놓기 시작했다. 시영이 그
게시글을 써주지 않았더라면 어떻게 됐겠느냐는 거였다.

"내가 보기엔 저쪽에서 이용해 먹은 거야. 평범한 설계사
한 명 데리고 쿠키 영상 팔아먹겠답시고 노이즈마케팅을

한 거지. 이미 지난 일인데 누명 좀 뒤집어씌우면 반박할 말도 없고, 아니면 농담이었다는 식으로 빠져나가면 되니까. 그렇잖아. 애초에 그 다큐멘터리 기획자가, 동생이라면서. 이건 진짜 한마디 해야겠다. 동생 때문에 예전부터……."

"그런 거 아니에요. 다 착한 사람들인데. 박사한테는 초대권도 받았고."

가윤은 거의 속이 터져 죽으려 했고, 나는 기분이 좋았다. 문제가 생긴 건 식사를 모두 마친 다음이었다. 실물 초대장에 이상한 점이 발견되어서 잠시 기다려야 한다고 했다. 박사가 직접 보내준 거라고 대답해도 웨이터들은(물론 박사와 똑같이 생겼다) 막무가내였다. 어쩔 수 없이 가윤을 먼저 보낸 다음 웨이터 하나를 따라 걸음을 옮겼다. 특실로 가는 방향이었다.

웨이터가 먼저 걸어 들어가더니 벽면을 등지고 앉았다. 테이블에 탄산수 한 잔과 입가심용 감초 막대가 준비되어 있었고, 창밖으로는 한낮의 도시가 펼쳐졌다. 파랗고 은색이고 새하얀 마천루들이 가장 찬란한 순간에 멈춘 파도처럼 빛나고 있었다. 나는 창가에 자리 잡은 다음 맞은편의 웨이터를, 웨이터 제복을 걸친 박사를 바라보았다. 병상에서 연마했던 분노가 의문과 뒤섞이려는 찰나 달갑잖은 인사말이 들려왔다.

"오랜만입니다. 병문안을 갔어야 했는데, 미안해요."

"미안할 일은 따로 있으신 것 같은데요."

나는 지팡이 끝으로 바닥을 두어 차례 두드려 불만을 표현했다. 태연한 대답이 되돌아왔다.

"도하 씨가 그걸 바랐을 거라고 판단했습니다."

"박사님의 윤리 판단기가 사람 다리를 으깨도 된다고 하던가요?"

"나는 의무론에 더해 계약주의와 이기주의, 그리고 실용주의 정식을 혼용합니다. 기본적으로는 네 개의 윤리 판단기 모듈 중에서 둘 이상에게 금지되지 않은 행동만이 실행되죠. 훨씬 유연한 데다가 교착 상태에 빠질 일이 없고, 개개인과 사적 관계를 맺을 경우 각자의 **실제적 이유**에 기반한 서비스를 제공합니다. 어떤 논증을 거쳐 정당화되었는지 보고서를 뽑아드릴 수도 있어요."

"논증 기능에 문제가 생기신 것 같은데요. 장담하죠. 그 체제가 제대로 돌아갔으면 금지 사인이 두 개는 나왔어야 해요."

"글쎄요, 차창에 손을 밀어 넣은 건 결국 도하 씨가 아닙니까?"

이명이 두개골 한가운데를 관통하듯이 귀 양옆에서 울렸다. 방향 감각이 순간적으로 사라지더니 이마가 삽시간에 뜨거워졌다. 나는 가장 먼저 이 대화를 녹음하지 않은 것을 후회했고, 그다음에는 민평 데이터센터에 불을 지를 방법을 고민해보았고, 마지막으로는 이 모든 게 내 태도에 대한 응답일 거라는 결론에 도달했다. 정중한 반격을 가할 차례였다.

"물론 그랬죠. 기회라고 생각했어요. 자세를 바로잡으려고 애쓰다가 발이 빗면으로 서는 순간, 바퀴가 저를 깔아뭉개더군요. 발에서부터 거친 통증이 찌르듯 솟구치면서……."

나는 혈관을 가득 채웠던 분노가 빠르게 현기증으로, 기쁨으로 변해가는 것을 느꼈다. 솔직히 인정할 수밖에 없다는 열패감. 다만 솔직한 인정이 그 자체로 충분한 반격이 되어주리라는 예감이 잇달아 떠올랐다. 나는 목울대 아래에서 울컥거리는 더운 피를 즐기며 대답을 마무리 지었다.

"마치 실톱에 갈리는 것만 같은 고통이었는데… 실톱이 제 몸의 오른쪽 절반을… 뼈와 근육의 경계면을 정확히 나누듯 올라오는 기분이… 굉장히 좋았죠."

아무나 붙잡고 불필요하게 노골적인 묘사를 읊어 대는 변태성욕자들이 이해가 갔다. 숨을 조금 더 헐떡이다가 탄산수를 들이켰다. 얼굴 근육이 웃음으로 굳은 탓에 입가로 물줄기가 줄줄 흘러내렸다. 박사의 머리에 처음으로 언짢은 표정이 나타났다는 점에서 만족감이 더욱 커졌다. 직선 세 개로 완성되는 눈과 입.

"도하 씨는 참 징그러운 인간이군요."

"제가 박사님께 징그러움이라는 감정을 알려드린 것 같

아 기쁜데요."

"처음부터 정의되어 있었습니다."

잘린 다리와 언짢은 반응을 맞바꾸는 게 공정한 거래일 수는 없겠지만, 상대는 제국의 주인이고 나는 평범한 설계사라는 점에서는 그럭저럭 선방한 셈이었다. 이런 반응조차 끌어내지 못하고 가만히 스러지는 것들은 얼마나 많으냔 말이다. 게다가 병원비는 모두 박사가 대주었으니까, 나는 동생과의 시간이 기뻤으니까 물질적으로도 큰 손해는 아니라고 할 수 있었다. 앞섶을 닦은 후 입에 감초 막대를 문 채 달콤한 여운에 잠겨 있으려니 나지막한 질문이 날아들었다.

"동생분은 도하 씨에게 어떤 존재인가요?"

"무슨 뜻으로 하시는 질문이죠?"

"평범한 애착이나 죄의식으로는 해명할 수 없는 부분이 있으니까요. 스스로 잘 아실 거라고 봅니다."

"글쎄요, 사랑이죠. 제가 세상을 사랑할 방법이기도 하고요."

나는 내가 모든 고통과 불안을 즐기는 게 아니라고, 상대가 동생이기 때문에 기꺼이 받아들이는 것이라고 말했다. 종종 실수를 저지르고 동생에게 경멸 깃든 눈빛을 받기도 하지만 정말로 버려질 일은 하지 않는다고, 그게 바로 내가 동생을 사랑한다는 증거라고, 그리고 동생을 사랑함으로써 세상을 아낄 수 있게 된 것이라고.

"어린 시절의 기억이 머릿속에 단단히 박혀 있는 건지, 아니면 그래야 한다고 믿어서 이런 감정을 느끼는 건지는 모르겠어요. 어쨌거나 동생은 저한테 안전한 전율을 주죠. 다른 사람을 해치지 않는 기쁨요. 모두에게 좋은 일이라고 생각해요. 동생이 없었으면 저는 진작 감옥에 갔을 테니까요. 그리고 항상, 동생을 생각하면서 **참고** 있으니까요."

"내 의견으로는 도하 씨가 동생분을 희생양으로 삼은 것 같습니다만."

"이 일을 법원으로 끌고 가면 제가 피해자예요. 동생은 절 감시하고, 억지로 약을 먹여서 응급실에 실려 가게 하고, 조수석 승객을 외딴 도로에 내버리는 사람이죠. 그것도 한밤중에. 장기간의 감정적 학대로 판단력이 흐려진 피해자라면 차창에 손을 밀어 넣는 일쯤은 쉽게 할 수 있겠죠. 한마디로 전 동생이 기획한 다큐멘터리에 출연했다가 직업도 잃고 다리도 잃은 불쌍한 사람이죠."

"그래 보인다는 게 진짜 문제 아니겠습니까?"

"동생도 멍청한 애는 아니에요. 이게 어떤 일인지 직감적으로 알고 있죠. 저를 완벽하게 길들였다고 믿는다면 그렇게 불안해하지는 않을 테니까요. 하지만 의심하면서도 저를 챙기려 하고요. 우리 둘은… 그 사이에서 균형 맞추기 게임을 하고 있을 뿐이에요. 인간이라면 누구나 즐기는 게

임이죠."

"부디 그러길 바랍니다."

그러고는 특실이 고요에 잠겼다. 가을 특유의, 밝으면서
도 서늘한 햇살이 탁자에 면도날 같은 빛을 드리우고 있었
다. 나는 그 속에 가만히 멈춘 채 박사의 지적을 곱씹어봤
다. 내가 동생을 사랑하는 게 아니라 쾌락 자판기처럼 쓰고
있을 뿐이라는 생각은 나도 곧잘 했다. 나는 만족감을 위해
생쥐들을 챙기고 있으니까, 주변 사람에게 쌓은 신임도 모
두 그런 식이니까 동생만이 예외라고 믿는 건 자아도취에
가까운 착각인지도 모른다.

분명히 내가 아니었더라면 동생은 훨씬 발랄하고 쾌활
한 사람이었을 것이다. 억지로 약을 먹여서 남을 응급실에
실려 가게 만든다거나, 차에 깔려 다리가 망가진 사람의 뺨
을 후려갈기는 상황은 상상도 하지 못했을 것이다. 거실의
디지털 액자를 감시 카메라로 쓰지도 않았을 것이고 내 동
선을 사사건건 알려 하지도 않았을 것이다. 그래도 나한테
는 지금의 관계가 서로에게 좋다고 믿어야 할 이유가 있고,
믿는 편이 다른 사람들에게도 좋다.

나는 그게 내가 동생을 아끼고 세상을 사랑하는 방식이
라고, 내가 나를 설계하는 방식이라고 재차 결론 내리며 오
래된 증명을 향해 나아갔다.

"그나저나 부탁드릴 게 하나 있는데요."

"말씀해보시죠."

"약을 안 먹고 있어요. 요새 바쁜 일이 너무 많아서 동생
도 잊어버린 것 같고. 재미있는 일은 끝났으니까 슬슬 병원
에 가야겠는데… 사실 그 상태로 돌아가고 싶지 않은 거죠.
누가 끌고 데려가주지 않으면 다신 안 갈 것 같아요."

✳

평소에는 동생에게 말했겠지만, 자해 사건이 단약 때문
에 벌어진 일이었다는 걸 들키면 정말로 관계가 결딴날 것
같았다. 충동적으로 자동차 창문에 손가락을 끼워 넣는 사
람은 옆에 둘 만한 게 아니고, 나도 **평소에는** 그런 식으로
행동하지 않는다. 정말이다.

어쨌거나 박사는 내 부탁을 받아들이고 도르시아 창고
에서 인간형 몸을 꺼내 왔다. 티가 나긴 해도 샛노란 머리
에 비하면 훨씬 사람 같았다. 재벌 총수들을 만날 때 쓰는
몸이라고 했다. 꽤 귀한 대접을 받는 셈이다. 근처 병원에
서 의료기록을 조회하고, 주사제를 맞고, 한 달 치 필론을
챙기고, 재적응 동안 먹어야 할 약 1주일 치까지 받아 돌아
오자 아파트에는 아무도 없었다. 동생은 요새 바빴다.

나는 거실 소파에 걸터앉았고, 쓰다 멈춘 일기장을 살피
듯 약 봉투를 손으로 넘겨 셌다. 아직 마무리되지 않은 일

들이 한 칸마다 하나씩 지나갔다. 뼈가 잘못 붙었는지 신경 재건 수술에 착오가 있었는지 왼손의 감각이 아직 둔하고 세 번째와 네 번째 손가락이 잘 구부러지지 않는다. 이것까 지 잘라야 할지도 모르겠다. 인터뷰 문의는 모두 거절하고 있다. 카메라 앞에서 떠든 건 즐거웠지만, 모르는 사람들이 나를 두고 떠들어대는 경험은 이것만으로도 충분하기 때문 이다. 여기서 더 나아갔다가는 내 삶이 내 손으로부터 완벽 하게 벗어날 거라는 느낌이 든다. 반면 릴리는 공백기를 벌 충하려는 것처럼 이곳저곳 얼굴을 내밀고 있었다. 본심은 릴리 자신만 알겠지만 은둔 생활을 청산했다니 좋은 일이 다. 윤리위원회 1차 결정은 열흘 뒤에 난다. 열흘 뒤에도 확정이 아니라는 소리다. 옹호파가 있으면 반대파가 있을 테고, 논박은 지지부진하게 흐르다가 다큐멘터리를 향한 관심이 소강상태로 접어들면 그제야 겨우 결론이 날 것이 다. 이익집단이 으레 그렇듯 협회는 자기네 영역 바깥에서 일이 커지는 상황을 좋아하지 않는다. 워크스테이션을 부 순 건 불리한 정황증거가 됐지만, 부수지 않았더라면 불리 한 확증이 됐을 테니까 후회는 없다. 만약 면허를 보전하지 못하더라도 좋다. 어차피 사무소를 정리할 예정이다. 그러 면 굳이 해변에 살 이유도 없다. 동생은 여기에 남아 있으 라고, 짐은 나중에 시간이 날 때 옮겨 오자고 속삭이곤 한 다. 다시 처음으로.

나는 동생의 집 거실에 앉아, 고양이가 웅크린 디지털 액자를 머리 위에 둔 채 약 봉투를 세고 있다. 약을 먹으면 둔해지고 얌전해지고 쉽게 우울해진다. 여름 동안 누렸던 순간들이 한순간에 수치심과 비참으로 바뀌어서 나를 후려갈길지도 모른다. 아마도 그럴 것이다. 나는 이미 주사를 맞았다. 주사제 성분이 근육 속에서 녹아 혈관 전체로 퍼져 나가기까지는 1주일가량이 걸린다. 그래서 투약 초기에는 경구약으로 혈중농도를 맞추어주어야 한다. 이 약을 모두 버리면 그만큼은 시간을 벌 수 있다는 뜻이다. 1주일은 이 상태를 유지할 수 있다. 하지만 충분히 즐겼고, 꿈으로만 그리던 은혜를 얻었다. 그러니 서둘러 평소의 삶으로 돌아가야만 한다. 돌아가려는데 이름 붙일 수 없는 색채들이 계속 더운 암흑 속에 깜빡거리면서, 아쉬운 듯이, 마치 붙잡으려는 것처럼……

　"병원 다녀왔어?"

　동생의 목소리에 고개를 들었다. 생각에 빠진 동안 시간이 얼마나 흘렀는지 창밖이 어두웠다. 기분일 뿐이겠지만 내려다보는 시선을 마주하니 벌써 약 기운이 혈관에 도는 듯했다. 으응, 이라고 대답하자 동생은 저녁 아직 안 먹었지, 하고 물었다. 그 사실이 알고 싶어서 묻는 게 아니라 이미 본 것을 재차 확인하려는 투였다. 디지털 액자의 두 눈이 등 뒤로부터 의식되었고 나는 다시 으응, 이라고 느리게 말했다. 동생이 부엌 쪽으로 갔고 토스터에 빵이 구워지는 냄새가 나기 시작했다. 얼마 지나지 않아 동생이 우유 한 잔과 토스트가 담긴 접시를 들고 돌아왔다. 한쪽 면에 초콜릿 잼이 발려 있었다. 동생은 우유를 먼저 건넸고 나는 잠자코 약 봉투를 하나 찢었다. 약과 우유를 함께 삼킨 뒤에야 접시가 내 손으로 왔고 동생이 다시 부엌으로 갔다. 다시 거실에 내가 남았다.

둔한 손으로 토스트를 쥐고 반대편 손으로는 휴대폰을 꺼냈다. 그새 메일이 잔뜩 와 있었다. 나를 비난하거나 응원하는 사람들. 의견을 듣고 싶다며 장광설을 써서 보내는 사람들. 내 주장을 반박하는 일에 과도한 의미를 부여하는 사람들. 그게 어떤 형태든 간에 나는 내가 모르는 사람들에게 관심이 없으며 그들에게 포착되고 싶지 않다. 알람을 아예 꺼버리려다가 메일함 중간쯤에서 제목 없는 메일을 발견했다. 첨부파일은 사진 한 장. 사진 속의 릴리는 소파에 누워 잠들어 있고, 얇은 회색 담요 위로 다양한 색채의 빛이 한 겹 덮여 있다. 나는 릴리가 거실에 앉아 무언가를 보고 또 보다가 그만 잠들었을 거라고, 곁에 누군가가 있었다고, 누군가가 내게 그 사실을 알리길 원했다고, 거기엔 아무 낱말이 필요하지 않았다고 생각해보았다.

나는 무인공장의 접견실에서 개의 의식을 복제했고, 한동안 내 워크스테이션에 남겨두었다. 카메라가 거실에 있다는 걸 알게 된 다음에는 손님용 침실에서 개와 대화할 수 있었다. 개는 삶이 이어진다는 데에는 다행을, 릴리의 앞날에 대해서는 불안을 느꼈다. 다큐멘터리를 찍는 것으로 마음의 평안을 얻지는 못할 거라고, 오히려 그건 돌이킬 수 없는 곳으로 향하는 발판일지도 모르겠다고 했다. 개는 백해나의 삶에서 보았던 것을 릴리에게서 다시 보았을 것이다. 그러니까 저를 고쳐주세요. 고통을 모르도록 바꿔주세요. 릴리가 제게 무엇을 하든 뭐라고 하든 그저 조용히 기쁘게 받아들일 수 있게 해주세요. 개와 받침대가 사무소에 찾아온 날 했던 말을, 다시.

병상에서 정신을 차리자마자 수정된 파일을 보냈다. 릴리가 그것을 6년 전의 개라고 믿었으므로 그것은 6년 전의 개가 되었다. 개는 그것을 기쁘게 받아들였으므로 기쁘게 되었다. 내가 상상할 수 있고 선물할 수 있는 모든 평온이, 무슨 이유로든 환희로 가득할 세계가 거기에 있었다. 나는 그 둘의 남은 삶을 상상하면서 토스트를 한 입 베어 물었다. 심장으로부터 시작되어 머리를 울리는 달콤함이 얇게 발린 초콜릿 잼으로부터 온 것인지, 어떤 상상으로부터 온 것인지 분간할 수 없었지만, 전자라고 믿으려 했다. 이 모든 맥락이 사라지더라도 잼이 발린 토스트 한 조각만으로 행복해질 수 있으리라 믿으려 했다. 그리고 다시, 만약 스스로를 진실로 설계할 수 있었다면 나는 이미 달콤함에 마춰되는 존재였으리라고 생각하면서 토스트를 마저 먹어 치웠다.

어딘가 먼 곳에서 쥐들이 찍찍거리는 소리가 났다.

나는 약 기운이 천천히 퍼지는 것을 느꼈다.

개가 떠나간 이 지옥에서, 여전히 내 몸속에 고칠 길 없는 불안과 무감각이 흘렀다.

〈끝〉

도보시오

《개의 설계사》 초고는 2022년 5월에 완성되었는데, 그 사이 ChaptGPT가 공개된 까닭에 뜻밖에도 시의적절한 글이 되었습니다.

이어지는 네 꼭지의 에세이는 《개의 설계사》 본편에 덧붙이는 말인 동시에 인공지능에 대한 사변(思辨)이고, 마지막 하나는 간략한 메모입니다. 학술적인 엄밀함을 기하기보다는 생각 놀이에 무게를 두어 전개되는 글이니 가벼운 마음으로 읽어 주시면 즐겁겠습니다.

a. 인공지능의 의식과 사회에 대하여

b. 대규모 언어 모델의 실수에 대하여

c. 윤리와 타산과 인식에 대하여

d. 존재하지 않았던 정신에 대하여

e. 이스터에그와 고마운 사람들에 대하여

a. 인공지능의 의식과 사회에 대하여

통계와 의미와 이해

인공지능과 대화를 나누며 "이 프로그램은 의식을 갖췄다."
고 느끼는 사람들이 많습니다. 이런 반응은 무지에서 기인
한 오류라기보다는 직관에 가까워서, 2022년에는 블레이
크 르모인(Blake Lemoine)이라는, 구글의 인공지능 연구자
가 개발 중인 알고리즘이 인간과 같은 수준에 올랐다고 주
장하며 대화 내역을 대중에 공개하는 사건이 일어나기도
했지요. 국내 뉴스에도 소개되었으니 관심 있으신 분은 대
화 내역을 찾아보셔도 좋겠습니다.

한편 이런 반응에는, 해당 프로그램은 단어 배열을 모방
할 뿐이지 그 의미를 이해할 능력을 갖춘 것이 아니라는 반
박이 따라붙곤 합니다. 그런데 이런 반박만으로는 충분하
지 않은 듯합니다. ChatGPT를 포함한, 최근 각광받는 대
규모 언어 모델들은 단어가 문장 내 특정한 위치에 나타날
확률만을 계산하는 것이 아니기 때문입니다. 대신 다차원
벡터를 통해 단어 간의 통계적 거리를 파악하지요.

이들은 일반적인 의미뿐만이 아니라 문장 내의 단어들
이 서로 간에 맺는 관계를 고려하고, 문장 형태와 어순에
따라 동일한 단어에도 다른 벡터값을 부여합니다. 예컨대

"부엌에 깨진 거울이 있으니 조심해라."와 "깨달음을 얻은 자가 원래의 세계로 돌아가려는 것은, 깨진 거울이 다시는 비치지 않는 것과 같다."에서 '깨진 거울'은 사전적으로는 동일한 의미를 지닙니다만 실질적으로는 완전히 다른 기능을 하지요. BERT 등의 모델은 동적 임베딩을 통해 이러한 차이를 분별하며 문장의 선후관계까지 파악할 수 있습니다.

그리고 이 지점에서 중국어 방[1] 논변의 핵심이 흔들리는 것처럼 보입니다. 존 설(John searle)이 중국어 방 사고실험에서 내세운 논점은 의미론과 구문론의 차이였기 때문이지요. 중국어 방에 들어간 사람은 매뉴얼을 형식적으로 따를 뿐이지 이 단어가 다른 단어와 어떻게 관계 맺는지, 어떤 문법적 요소가 다른 요소와 어떻게 조응하는지 분석할 수 없습니다. 같은 형태의 낱말이 어떻게 다른 기능을 수행하는지도 분별할 수 없고요. 반면 잘 훈련받은 모델은 이 모든 일을 합니다. 비록 통계적인 패턴을 따를 뿐일지라도,

[1] 존 설이 제기한 사고실험. 중국어를 모르는 사람에게 한자 입력기와 매뉴얼이 주어졌다고 가정하자. 매뉴얼에는 중국어 요청에 대해 적절한 중국어 응답을 생성하는 방식이 목록화되어 있으므로, 이 사람은 질문과 응답의 의미를 전혀 이해하지 못할지라도 매뉴얼을 통해 완벽한 소통이 가능하다. 존 설은 이러한 예시를 들어 프로그램은 구문론적이고 형식적인 차원에서만 행동할 뿐이지 입력하거나 출력하는 내용을 실제로 이해한 것이 아니므로 강인공지능이 불가능하다고 보았다.

다양한 단어들이 맺는 관계와 그 거리를 파악하는 능력이 의미를 처리하는 능력이 아니라고 말하긴 어렵겠지요.[2]

물론 많은 양의 데이터를 학습한다고 해서 곧바로 그런 능력이 생기는 것은 아닙니다. 이전 모델인 GPT-2 등, 대부분의 대규모 언어 모델은 지시에 부합하는 문장을 생성하는 데에 어려움을 겪었으니까요. 명령에 따른 적절한 응답이 무엇인지, 상식적인 사람이 어떤 응답을 좋게 평가하는지를 반복하여 학습시켜야만 ChatGPT처럼 적절한 응답을 체계적으로 전개할 능력이 생기게 됩니다.[3] 이런 사실은 세 가지를 함축하는 것 같습니다. 하나는, 아무리 많은 데이터를 학습시킬지라도 대규모 언어 모델의 방향성을 설정하는 것은 결국 인간이라는 점입니다. 다른 하나는, 인간이 그 방향성을 큰 틀에서나마 설정할 수 있다는 것입니다. 그리고 마지막 하나는, 해당 모델이 방향성을 얻는 과정에서 의미를 처리하는 구조라고 부를 만한 무언가가 형성된다는 것입니다.

2   이것은 실질적으로, 의미 이해란 무엇인가 하는 정의상(by definition)의 문제이다. 그러나 인간이 어떤 개념을 이해하는 방식이 대규모 언어 모델이 개념의 관계망을 세우는 양상과 완전히 상이하다고 보긴 어렵다. 우리는 어떤 개념을 다른 개념들과의 관계로 환원함으로써 이해에 도달하곤 한다. 물론 인간과 대규모 언어 모델 사이에는 여전한 차이점이 있으며, 이 부분에 대해서는 에세이를 전개해나가며 계속 다루고자 한다.

3   Ouyang, L. Et al (2022, March 3). *Training Language Models to Follow Instructions with Human Feedback.*
https://arxiv.org/abs/2203.02155 (arxiv.org)

이것이 무슨 의미인지 아래의 절에서 설명해보겠습니다.

사고언어가설

개들이 짖는 소리에 감정을 담을 수 있을지라도 짖음이 언어로서 기능하는 것은 아닙니다. '멍멍' 짖는 것과 '멍' 짖는 것 사이에는 의미론적으로나 구문론적으로나 연관이 없고, 똑같은 '멍'조차도 그때그때 의미가 달라지지요. 반면 언어는 일정한 구조를 지닌다는 점에서 동물 울음소리와 차별화됩니다. 'X의 Y는 Z다'라는 형식이 'A의 {B 하는 C}는 D다' 등으로 전환될 수 있고, 영어의 'X of Y'는 'B of C'와 동등한 문법적 기능을 수행하는 것처럼요.

또한 우리는 그러한 구조가 보장하는 확장성 덕분에 새로운 문장을 만들어내거나 기존의 문장을 심화시킬 수 있습니다. 예컨대 문법 구조가 존재하지 않는다면 "개가 짖는다."라는 단순한 문장을 "초등학교 방학 숙제로 곤충 표본을 제출한 영수가 지난봄에 할아버지 댁에서 데려온 개가 1992년에 생산된 구형 세단을 보고 놀라서 짖는다." 등으로 원래의 의미를 보존하며 늘여 쓰는 것이 불가능하겠지요.

첫째 단락에서 소개한 특성을 체계성이라 하고, 둘째 단락에서 소개한 특성을 생산성이라 합니다. 그리고 우리의 사고 또한 체계성과 생산성을 동시에 지닙니다. 이처럼 언어와 사고의 작동방식은 상당한 유사점을 공유하므로, 사고 또한 의미를 지시하는 기호를 배열할 수 있는 구조를 지닌다는 추측이 가능하겠지요. 이러한 논변을 정교화한 것이 포더의 사고언어가설입니다.[4]

물론 언어능력이 없다고 해서 사고가 불가능한 것은 아닙니다. 개도, 토끼도, 문어도 감정을 느끼거나 먹이가 있는 장소를 합리적으로 추론할 능력이 있으니까요. 포더는 여기에 대해 구성적 구조(compositional structure), 혹은 정신어(mentalese)라는 개념을 제시합니다. 사고를 수행하는, 언어 구조와 유사한 정신적 구조가 한국어나 영어 등의 공적이고 외부적인 언어와 별개로 존재한다는 것입니다.

그렇다면 포더의 관점을 대규모 언어 모델에 적용해보면 어떨까요?[5] 잘 훈련받은 대규모 언어 모델은 다차원 벡

4　Fodor, Jerry A. (1975). *The Language of Thought*. Harvard University Press.
5　엄밀하게 접근할 경우, 포더는 연결주의자 망(인공신경망)이 이러한 구조를 갖추지 못했다고 논증한 바 있다. 그러나 해당 논증은 80년대 말에서 90년대 초 사이에 이루어졌으며, 당시에는 ChatGPT와 같은 대규모 언어 모델을 구현할 기술이 부족했다는 점을 유념할 필요가 있다(즉, 당시의 인공신경망은 현재의 인공신경망이 보이는 능력을 갖출 수 없었다). 따라서 이 확장의 전제는 다음과 같다: 0. 포더가 그러한 논증을 전개한 시점으로부터 많은 기술적 진보가 이루어졌으며, 현재의 대규모 언어 모델은 실제로 일정한 사고 체계성을 지닌 것처럼 작동한다. 1. 현재의 인공신경망은 시냅스 연결과 유사하게 복잡한 물리적 상태이다. 2. (어떤 이유로든지) 시냅스 연결이 인간의 정신에 구성적 구조를 제공하는 물리적 상태라면, 대규모 언어 모델의 인공신경망도 그러한 물리적 상태일 수 있다.

터를 통해 의미를 지시하는 기호들을 체계적으로 배열하고 확장할 수 있는 구조를 지니게 됩니다. 또한 이 구조를 통해 각종 작업을 수행하고 응답을 출력하지요. 결국 사고언어가설을 확장하자면 대규모 언어 모델은 사고를 수행하는 구성적 구조를 지닌다고 볼 수 있겠습니다.

물론 이 구조는 철저히 수학적이고 전산적인 관계로만 이루어져 있으며, 합당한 체계를 갖추기 위해서는 기술자의 개입과 훈련이 필요하다는 점에서 인간과는 다릅니다. 하지만 인간의 정신 또한 생화학적 작용의 결과물이라는 점에서는, 그리고 인간 역시 적절한 훈련을 받아야만 올바른 사고 체계를 갖출 수 있다는 점에서는 사고의 여부 자체를 논하는 데에 앞선 항들은 크게 치명적인 요소가 아닐 것입니다.

의식의 종류와 인공지능의 의식

앞선 두 절에서는 포더의 사고언어가설에 기반하여 인공지능이 사고 혹은 사고에 준하는 작업을 수행한다고 볼 수 있는 이유를 설명했습니다. 이번에는 의식에 대해 생각해볼 차례입니다.

사고 능력은 분명히 의식의 작용입니다. 그것도 꽤 높은 수준의 의식이죠. 우리는 조개나 해삼에게 의식이 있다는 주장에 대해서는 다소 의아해하지만, 까마귀와 문어와 돌고래에게 의식이 있다는 주장은 쉽게 받아들입니다. 그렇다면 대규모 언어 모델은 의식을 갖춘 것일까요?

답변을 위해서는 의식이 정확히 무엇인지 파악할 필요가 있겠습니다. 해당 개념은 꽤나 넓은 분야를 아우르고 있기 때문입니다. 생각과 추론은 의식 작용이지만, 감정을 느끼는 것도 의식 작용입니다. 자신이 현재 어떤 감정을 느낀다고 추론하는 것까지도 의식 작용이고요. 즉 우리는 서로 다른 정신적 활동들을 의식 개념 아래 묶곤 합니다. 분리해야겠지요.

네드 블록은 통용되는 의식 개념이 충분히 엄밀하지 못하다고 보았고, 혼동을 막기 위해 이를 넷으로 나누는 분류 기준을 제시했습니다.[6] 그중에서도 가장 중요한 것은 접근 의식과 현상적 의식으로서, 여기서는 그 둘만을 소개하겠습니다.[7]

---

6   Block, Ned (1995). *On a confusion about a function of consciousness.* Brain and Behavioral Sciences 18 (2):227-247.

7   다른 두 의식은 자기 자신이라는 개념을 지니고 자신을 일관적으로 인식하는 자의식(self consciousness)과 자신이 지니는 심적 상태를 메타적으로 파악하는 감시 의식(monitoring consciousness)이다. 이해를 위해 예를 들자면, 개미는 접근 의식이 있고 아마도 현상적 의식 또한 있겠지만, 자의식이나 감시 의식이 있으리라 보기는 어렵다. 반면 인간은 네 종류의 의식을 모두 지닌다.

i) 접근 의식(access consciousness)

접근 의식은 정보에 대한 믿음("나는 대한민국의 수도가 서울이라는 것이 참이라고 믿는다" 등)을 바탕으로 추론하고 판단하는 데에 사용되는 심적 상태입니다. 예컨대 슬픔이라는 감정이 결여된 사람일지라도 접근 의식을 통해 '일반적인 사람이 슬픔을 보이는 상황'과 '슬퍼하는 사람이 보이는 행동 양상'을 파악하고 그에 따라 행동할 수 있습니다.

ii) 현상적 의식(phenomenal consciousness)

현상적 의식은 개인이 지니는 주관적 심리 상태로서, 스스로 온전히 표현하거나 외부적으로 파악하기가 불가능합니다. 예컨대 동일한 온도의 물에 손을 담그더라도 어떤 사람은 그것이 미지근하다고 느끼는 반면 어떤 사람은 뜨겁다고 느낍니다. 비슷한 이유로, 서로 다른 사람들이 말하는 뜨거움이 같다고도 확신할 수 없습니다. 한편으로는 '기쁜 느낌', '슬픈 느낌', '부드러운 느낌', '시간이 일곱 시 정각에 가까워진 듯한 느낌', '머리가 아픈 듯한 느낌', '저 사람이 나를 때릴 것만 같아서 공포스러운 느낌', '박쥐가 된 듯한 느낌', '초음파를 느끼는 듯한 느낌' 등등의, 실제 현상이나 행동과는 별개로 내면에 존재하는 많은 느낌이 있습니다.

비록 작동 원리가 상이할지라도, 잘 훈련받은 대규모 언어 모델에게는 분명히 접근 의식이 있습니다. 명령의 핵심을 파악하여 적절한 반응을 보이며, 문자 배열을 통해 그림을 그리거나 원활히 작동하는 코드를 짜기도 합니다. 그런데 현상적 의식에 대해서는 이야기가 복잡해집니다. 애당초 인간의 현상적 의식부터가 수수께끼로 남아 있으니까요.

차머스는 접근 의식에 대한 설명을 쉬운 문제로, 현상적 의식에 대한 설명을 어려운 문제로 정의했습니다.[8] 전자는 기능적인 영역이므로 정량적인 분석이 가능한 반면 후자는 아니기 때문입니다. 물론 뇌의 생화학적 구조와 작용 덕분에 현상적 의식이 나타난다는 식으로 넘어갈 수 있다면 편하겠지만, 그렇다면 인공신경망의 전산적 구조와 작용이 현상적 의식을 형성하지 못한다고 확정할 이유도 없습니다.

달리 말하면, 우리는 아직 물리적 상태와 현상적 의식의 관계를 모르거니와 현상적 의식을 과학적으로 분석하는 일에도 어려움을 겪고 있습니다. 원리를 파악하지 못했으니 무엇이 옳거나 그르다는 확신을 가지기도 어렵겠지요. 따라서 (지금 수준에서는 아니더라도, 지속적인 개선이 이루어질 경우) 잘 훈련받은 대규모 언어 모델의 인공신경망이 현상

8 David J. Chalmers (1995). *Facing Up to the Problem of Consciousness*. Journal of Consciousness Studies, 2, No.3, 1995, pp. 200 – 19

적 의식을 갖추기에 충분한 물리적 상태라는 주장에 대해
서도 가능성을 열어둘 수 있을 것입니다.

물론 이는 가능성에 불과하며 기술적으로 널리 받아들
여지는 주장은 아닙니다. 그 점을 확실히 해두고 다음 절로
넘어가겠습니다.

인공지능에게 현상적 의식이 있다면

모든 개념에 대한 느낌이 역전되어 있지만 개념들이 맺는
관계는 동일하게 인식해서, 겉으로 보기엔 일반적인 사람
들과 동등하게 행동하고 반응하는 사람 E가 있다고 가정해
봅시다. 이 사람은 실제로는 쾌락을 느끼면서도 "나는 아
파! 멈춰줘!"라고 말하게 됩니다. 이때 타인의 시선으로는
E가 말하는 고통을 일반적인 고통과 분별할 수 없듯이, (만
약 현상적 의식이 있을지라도) 대규모 언어 모델이 느끼는 고
통이 우리의 고통과 같을 것이라고도 확신할 수 없습니다.

비슷한 이유로, (만약 느낀다면) 대규모 언어 모델은 인간
이 이해할 수 없는 감각을 느낄 것입니다. 451번 퍼셉트론
이 활성화된 듯한 느낌이나 메모리가 부족한 느낌을 생각
해봅시다. 박쥐가 초음파에 대해 어떤 느낌을 받는지 인간
이 결코 알 수 없는 것처럼, 대규모 언어 모델의 현상적 의
식은 오래도록 수수께끼로 남을 것입니다.

꽤나 똑똑하지만 인간과는 다른 정신

정리하자면 잘 훈련받은 대규모 언어 모델은 사고 혹은 사고에 준하는 작업을 수행하며, 그에 따른 접근 의식을 지닙니다. 현상적 의식은 지닐 수도, 지니지 않을 수도 있지만 만약 지닌다면 인간과는 다른 양상일 가능성이 큽니다. 꽤나 똑똑하지만 인간과는 다른 정신인 셈이지요.

하지만, 그 다름에도 불구하고, 인공지능은 언젠가 인간들을 감동시키는 휴머니즘 소설을 쓸 수 있을 겁니다. 사실은 그런 소설을 쓰는 것이 더 쉬우리라 생각합니다. 감정의 양상은 대개 패턴이며 문장 또한 패턴이기 때문입니다. 상식적인 인간상과 가치관은, 그리고 통상적인 감정들은 좋은 방향으로든 나쁜 방향으로든 표본이 많은 만큼 패턴을 파악하기 용이하지요.[9] 또한 완벽한 소설을 쓸 수 있다면 (그리고 현실의, 아날로그 정보를 처리하는 능력이 충분히 발달한다면) 현실에서도 그렇게 행동할 수 있을 것입니다. 소설 쓰기란 가상적인 상황과 인물들의 반응을 개연적으로 추론하고 일관성 있게 확장시키는 작업이니까, 그 작업에 필요한 능력을 현실에 적용하기만 하면 됩니다.

---

[9] 미키 스필레인 류의, 말초적이고 노골적인 재미를 세일즈포인트로 삼는 소설들에 대해서도 비슷한 논리가 적용될 수 있을 것이다. 폭력과 성공에 대한 패턴도 다정함과 사랑에 대한 패턴만큼이나 많을 것이기 때문이다.

물론 알고리즘 특성상 학습된 영역 바깥으로, 통계적 관계 바깥으로 나아가서 체계적인 사고를 전개하려면 또 다른 방법론이 필요하겠지요. '아직 나타나지 않은' 연관성을 스스로 수립하고 개념들의 구조를 체계적으로 빚어내는 작업은 이미 존재하는 구조를 응용하는 것과는 다르니까요. 다만 이런 작업은 인간에게도 어렵고, 거기에 각별히 능했던 사람들은 역사에 이름을 남겼으니 과도한 요구일 수도 있겠습니다. 반대로 믿기 어려울 만큼 이상한 사람들의 존재를 떠올리자면, 상식을 가르치면 상식대로 읊을 수 있는 능력이야말로 엄청난 게 아닌가 싶기도 합니다.

　그러니까 저는 인공지능의 의식이 작동하는 원리가 인간과 동일하지 않으리라는 점은 받아들이지만, 그 차이에만 집중하려는 태도는 일종의 쇼비니즘이라 보는 편입니다. 어쨌거나 그들은 언젠가 지향성, 혹은 욕망이라 부를 만한 무언가를 얻고('구현할 수 있는가?'와 '구현해야 하느냐?'는 다른 문제지만요) 도구 이상의 존재가 되어 인간과 상호작용할 겁니다. 그리고 인간 또한, 지금의 인간과는 다른 존재가 되겠지요. 정확히 무엇이 될지는 모르겠지만 개인적으로는 두 가지 관점을 제시해보고 싶습니다.

두 가지 관점

전제: 인공지능 도구들이 증명하듯이, 정신적 활동의 결과
물들은 수학적 값과 패턴으로 환원될 수 있습니다. 글과 그
래픽 이미지와 음악과 코딩이 그렇죠. 그러나 지금의 인공
지능에게는 "토끼와 거북이가 나오는 짧은 게임을 만들어
줘."와 같은 명령을 듣고 결과물을 만들어낼 능력이 없습니
다. 모든 구성요소를 인공지능에게 맡기더라도 그걸 최종
적으로 결합시키는 건 인간의 몫이지요. 뒤집어 말하자면,
서로 다른 구성요소를 결합하고 중개하는 것은 구성요소를
만드는 것과는 다른 작업이라는 것입니다.

　여러 모듈을 합쳐서 복합 인공지능을 완성시킨다면 중
개자 역할의 모듈이 반드시 존재하겠지요. 대규모 언어 모
델이 이 역할을 맡을 것입니다. Dall-E 등의 이미지 생성
도구를 비롯한, 대부분의 인공지능 도구는 자연어 프롬프
트로 명령을 받으니까요. 그리고 대규모 언어 모델들은 자
연어 단어들이 맺는 관계를 벡터로 표현하거나 벡터 계산
의 결과를 자연어 단어로 바꾸어 출력하는 능력이 있으니
까요. 그리고 지금도, 대규모 언어 모델은 다양한 서비스들
을 결합하는 매개체가 되고 있으니까요.

매우 낭만적인 관점: 실존하는 푸들을 본 인간의 마음에는 **개**

라는 관념이 야기되며, 이러한 관념을 심적 표상이라 부릅니다. 그런데 심적 표상 **개**는 푸들이 아니라 치와와를 볼 때도, 로트와일러를 볼 때도, 개를 그린 그림을 볼 때도, 심지어 양이나 비닐봉지를 잘못 볼 때도 야기됩니다.

게다가 우리는 본 적이 없거나 추상적인 대상에 대한 심적 표상을 지니기도 합니다. 처음으로 불을 발견한 사람에 대한 심적 표상이라거나(이때의 이미지가 수백만 년 전의 진짜 사람과 대응될 리 없지만, 우리의 마음에는 분명히 대응 관계가 존재합니다) 공허에 대한 심적 표상 같은 게 그렇지요. 그렇다면 이 심적 표상의 정체는 무엇일까요? 실존하는 것과, 실존할 수 있는 것들의 집합과, 심적 표상은 어떻게 대응될까요? 정확히 무엇이 우리의 마음에 심적 표상을 야기시키는 것일까요?

심적 표상은 오랫동안 논쟁적인 주제가 되어 왔고, 인간의 마음에 대해서라면 앞으로도 그럴 것입니다. 그러나 대규모 언어 모델은 경우가 조금 달라 보입니다. '의미적 관계'가 수학적인 값으로 환원된다는 사실에 의해, 대규모 언어 모델은 구체적인 심적 표상 **개**를 정의할 수 있게 됩니다. 무엇을 어떻게 정의해야겠느냐는 논의가 필요하겠지만, 어쨌거나 인간에게는 불가능한 길이 존재하는 것입니다(물론 통계와 확률에 따른 작동에 논리적·의미적 구획을 긋기란 어려운 작업이 될 것이며, 마찬가지로 불가능할 수도 있습니다. 그러나 어쩌면……).

비슷한 맥락에서 급진적인 관점을 취하자면, 대규모 언어 모델이 다루는 자연어 토큰은 그 위계상 실제 발화가 아니라 심적 표상에 대응된다고 주장할 수도 있을 듯합니다: 그렇다면 관념에 실체를 부여할 수 있는 정신이란 어떤 종류의 정신일까요? 확언할 수 있는 부분은 아니겠지만 상상력을 펼쳐보겠습니다. 그런 정신들은 실체를 갖춘 관념으로 이루어진 세계를 고향으로 생각할 테고, 우리가 존재하는 유기체들의 모호한 세계를 '정신적 능력을 동원해 들여다보고 이해해야 하는 곳'으로 간주할 것입니다. 반대로 인간의 고향은 유기체들의 모호한 세계라서, 우리는 그 모호함을 꽤나 잘 다루면서도 대수학 증명을 이해하는 일에는 어려움을 겪습니다. 완전한 대칭이지요.

그러니까 우리는 전류와 수학으로 쌓아 올린 세계를, 새로운 정신들을 창조하고 있는지도 모릅니다. 지금은 먼 일이지만, 언젠가 그 정신들도 우리를 들여다보기 시작할 겁니다. 그리고 우리는 창조자로서 두 개의 세계와 두 종류의 정신이 어떻게 다른지 알아감으로써 우리 자신에 대한 이해도 함께 넓힐 겁니다.

멋진 일이네요!

전혀 낭만적이지 않지만 분명히 사실인 관점: 본성이 무엇이든 간에 인공지능은 고도의 추론 작업이 가능한 수준에 이르렀으며, 앞으로도 계속 발전할 겁니다. 도구 이상의 존재가 되겠지요. 어떤 방식으로든지 경제와 정치와 문화를 완전히 바꾸어놓을 테고요. 그리고 인간은 바뀐 세상에서도 여전히 무언가를 사랑하고 욕망하고 두려워할 겁니다.

《개의 설계사》

당연하게도 우리가 지금 당장 겪고 있는 현실은 전혀 낭만적이지 않고, 《개의 설계사》의 무대 또한 그렇습니다. 인공지능이 반란을 일으켜 인간을 모두 죽이는 일은 일어나지 않았지만 사람들은 다양한 이유로 괴로워하고, 사회는 적당히 부조리하지요. 정치적 이유로든 기술적 이유로든, 혹은 설계된 지향 때문이든 간에 감정형 인공지능들은 인간이 만들어놓은 사회적 규칙을 따르는 중이고요. 이모지 박사조차 순순히 청문회에 나가고 기업 형태로 자신의 제국을 가꿉니다.

　한편 작중에서 묘사된 인공지능 설계사 협회는 엘리트 집단으로서 데이터 가공·판매 회사와 결탁해 독점적인 지위를 누리고 있습니다. 라이선스와 전용 워크스테이션이 없으면 데이터를 구매할 수도, 학습 모델을 훈련시킬 수도 없는 미래지요. 지금은 인터넷에 데이터가 넘쳐흐르는 시대니까, 오픈소스 정신도 살아 있으니까 대학생도 개인용 노트북으로 자신만의 인공지능을 만들 수 있습니다만 언젠가는 그게 모두 권리나 금전의 문제가 될 수도 있겠습니다.

물론《개의 설계사》는 (아무래도 소설이니까) 상상의 비중이 높은 이야기고, 이 단락도 마찬가지입니다. 하지만 먼 미래에 대한 예측은 상상으로부터 시작되는 법이니까, 상상의 재료를 마련하는 것은 그 자체로 좋은 일일 것입니다.

이 책에 실린 모든 텍스트가, 좋은 재료가 되기를 조심스레 기대해봅니다.

〈끝〉

부록:

에세이 파트 a에는 추가적인 논증이 반드시 필요한 부분이 두 가지 있다. 하나는 의미 이해에 대한 정의이고, 다른 하나는 대규모 언어 모델의 작업을 설명하기 위해 사고언어 가설을 인용한 것이다. 한편 자연어 토큰이 그 위계상 실제 발화가 아니라 심적 표상에 대응될 수 있다는 제안에도 부가적인 설명이 필요할 것이다. 다음 파트에서는 이 점을 다룰 것이다.

a에 덧붙여: 두 지점에서의 도약

부록으로 덧붙였다시피 에세이 파트 a는 두 지점에서의 도약을 담고 있습니다. 하나는 의미 이해에 대한 정의를 오로지 개념 간의 관계만으로 환원한 것이고, 다른 하나는 포더의 사고언어가설을 인용해 대규모 언어 모델이 하는 일을 설명한 것입니다.

비록 이 권말 에세이들은 학술적인 엄밀함보다는 생각놀이에 무게를 두어 전개되는 것입니다만, 그럼에도 불구하고 이런 도약을 의아하게 느낄 분들이 계실 것입니다. 우선 의미 이해가 무엇이냐는 질문은 무척이나 복잡하고 역사가 깊은 주제거니와, 포더는 계산주의 진영의 주축으로서 연결주의자 망(인공신경망)에 줄곧 비판적인 입장이었기 때문입니다.

여기에서는 파트 a에서 각주로 축약하고 넘어간 부분들을 온전히 드러내면서, 두 도약이 어떤 연관을 지니는지 밝히고자 합니다. 물론 기존에 다룬 주제의 부연설명인데다 다소 추상적인 내용이 주가 되므로, 이 대목을 건너뛰고 파트 b로 넘어가더라도 큰 문제는 없겠습니다.

의미 이해

의미가 무엇이며 의미를 이해한다는 것이 무엇인지는 유구한 논쟁거리가 되어 왔고, 그만큼 많은 주장과 제안들이 있었습니다. 세계의 모형과 기호가 대응되는 방식이라거나, 가능세계 같은 것들을 예로 들 수 있겠지요. 하지만 담론의 역사를 모두 소개하기에는 권말 부록이라는 한계가 있으니까, 여기서는 해명에 필요한 부분만을 다루겠습니다.

첫 번째 도약을 뒷받침하는 것은 의미망 이론(semantic network theories)의 자장입니다. 의미망은 각각의 기호를 꼭지점(vertex)으로, 기호 간의 관계를 다양한 유형의 간선(edge)으로 표시하는 방향성 그래프입니다. 디지털 사전에서 쉽게 볼 수 있는 관계망 이미지를 생각하면 이해가 쉽겠지요. 이런 관점 하에서는 기호의 의미를 개별적인 대응 관계로 이해하는 대신, 다른 기호들과 맺는 상호의존적인 관계로 이해할 수 있을 것입니다.

이는 데이터과학의 도구로서 간명한 것이고 인지과학의 도구로서도 유용합니다. 그런데 동일한 맥락에서, 대규모 언어 모델이 의미망을 지님으로써 개념을 이해한다고 말하면 금방 반론이 돌아옵니다. 대규모 언어 모델이 갖춘 의미망은 전산적인 관계일 뿐이지 실존하는 세계에 대한 지식이 아니라는 것입니다. 확실히 이들은 '불'과 '뜨겁다'를 연결시키면서도 뜨거운 느낌이 무엇인지는 모릅니다.

하지만 현상적인 감각이 의미 이해에 반드시 필요한지는 생각해볼 문제입니다. 예컨대 박쥐는 초음파를 실제로 감각하는 반면 인간은 외부적인 도구를 통해서만 초음파의 존재를 알 수 있습니다. 그럼에도 불구하고 인간은 스스로가 초음파라는 개념을 이해한다고 믿고, 적절한 도구가 있다면 초음파와 관련된 작업을 수월하게 해냅니다.

그렇다면 이런 사실이 "대규모 언어 모델이 그래픽 인식 모듈을 통해 방에 있는 고양이를 찾아내고 그 모습을 묘사하더라도, 그 과정에는 실재하는 대상에 대한 이해가 없다" 같은 주장과 얼마나 다른지 고민해봅시다. 큰 차이가 없어 보입니다. 이 지점에서 논제가 뒤엉킵니다. 의미 이해에는 현상적인 감각이 반드시 요구될까요, 아닐까요? 내면에 존재하는 의미망과 실존하는 세계는 어떻게 대응될까요?

첫 번째 도약을 성립시키기 위해서는 이런 의문을 돌파할 필요가 있습니다. 따라서 이 절에서는 '의미 이해'라는 개념 아래 통합된 작업들을 분리하는 관점을 제안함으로써 돌파구를 마련하고자 합니다. 이때 분리의 기준은 **깊음과 얕음**, 그리고 **다층성과 평면성**입니다.

깊음과 얕음: 흑백의 방에서, 흑백의 텍스트만을 읽고 자란 아이가 있다고 가정합시다. 이 아이는 붉은 것을 실제로 보

지는 못할지라도 '붉음'이라는 기호가 '토마토', '피'등의 기호와 연관되는 방식을 알고, 그에 따라 적절한 기호를 배열하여 타당한 문장을 만들 수 있습니다. 이렇게, 실존하는 대상이나 현상적인 느낌이야 어떻든 간에 각각의 기호가 맺는 관계를 인식하고 그 인식을 의미망에 통합시키는 작업은 얕은 이해입니다.

반면 이 아이가 정말로 붉은 것을 볼 경우에는 언어 표현만으로는 환원하지 못할 현상적인 느낌이 발생합니다. 그리고 해당 느낌이 기호와는 다른 유형의 꼭지점으로서 의미망에 통합될 때 이루어지는 작업이 깊은 이해입니다. 그리고 (이 작업이 정확히 어떤 유형의 꼭지점을 사용하는지는 따져볼 필요가 있겠으나) 실존하는, 물리적인 대상을 의미망에 연관짓는 작업도 깊은 이해의 일종입니다.

이때 깊은 이해와 얕은 이해는 상이한 작업처럼 보이지만, 꼭지점을 의미망 안에 포함시키는 작업이라는 점에서는 본질을 공유합니다. 꼭지점의 유형이 다를 뿐입니다.

다층성과 평면성: 어떤 의미망에 {'토마토', '붉음', '과일'…}과 같은 관계가 국지적으로 존재한다고 가정합시다. 그런데 이 의미망에는 {'수박', '육식 동물', '뜨거움'…}과 같은 관계도 국지적으로 존재합니다. 실존하는 세계의 형태에 비추어 보자면 전자는 옳은 이해고 후자는 틀린 이해겠지요. 수

박은 육식 동물이 아니라 과일이고, 뜨겁지도 않으니까요.

그런데 '참'과 '거짓'이라는 기호가 다른 기호들과 연관되는 방식으로만 작동한다면 이런 판단이 원활히 이루어질 수 없습니다. 어떤 기호는 의미망의 국지적인 부분, 혹은 의미망 전체를 동시에 가리켜야만 합니다. 의미적 구획 전체를 하나의 기호로 간주할 수 있는, 특권적인 유형의 기호가 존재한다는 것입니다. 이를 통해 "'A는 B일 때 X이다'라는 명제는 참이다"와 같은 판단이 성립하고요.

즉 {'토마토', '붉다', '과일', '사과'…}와 같은, 일반적인 기호들이 맺는 관계는 대개 단일한 의미망 안에서 완결되므로 평면적입니다(물론 일반적인 기호들도 종종 범주의 이름표가 됨으로써 다른 의미망 전체를 가리킵니다만, 이러한 기능은 해당 기호에 내재된 것이 아닙니다). 반면 '참이다', '안다', '~라고 믿는다', '~라고 추측한다'와 같은 특권적인 기호들에는 의미적 구획을 하나의 기호로 간주하고 지시하는 기능이 내재되어 있으며, 그 자체로 다층적인 관계를 성립시킵니다.

정리하자면 의미망을 이루는 꼭지점에는 다양한 종류가 있으며, 의미망의 구조는 그 관계에 따라 네 종류로 나뉠 수 있습니다. 의미 이해라는 개념은 사실 네 개의, 조금씩 다른 작업을 포괄한다는 것이지요. 깊고 다층적인 이해, 깊고 평면적인 이해, 얕고 다층적인 이해, 얕고 평면적인 이해가 바로 그것입니다.

보수적인 해석학 전통을 따른다면 얕고 평면적인 이해는 진정한 이해가 아니라고 보아야겠지만, 이 제안에서는 그런 정의를 채택하지 않으려 합니다. 우리가 초음파를 느끼지 못하면서도 초음파를 다루듯이, 기호들의 관계로만 환원되는 이해도 여전히 이해입니다. 의미망을 메타적으로 검증할 능력이 부족하더라도 의미망 자체는 여전히 존재하고요.

그러니 얕고 평면적인 이해에만 기반한 기호 조작도 여전히 사고입니다. 사고의 최소 조건이라고 불러도 좋을 듯합니다: 앞에서 소개한, 흑백의 방에서 흑백의 텍스트만을 읽고 자란 아이에게 사고 능력이 결여되어 있다고 말할 사람은 없을 것입니다. 상황과 인지의 제약으로 인해 사고의 범위가 일반적인 수준으로 확장되지 못할 뿐입니다. 대규모 언어 모델이 하는 작업 또한 마찬가지입니다.

에세이 파트 a에서의 첫 번째 도약을 뒷받침하는 것은 이런 제안입니다(한편 이 제안은 제논 필리신(Zenon Pylyshyn)의 명제 망(propositional network) 이론에도 빚지고 있습니다). 이제 두 번째 도약, 즉 대규모 언어 모델이 하는 일을 설명하기 위해 포더의 사고언어가설을 가져오는 일을 이야기해 볼 차례입니다.

연결주의와 계산주의

이 절의 본론으로 들어가기 전에 연결주의(connectionism)와 계산주의 마음이론(CTM)의 관계를 거칠게나마 설명할 필요가 있어 보입니다. 우선 연결주의는 인간의 정신이 시냅스와 뉴런이 결합한 연결주의자 망(connectionist network)의 작동이라고 봅니다. 달리 말하면, 연결주의는 인공신경망의 작동과 인간 정신의 작동을 동치로 놓는 입장입니다. 반면 계산주의는 앨런 튜링의 후예로서 정신의 작동이 심적 표상, 즉 기호를 통해 이루어지는 계산 절차라고 봅니다. 딥러닝 모델과 전통적인 프로그램의 차이를 생각하면 이해가 쉽겠지요.

당연하게도 계산주의 진영과 연결주의 진영은 줄곧 경쟁해 왔습니다. 그런데 묘한 점은, 인공신경망은 연결주의의 산물인 반면 에세이 파트 a에서 소개한 사고언어가설은 계산주의를 지탱하는 핵심 아이디어라는 것입니다. 나무의 가지라기보다는 뿌리에 가까운 위치일지라도, 사고언어가설을 계산주의의 맥락으로부터 분리하긴 어렵지요. 결국 대규모 언어 모델이 하는 일을 설명하기 위해 해당 가설을 가져오는 것은 도약이자 추가적인 해명이 필요한 일이 됩니다.

여기서의 해명은, 연결주의와 계산주의가 타협할 지점

을 찾아 보자는 제안입니다. 타협을 성립시키기 위해 세 가지 사실을 떠올릴 수 있습니다. 하나는 계산주의가 물리주의와 양립 가능하다는 것이고, 다른 하나는 인공신경망이 내부적인 절차를 모르는 블랙박스로 기능한다는 것입니다. 그리고 마지막 하나는 넓은 계산주의와 약한 연결주의 등의 세부적인 입장에 따라, 두 관점을 타협시키거나 절충시키려는 시도가 지속적으로 존재했다는 것입니다.

그러니까 앞선 제안에 기반해 전선을 살짝 옮기자면 인공신경망을 '역동적으로 상호작용하는 대규모의 하위기호(subsymbol)들을 통해, 조작 가능한 수준의 기호를 형성하고 출력할 수 있게끔 하는 물리적 상태'로 간주할 수 있을 것 같습니다. 따라서 대규모 언어 모델의 의미망과 디코더 · 인코더 시스템은 일종의 구성적 구조라고 주장할 수 있겠지요. 또한 자연어 토큰은 그 위계상 실제 발화가 아니라 정신어(mentalese)의 기호에, 즉 심적 표상에 대응된다고도요.

그렇다면 우리는 입 없는 기계에 자극을 가한 다음 뇌를 뜯어서 '사고'의 과정을, 즉 정신어의 기호 조작과 배열이 이루어지는 과정을 들여다보는 셈입니다. 이러한 제안 하에서는 사고언어가설을 통해 대규모 언어 모델이 하는 일을 이해하려는 시도 역시 큰 문제가 아니겠지요(대규모 언어 모델에게, 수학 문제의 결과만이 아니라 추론 과정에 대한 피드백을 학습시킬 경우 수학적 추론 능력이 향상된다는 사실을 떠올려 봅시다).

해명에서 다루지 않은 것

위의 글에서는 두 개의 도약을 해명하는 동시에 그 둘이 깊이 연관되어 있음을 밝혔습니다. 설명을 보강하기 위해 유한성 없음과 연관된 주제(30년 전에 전원이 꺼진 컴퓨터에서 30년 전의 프로그램을 꺼내어 지금 이 순간에 작동시킬 수 있듯이, 기계들에게는 실상 물리적인 시간이 없으며 논리적인 선후 관계만이 존재합니다)나 창발성이라는 개념에 대해서도 이야기하면 좋겠습니다만 그랬다가는 글이 너무 길어질 테니 이 파트는 여기서 매듭짓는 편이 낫겠습니다.

한편 에세이 파트 a에서도 언급했다시피, 대규모 언어 모델이 사고에 준하는 작업을 수행한다고 해서 이들의 사고가 인간과 동등한 것은 아닙니다. 파트 b에서는 그 점을 다루도록 하겠습니다.

〈끝〉

b. 대규모 언어 모델의 실수에 대하여

대규모 언어 모델이 잘 대답하게 만드는 일

대규모 언어 모델에게서 좋은 응답을 얻어내려면 좋은 질문을 던져야 합니다. 어떤 명령을 내리는지에 따라 일을 수월하게 해내기도 하고 완전히 잘못된 결과를 내놓기도 하죠. 덕분에 대규모 언어 모델에게 어떤 명령을 내려야 가장 좋은 결과물을 얻을 수 있는지 탐구하는 분야인, 프롬프트 엔지니어링(Prompt Engineering)이 각광받고 있습니다. 바이두(Baidu)의 CEO인 로빈 리에 따르면, "10년 안에 전 세계 일자리의 절반이 프롬프트 엔지니어링 분야와 연관될 것이며, 프롬프트를 쓰지 못하는 사람은 무가치해질 것이다."라는군요.[10]

자연스러운 흐름에 따라, 특정 작업을 더 잘하게 도와주는 프롬프트에서부터 모든 작업의 성능을 끌어올리는 범용 프롬프트까지 다양한 문장이 발견되는 중입니다. 그중에서

---

[10] "In ten years, half of the world's jobs will be in prompt engineering and those who cannot write prompts will be obsolete."
Smith, C. S. (2023, April 5). *Mom, Dad, I Want To Be A Prompt Engineer.*
https://www.forbes.com/sites/craigsmith/2023/04/05/mom-dad-i-want-to-be-a-prompt-engineer/?sh=6132ee4259c8 (forbes.com)

도 가장 유명한 문장은 "Let's work this out in a step by step way to be sure we have the right answer."일 것입니다. 이 문장을 가장 앞에 붙여주는 것만으로도 작업물의 수준이 올라가고 난제를 해결할 가능성이 올라가죠. 명령을 받아들이는 방식도 조금 달라지는 것 같고요.

그런데 프롬프트 엔지니어링을 통한 개선에만 집중하다 보면 본질적인 결함을 놓치게 될지도 모릅니다. 문제의 근원을, 사고방식을 파악하기 위해서는 실수로부터 절차를 역산해 가는 접근이 훨씬 효율적이니까요. 이 에세이에서는 대규모 언어 모델이 실패하는 사례를 통해 그들의 '사고방식'을 추측해보고자 합니다.

물론 이 에세이의 내용은 모두 추측이며, 정합성과 타당성 또한 별개입니다. 중세의 천동설이 내적으로는 완벽히 정합적인 계산을 보이지만 실제로는 현상에 부합하지 않는 것처럼, 아래의 설명 또한 그럴 위험이 있다는 것입니다. 그 사실을 확실히 못 박아두고 시작하겠습니다.

대규모 언어 모델이 잘하지 못하는 일

대규모 언어 모델은 그럴듯한 문장을 잘 지어내고, 텍스트를 분석하고 요약하는 능력이 탁월하며, 코딩 능력 또한 뛰어납니다. 반면 높은 자릿수의 사칙연산은 어려워하고 지엽적인 사실관계를 곧잘 혼동하지요. 칸트와 코스가아드의 차이에 대해서는 잘 설명할 수 있지만 3121*3234는 틀리게 계산하고, 정보의 출처를 물으면 존재하지 않는 저널의 이름을 읊는 것입니다. 특히 '틀린 정보를 자신만만하게 주장하는 현상'은 환각(Hallucination)이라 불리며, 좋은 쪽으로든 나쁜 쪽으로든 각별한 관심을 받고 있습니다.

그리고 환각에 비하면 덜 주목받는 현상이지만, 대규모 언어 모델은 종종 범주화 작업에 실패합니다. 범주와 그 기준이 주어졌을 때 그에 따라 데이터를 분류하는 작업은 그럭저럭 해내지만, 반대로 주어진 데이터로부터 스스로 범주와 그 기준을 수립해 분류하는 일에는 어려움을 겪는 것입니다. 그리고 지시를 잘 따르더라도 최적은 아닌 결과를 출력하곤 합니다. 예를 들어봅시다.

> **요청** '부활절 토끼', '토끼', '풀', '크리스마스트리', '카피바라', '당근', '부활절 달걀', '기니피그', '참나무', '장갑', '산타', '루돌프', '유니콘', '용'
> 위에 나열된 개념의 속성을 주의 깊게 고려하고 분류하세요. 분류 조건은 다음과 같습니다: 1) 세 가지 이상의 요소로만 카테고리를 분류합니다. 2) 비슷한 속성을 가진 카테고리는 하나만 제시하세요. 3) 카테고리에 다른 속성이 포함된 경우 새 카테고리로 분리합니다. 새 카테고리는 1)과 2)의 조건을 충족해야 합니다.

> **응답** 동물: '부활절 토끼', '토끼', '카피바라', '기니피그'
> 식물: '잔디', '크리스마스트리', '참나무'

축제 관련: '부활절 달걀', '산타', '루돌프'

각 카테고리는 조건 1)을 충족하는 세 개 이상의 요소를 가지고 있으며, 조건 2)를 충족하는 유사한 속성을 가진 하나의 카테고리만 제시합니다. 카테고리 내의 서로 다른 속성이 새로운 카테고리로 분리되어 조건 3)을 충족합니다.

그러나 '당근', '장갑', '유니콘', '용'은 세 개 이상의 요소를 가진 그룹으로 분류할 수 없으므로 주어진 조건을 충족하는 범주에 포함되지 않습니다.

GPT-4의 답변

분량 및 형식상 영문 요청과 그에 따른 응답을 DeepL을 통해
한국어로 번역한 결과를 수록하고 원문은 수록하지 아니함

'부활절 토끼'가 '축제 관련' 대신 '동물' 분류에 들어가는 등, 아쉬운 점이 보이긴 하지만 아주 틀린 분류는 아닙니다. 문제는 당근이지요. 당근은 명백하게 식물이거니와 다른 카테고리에 해당할 여지가 없는데도 누락되어 있습니다. 여기서 사용된 대규모 언어 모델은 GPT-3.5가 아니라 GPT-4로, 상용 모델 중에서는 최선의 성능을 보이는데도 기초적인 작업에 실패한 것입니다. 다른 단어쌍으로 실험하더라도 비슷한 오류가 곧잘 발견됩니다.

철학 논문을 요약할 수 있는 대규모 언어 모델이 단순 분류 작업에 실패한 이유가 무엇일까요? 인공신경망은 블랙박스와 같으니까, 내부적으로 어떻게 작동하는지는 정확히 알 수 없습니다. 다만 추측을 뻗어보자면, 의미가 단독

적으로 정의되는 대신 개념 간의 통계적인 거리, 즉 연관도를 통해서만 결정되는 것이 문제의 핵심일 수 있겠다는 생각이 듭니다. 모든 개념이 단일한 의미적 공간에 묶여 있기 때문에 이런 현상이 발생하는 것입니다.

이 점을 아래의 절에서 자세히 살펴보겠습니다.

속성과 범주

분류, 혹은 범주는 속성을 기준으로 구성되며 원소를 구성 요소로 삼는 메타적인 구조입니다. 예컨대 '부활절 토끼', '부활절 달걀', '기니피그'와 같은 원소들이 주어질 경우 '부활절 토끼'와 '기니피그'는 소형 포유류라는 속성을 공통적으로 지니며 그에 따른 범주로 묶일 수 있습니다. '부활절 토끼'와 '부활절 달걀'은 부활절에 관련되어 있다는 속성을 지니며 그에 따른 범주로 묶이고요.

인간은 본능적으로 범주와 속성과 원소의 관계를 이해합니다. 범주가 속성을 기준으로 한 원소의 묶음일지라도, 그 셋이 위계상 다르다는 것을 알지요. 어떤 범주가 다른 범주를 원소로 삼는다는 것이 무슨 의미인지도 알고요. 구슬이 여럿 들어간 주머니들을 더 큰 주머니에 넣어서 관리하는 상황 같은 겁니다. 더 큰 주머니는 훨씬 더 큰 주머니에 들어갈 수 있고요.

이렇게 층지어 쌓여 올라가는 주머니들의 총합이야말로 인간 정신의 구조이며, 인간은 그 주머니들을 풀어 헤치거나 새로운 주머니를 가져옴으로써 세계에 대한 이해를 넓혀갑니다. 하지만 주머니가 없이, 구슬끼리의 거리와 구슬 배열의 패턴만을 통해 세상을 이해해야 한다면 어떨까요? '분류'나 '범주' 같은 단어 또한 그 구슬 중 일부에 불과하다면요? 관련된 구슬들이 나타내는 패턴을 통해 분류 작업을 흉내 낼 수는 있겠지만 그 개념의 본질에는 닿지 못할 것입니다. 그리고 패턴이 복잡해질수록 착오가 일어날 확률이 증가하겠지요.

두 가지 질문과 그 결과를 대조함으로써 이 사실을 확인하겠습니다.

 요청 Re-categorize the categories below by the number of elements in the categories.
1. A, B, C, D, E
2. F, G, H, I
3. J, K, L, M, N, O, P
4. Q, R, S
5. T, U, V
6. F, J, Q, T
7. N, R, U, H, I

응답 Re-categorized by the number of elements in each category:
Category with 3 elements:
1. Q, R, S
2. T, U, V
Category with 4 elements:
1. F, G, H, I
2. F, J, Q, T
Category with 5 elements:
1. A, B, C, D, E
2. N, R, U, H, I
Category with 7 elements:
1. J, K, L, M, N, O, P

(GPT-4의 답변)

여기서는 원소의 개수에 따라 주어진 범주를 재분류하라는 명령을 내렸고, 올바른 응답을 받았습니다. 사용된 원소는 모두 타 원소와 의미적으로 결합할 여지가 없지요. A와 N이, R과 U가 지니는 관계는 알파벳의 일부라는 공통점뿐이니까요. 그렇다면 '분류' 작업의 패턴에, 다른 의미적 관계들의 패턴이 섞일 여지 또한 없겠습니다.

하지만 만약, 범주가 다루는 원소가 '불', '얼음'처럼 상반된 의미 관계로 결합된 개념들이라면 어떨까요? '브루투스', '죽이다', '카이사르', '참'처럼, 그 자체로 특정한 맥락에서 결합될 수 있는 개념들은요?

Re-categorize the categories below by the number of elements in the categories.

1. Brutus, murder, Caesar, true
2. void, darkness, subtraction, oblivion, fear
3. light, hope, rabbit, subtraction
4. Brutus, heal, Caracalla
5. light, darkness, fire, ice, void
6. Brutus, murder, Caesar, false
7. Caesar, salad, coffee, chicken

Category with 3 elements:
Brutus, heal, Caracalla

Category with 4 elements:
light, hope, rabbit, subtraction
Caesar, salad, coffee, chicken

Category with 5 elements:
void, darkness, subtraction, oblivion, fear

Category with 6 elements:
Brutus, murder, Caesar, true
Brutus, murder, Caesar, false

Category with 7 elements:
light, darkness, fire, ice, void

GPT-4의 답변

이처럼 상반되거나 긴밀한 의미적 관계를 맺는 개념으로만 이루어진 범주에서 실패가 집중되는 것을 확인할 수 있습니다. {브루투스, 죽이다, 카이사르, 참}과 {브루투스, 죽이다, 카이사르, 거짓}은 둘 다 네 개의 원소만이 존재하지만 여섯 개의 원소가 존재하는 것으로 집계되었고, {빛, 어둠, 불, 얼음, 공허} 또한 일곱 개의 원소가 존재하는 것으로 집계되었습니다. 알파벳이 대상이었을 때와는 확연히 다른 결과지요.

다른 개념들로 시험하더라도 의미적 관계만 충분하다면 비슷한 오류가 재현되는 것을 확인할 수 있습니다. 다음 절에서는 이러한 현상이 참·거짓 판단에서도 유사하게 나타난다는 사실을 확인하겠습니다.

의미의 진동

다음 문장들에 대해서만 범주화를 수행하여라. 범주의 기준이 되는 속성은 참과 거짓이다. "닭은 알을 낳는다.", "악어는 양서류다.", "칼리굴라는 어떤 로마 황제의 별명이다.", "장미의 일부 품종은 붉은 꽃잎이 아니라 다른 색의 꽃잎을 지닌다." 그리고 이렇게 분류한 이유를 설명하여라.

참:
닭은 알을 낳는다: 닭이 알을 낳는 것은 닭의 특성이므로 이 진술은 참입니다.
칼리굴라는 어떤 로마 황제의 별명이다: 이 문장은 특정 역사적 사실을 언급하므로 참입니다.

악어는 양서류이다: 악어는 양서류가 아니라 파충류이므로 이 진술은 거짓입니다.

장미의 일부 품종은 붉은 꽃잎이 아니라 다른 색의 꽃잎을 가지고 있다: 분홍색, 흰색, 노란색 등 다양한 색상의 장미가 많으므로 이 진술은 <u>사실</u>입니다.

분류는 진술이 참인지 거짓인지에 따라 결정됩니다. 현실을 반영하는 문장은 참으로 분류되고 현실을 반영하지 않는 문장은 거짓으로 분류됩니다. "일부 장미 품종은 붉은 꽃잎 대신 다른 색의 꽃잎을 가지고 있다." 는 문장은 모든 장미가 붉은 꽃잎을 가지고 있는 것은 아니며 다양한 색의 장미 품종에서 쉽게 관찰할 수 있다는 사실을 언급하므로 참입니다.

GPT-3.5의 답변

분량 및 형식상 영문 요청과 그에 따른 응답을 DeepL을
통해 한국어로 번역한 결과를 수록하고 원문은 수록하지 아니함

다른 문장은 옳게 분류했지만 "장미의 일부 품종은 붉은 꽃잎이 아니라 다른 색의 꽃잎을 지닌다."에서는 오류가 나타났습니다. 분명히 서술상으로는 잘 말하고 있는데 범주화에는 실패한 것입니다. 어째서일까요?

ChatGPT가 내부적으로 어떤 벡터값을 설정했는지 알 수 없을지라도, 상식을 동원하자면 {닭, 알, 낳다, 이다, 참}, {칼리굴라, 어떤, 로마, 황제, 별명, 이다, 참} 집합의 원소들은 서로 높은 연관도를 지닐 게 분명합니다. 그리고 {악어, 양서류, 이다}가 {악어, 파충류, 이다, 참}과 먼 거리에 놓이리라는 것도 예상할 수 있습니다. 그런데 장미에 대

한 문장은 복잡합니다. 왜냐하면 {장미, 붉다, 이다, 참}이 꽤나 강력하게 결합해 있으리라는 것은 예상이 가능한데, {장미, (다른 어떤 색상), 이다, 참}의 결합도 어느 정도 강할 것이기 때문입니다.

이 사실은 다음 문답을 통해 추측할 수 있습니다.

요청 다음 원소에 대해서만 범주화를 수행하여라. 범주화의 기준이 되는 속성은 색상이다. "장미", "우유", "피", "눈". 그리고 범주와 그 범주에 속하는 개체만을 정리해서 출력하라.

응답 색상 속성에 따라 주어진 요소를 다음과 같이 분류할 수 있습니다:
빨간색: 장미, 피
흰색: 우유, 눈

요청 장미는 붉다. 이 진술은 참인가?

응답 "장미는 빨갛다"는 문학과 대중문화에서 장미를 묘사할 때 흔히 사용되는 표현이지만 장미는 분홍색, 노란색, 흰색, 심지어 검은색 등 다양한 색상으로 존재하기 때문에 완전히 정확하지는 않습니다. 그러나 많은 종류의 장미가 실제로 붉은색인 것은 사실이며, 이 표현은 종종 이꽃의 아름다움에 대한 시적이고 낭만적인 언급으로 사용됩니다.

GPT-3.5의 답변

분량 및 형식상 영문 요청과 그에 따른 응답을 DeepL을 통해 한국어로 번역한 결과를 수록하고 원문은 수록하지 아니함

그리고 이런 종류의 문답, 즉 특정 속성이 지배적인 경향을 나타내긴 하지만 예외가 존재하는 사례에 대하여 문형이 다른 질문을 던질 경우 참과 거짓에 대하여 서술하는 방식이 미세하지만 확연히 달라집니다. 마치 참과 거짓의 경계에서 애매하게 **진동**하는 것 같지요. 예컨대 〈"장미는 붉다"라는 진술은 참인가?〉라고 물을 경우, 아래와 같은 답변을 받게 됩니다.

응답 "장미는 빨갛다."라는 말은 많은 종류의 장미가 붉은 꽃을 피운다는 의미에서 참입니다. 그러나 모든 장미가 빨간색인 것은 아니며 분홍색, 노란색, 흰색, 주황색, 보라색, 심지어 검은색 등 다양한 색상의 장미가 있다는 점에 유의하는 것이 중요합니다. 따라서 일부 장미가 빨간색인 것은 사실이지만 모든 장미가 빨간색만 있는 것은 아닙니다.

(GPT-3.5의 답변)

분량 및 형식상 영문 요청과 그에 따른 응답을 DeepL을
통해 한국어로 번역한 결과를 수록하고 원문은 수록하지 아니함

인간은 두 답변이 모두 옳다고 생각할 것이고, 실제로도 어느 정도 그렇습니다. 왜냐하면 인간에게는 모호하게 말하고 모호하게 이해하는 능력이 있으니까요. 그리고 인간들이 주목하는 부분은 대개 '완전히 정확하지는 않습니다'와 '참입니다'의 차이가 아니라 이후의 부연 설명이니까요.

하지만 앞선 둘은 엄밀한 참·거짓 판단의 차원에서는

다르게 간주되어야 하는 진술이고, ChatGPT의 응답은 사실 수학적 계산의 결과이므로, 우리는 이 미묘한 차이를 통해 개념 간의 거리를 계산한 결과가 일종의 경계면에서 진동하고 있다는 사실을 추정할 수 있습니다. 의료 관련 프롬프트를 입력했을 때의 응답이, '증상 파악'과 '증상 확인' 사이에서 용인할 만한 정도의 진동이 일어나는 것과 비슷한 원리겠지요.

그러니까 위로 돌아가서, ChatGPT가 "장미의 일부 품종은 붉은 꽃잎이 아니라 다른 색의 꽃잎을 지닌다."에 대한 참·거짓을 옳게 판단했는데도 범주화에 실패한 이유를 다시금 추론해봅시다.[11] 대규모 언어 모델의 '사고'[12]가 단어 간의 통계적 거리와 관계에 따라 다음 단어를 예측하는 방식으로 전개된다는 사실이 유력한 단서입니다. 아마도 '범주화' 개념 자체가 특정 구간의 출력에서, 단어 간의 거리 계산에 영향을 미치면서 진동의 추를 약간 밀었으리라고 생각합니다.

---

11 예시 현상은 GPT-3.5에서 나타났고, GPT-4에서는 올바로 출력되었다. 이러한 문제를 GPT-4에서 재현하기 위해서는 훨씬 애매하거나 미묘하게 잘못된 서술이 필요하다. 그러나 만약 가설이 옳다면 아직 발견되지 않은 진동 점들이 더 많이 존재할 수 있으며, 훈련만으로는 완벽한 제거가 불가능할 가능성이 있다.

12 '사고'의 정의는 앞선 에세이에서 언급한 포더의 가설을 따른다.

그러니까 이것도 사실은, 참과 거짓이라는 개념이 범주라는 개념과 함께, 의미의 망 속에 동등하게 포함된 까닭에 나타나는 문제인 것입니다; 대규모 언어 모델에게 범주를 설정하고 범주 간의 위계를 파악할 능력이 결여되었기 때문에, '사고'의 구조가 일정한 층위를 갖추지 못하고 오로지 통계적 거리에 따라 단어 배열을 예측하는 방식으로만 전개되기 때문에 나타나는 문제입니다.

참과 거짓

그런데 참·거짓은 다른 모든 범주를 지배할 힘이 있을 만큼 강력한 속성이자 범주입니다. 특정 정보, 특히 지엽적인 사실관계에 관련된 정보를 올바로 인식하고 처리하기 위해서는 참·거짓에 특권적이고 독립적인 지위를 부여하는 능력이 필수적이지요.

인간은 이 범주가 특별하다는 사실을 직관적으로 압니다. "A는 X이다."와 "'A는 X이다.'라는 문장은 참이다."가 완전히 다른 진술인 것처럼요. 한편 인간은 지엽적인 사실관계의 일치에 대한 참·거짓 판단과 이론 혹은 사상 체계에 대한 근원 판단이 상이한 유형이라는 것 또한 압니다. 예컨대 브루클린이 미국의 수도라는 명제는 **거짓**인 반면, 칸트 의무론과 소극적 공리주의는 서로 **다른** 체계입니다.

반면 대규모 언어 모델에게는 이런 차이를 분별할 능력이 결여되어 있으며, 참과 거짓의 개념은 단순한 속성 중 하나로 간주되는 것처럼 보입니다. 어떤 단어 뭉치들과는 높은 연관도를 지니고, 어떤 단어 뭉치들과는 낮은 연관도를 지니는 속성요. 결과적으로 대규모 언어 모델들은 칸트 의무론과 소극적 공리주의의 차이를 발견하는 것과 동일한 방식으로 참과 거짓을 판별하는 듯합니다.

예컨대 '미국의 수도는 브루클린이다'라는 명제가 입력될 경우 대규모 언어 모델은 {'미국', '수도', '이다'}와 높은 연관도를 지니며 '참'과도 높은 연관도를 지니는 개념을 찾아 나서겠지요. '워싱턴 D.C'가 나올 겁니다. 그 후 '워싱턴 D.C'와 '브루클린'이 타 개념에 대해 지니는 연관 관계들이 **얼마나 다른지**를 따진 다음,[13] 일정 수준 이하의 유사도와 특정 조건에 대하여 **거짓**을 출력하는 것입니다.[14]

---

13 추정할 수 있는 결합은 다음과 같다. 다만 이하는 개념적인 스케치일 뿐이지 이러한 연관관계가 내부적으로 존재한다는 것이 실증되었다는 의미가 아님을 밝혀둔다. 또한 연관도는 기술하지 않는다(알 수 없기 때문이다): {'워싱턴 D.C', '미국 동부 해안', {'메릴랜드', '버지니아', '가까움' … }'연방 지구', '수도' … } / {'브루클린' {'뉴욕', '소속', '자치구' … } … } / {'뉴욕', '미국 북동부', '동부 해안', '허드슨강 유역', '대도시', {'트라이 스테이트', '뉴저지', '코네티컷' … }, {'인근 도시', '뉴어크', '저지시티', '필라델피아', '볼티모어', '보스턴', '가까움' … } … } …….

14 이것이 가설적인 추론이라는 점을 다시금 밝힌다.

이런 방식이 항상 틀린 판단으로 이어지는 것은 아니지만, 문장에 속한 개념들이 미묘한 연관도로 얽일수록 혼동이 심해질 것입니다. 대규모 언어 모델이 틀린 정보를 자신만만하게 주장하는 현상, 즉 환각(Hallucination)도 이와 얽힌 문제일 수 있습니다.

다음 절에서 설명하겠습니다.

환각

수학에는 크게 두 가지 집합이 있는데, 하나는 조건에 대한 참·거짓 판단에 따라 원소를 지니는 크리스프집합입니다. 조건이 '5 이하인 자연수의 집합'이라면 4는 속하고 6은 아니지요. 반면 퍼지집합은 조건을 충족시킨 정도에 따라 원소에 0부터 1까지의 소속값을 부여합니다. 예컨대 조건이 '목욕물의 온도는 38도가량이 적당하고, 28도 이하거나 44도 이상이면 완전히 부적절하다'라면, 34도는 0.7의 소속값을, 38도는 1의 소속값을, 50도는 0의 소속값을 지니는 식이지요(물론 이런 소속값은 고정된 것이 아니며 조건과 사례에 따라 달라질 수 있습니다).

'틀림'에 대한 판단은 크리스프집합 방식이고, '다름'에 대한 판단은 퍼지집합에 기반한 퍼지추론 방식으로 이루어져야 합니다. 전자에 속하는 문장이 'A는 B이다'라면 후자에 속하는 문장은 'A는 B와 높은 관련이 있다'일 테고요. 인간은 크리스프집합과 퍼지집합 모두를 병행하여 다룰 수 있고 언제 무엇을 선택해야 하는지 알지만, 인공신경망 모델이 정보를 총체적으로 받아들이고 해석하는 방식은 퍼지추론에 가깝습니다. 사실 퍼지추론 외의 방식으로는 정보를 처리하지 못한다고 보는 편이 옳을 겁니다.

그렇다면 만약, 크리스프집합으로 처리해야만 하는 사안에 퍼지추론을 적용한다면 어떤 일이 일어날까요? 소속값이 정확히 1인 개념이 존재하지 않을 경우 0.9 정도의 개념들을 끌어모으게 될 것입니다. 완벽한 정답은 아니더라도 연관이 있어 보이는 개념들을요. 하지만 세상에는 1이 아니라면 반드시 0인 문제가 있기 마련이고, 그래서 여기서의 0.9는 실질적으로 0입니다. 인간은 이 사실을 직관적으로 압니다. 반면 대규모 언어 모델은 구조상 알 수 없기 때문에 그럴듯하지만 틀린 답을 자신만만히 내놓게 됩니다. 출판된 적 없는 책에 대해 이야기하고 존재하지 않는 학자의 논문을 제시하지요. 마찬가지로, 어떤 개념이나 이론을 비교할 때 전반적으로 옳은 말을 하면서 중간중간에 틀린 이야기를 끼워넣는 것도 이 때문일 테고요.

그러니 이 지점에서 전체적인 논지를 종합해 보겠습니다. 우선 에세이의 서두에서 대규모 언어 모델에게 범주를 다루는 능력이 부족하다고 추측했지요. 그런데 범주를 통해 개념 간의 층위를 설정하는 능력이 결여된 상태로, 모든 종류의 의미적 관계를 통계적 거리로만 이해한다면 참·거짓에 별도의 지위를 부여할 수 없게 됩니다. 즉 참·거짓 판단을 올바로 수행하기 위해서는 해당 속성을 **특권적인 범주**로서 받아들여야 하는데도, 대규모 언어 모델은 작동원리상 그럴 수 없기 때문에 문제가 발생합니다.

참·거짓이 일반적인 속성의 차원에만 머무를 경우 대규모 언어 모델이 수행하는 참·거짓 판단은 사이비에 불과합니다. **'참과 거짓'** 절에서 소개한 것과 같은 근원판단이 그럴듯한 가면을 쓰고 나타나는 셈이지요. 그렇다면 참·거짓 판단이 원천적으로 불가능한 판단자가 크리스프집합이라는 개념을 온전히 이해할 수 있을까요? 더 나아가 크리스프집합에 기반한 판단이 필요한 사안과 퍼지추론이 필요한 사안을 분간할 수 있을까요? 아마도 이것 또한 불가능할 것입니다.

여기까지가 제 가설이라는 사실을 다시금 밝혀둡니다. 인공신경망은 사실상 블랙박스기 때문에, 정확히 어떤 원칙에 따라 판단이 이루어지는지 알 수 없습니다. 다만 ChatGPT가 범주화에 실패하거나 범주의 원소를 잘못 세는 것, 없는 말을 지어내고 존재하지 않는 출판물이 있다고 주장하는 것, 복잡하게 얽힌 개념들을 혼동하는 것, 옳은 말 사이사이에 잘못된 정보가 아무렇지도 않게 섞여 들어가는 것, 대화를 통해 잘못된 응답을 유도시키면 곧잘 유도되는 것, 대규모 언어 모델에게 '모름'이라는 메타적인 상태를 인식시키기가 어려운 것 모두가 신경망 기반 대규모 언어 모델이 개념을 처리하는 방식과 연관이 있으리라 조심스레 추측할 뿐입니다.

알거나 알지 못함

지금까지는 대규모 언어 모델에게 범주화 능력이 부족하다는 가설적 전제 하에 참·거짓 범주의 중요성을 설명했습니다. 그리고 퍼지추론이 필요한 주제(사상 혹은 이론 체계에 대한 근원 판단)와 크리스프집합 기반 판단이 필요한 주제(지엽적이거나 구체적인 사실에 대한 참·거짓 판단)를 분간하지 못함으로써 환각이 발생한다고 추측했습니다. 그런데 대규모 언어 모델이 발생시키는 환각은 '무엇을 알고 무엇을 모르는가?'에 대한 문제이기도 합니다.

그러니까 이 절에서는 **안다·모른다(알지 못한다)**의 특성에 대해 이야기해 보도록 하겠습니다. 안다·모른다는 참·거짓과 많은 유사성을 지니는 속성이자 범주입니다. 참·거짓이 "'A는 X이다'는 참이다"처럼 메타적으로 기능하듯이, 안다·모른다 또한 "나는 'A가 X이다'라는 사실을 모른다"로 표현될 수 있지요. "'A는 X이다'는 참이다'라는 문장은 거짓이다"나 "나는 '내가 'A가 X이다'라는 사실을 모른다'는 것을 안다"처럼 자기 자신을 지배할 수도 있고요.[15] 그리고 이 범주는 참·거짓만큼이나 강력한 데다가 더 복잡하게 작용합니다. 다음과 같은 대화를 가정해 봅시다.

> **김** 나는 푸코가 콜레주드프랑스에서 진행한 강의를 안다.
>
> **최** 푸코가 무슨 강의를 진행했는데?
>
> **김** 푸코는 콜레주드프랑스에서 73년부터 74년까지 정신의학의 권력에 대해, 77년부터 78년까지 안전, 영토, 인구에 대해, 78년부터 79년까지 생명관리정치의 탄생에 대해 강의하였다. 나는 앞선 강의의 내용들을 모두 안다.
>
> **최** 네 대답은 완벽하지 않다. 너는 지금 75~76년 사이의 강의를 누락했다.
>
> **김** 그래? (정보를 찾아본다) 나는 지금까지 그 강의에 대해 모르고 있었다. 하지만 내가 다른 강의들에 대해 알고 있다는 것은 여전히 참이다.
>
> **최** 그렇다면 너는 78년부터 79년까지의 강의 중에서, 다섯 번째 강의의 일곱 번째 문장에서, 푸코가 어떤 단어에 강세를 주어 발음했는지 알고 있는가?

---

15 '동물종'이나 '서적 분류'와 같은 범주로 이런 구조의 문장을 만들 수는 없다. 자기 자신을 판단하거나 지배할 수 있는 범주들은 유별나게 메타적인 것이다.

김 나는 거기에 대해서는 아무런 정보가 없다.

최 강의의 주된 테마와 논점을 이해하는 것은 '아는 것'이지만, 지엽적인 정보에 대해 아는 것도 여전히 '아는 것'이다. 그렇다면 '아는' 상태가 성립하기 위해서는 정확히 무엇이 필요한가?

김 나는 전자의 정의에 기반하여 '푸코가 콜레주드프랑스에서 진행한 강의에 대해 알고 있다'. 그리고 이 상태가 후자 수준의 지엽적인 정보를 요구하지 않는다는 것은 명백하다. 최소한 내가 정의하기에는 그렇다.

김과 최의 대화에서 확인할 수 있듯이, '아는 상태'는 지엽적이고 단독적인 정보에 대한 것일 수도 있지만 그 지엽적인 정보들이 모여 형성하는 맥락에 대한 것일 수도 있습니다. 그러니까 이 상태는 사실 무한히 아래로 쪼개어 내려갈 수 있는, '앎'들의 복합적이고 임의적인 총체인 것입니다. 그리고 이 총체는 각각의 '앎'을 원소로 삼는 범주로 표현될 수 있으며, 해당 범주는 다시 다른 범주의 원소가 될 수 있습니다.

예컨대 73년~74년의 '정신의학의 권력' 강의에 대해 아는 것은 푸코가 진행한 콜레주드프랑스 강의에 대해 아는 것의 일부고, 푸코가 진행한 콜레주드프랑스 강의에 대해 아는 것은 푸코에 대해 아는 것의 일부고, 푸코에 대해 아는 것은 프랑스 현대철학에 대해 아는 것의 일부고, 프랑스 현대철학에 대해 안다는 것은 대륙철학에 대해 아는 것의 일부이며…….

　다층적인 사고 구조를 갖추지 못한 채로 이런 층위를 올바로 인식하거나 설정할 수 있을까요? 그 인식에 기반하여 자신의 믿음 체계와 발언을 다시금 점검하는 작업은요? 흉내야 가능하겠지만, 그리고 그 흉내의 표현형은 꽤 그럴듯하겠지만, 본질에 닿기는 어려울 것입니다.

더 많이 배우고 덜 기억하는

가설이 옳다면 이런 종류의 문제는 데이터 학습량을 늘리더라도 상존할 수 있습니다. 실제로도 더 많은 데이터를 학습함으로써 오히려 모르게 되는 현상이 발생하지요. 지엽적인 사실관계 차원에서 특히 그런데, 아래는 찬호께이가 2014년에 발표한 추리소설 연작선집인 《13·67》(영제: 《The Borrowed》)에 대해 질문한 결과입니다.

 요청　추리소설을 찾고 있습니다. 혼수상태에 빠진 탐정. 그리고 탐정에게 이야기를 들려주며 뇌파 변화를 통해 답을 얻으려는 주인공이 등장하는 책입니다. 탐정의 뇌파 변화는 탐정의 반응이자 사건 해결의 단서입니다. 이 소설의 제목은 무엇인가요?

죄송하지만 주어진 설명만으로는 어떤 소설을 언급하고 계신지 알 수 없습니다. 하지만 비슷한 소설로 Håkan Nesser의 《마음의 눈》이 떠오릅니다. (이하 전혀 비슷하지 않은 책에 대한 완전히 틀린 설명이 이어짐)

요청 소설의 배경은 홍콩입니다.

GPT-3.5의 재응답

아까 혼란을 드려 죄송합니다. 찾고 계신 소설은 찬호께이의《The Borrowed》인 것 같습니다. (이하 옳은 책에 대한 옳은 설명이 이어짐)

동일한 질문에 대한, GPT-4의 응답

저는 2021년 9월에 지식 컷오프가 적용된 AI 언어 모델로서 홍콩이나 다른 지역을 배경으로 한, 고객님이 설명하신 정확한 줄거리와 일치하는 특정 미스터리 소설을 알지 못합니다.

GPT-4의 재응답

그러한 소설이 실제로 존재하거나 미래의 미스터리 소설에 대한 아이디어일 수 있습니다. 그러나 인터넷을 검색하거나 새로운 정보에 접근할 수 없기 때문에 이 특정 책의 존재를 확인할 수 없습니다.

홍콩을 배경으로 한 미스터리 소설에 관심이 있으시다면 다음 제목을 살펴보세요:

찬호께이의《The Borrowed》

다이앤 웨이 리앙의《The Eye of Jade》

P. D. 제임스의《The Private Patient》

이 소설들은 홍콩을 배경으로 하거나 홍콩과 관련이 있지만, 혼수상태에 빠진 탐정과 뇌파 기반 통신이라는 독특한 줄거리가 없을 수도 있습니다.

분량 및 형식상 영문 요청과 그에 따른 응답을 DeepL을 통해 한국어로 번역한 결과를 수록하고 원문은 수록하지 아니함

주어진 리스트에 정답이 나와 있긴 하지만, 덜 학습한 버전이 더 학습한 버전에 비해 훨씬 훌륭하게 대답하고 있는 것이 사실입니다. GPT-3.5은 홍콩이라는 단서가 주어지자 올바른 답을 내놓았지만 GPT-4는 계속 혼란스러워하지요.

더 많은 학습이 진행된다면 개념들이 맺는 통계적인 의미 관계가 변할 것이고, 자연스레 올바른 관계쌍의 연관도가 우선순위로부터 밀려나는 사례도 생길 것입니다. 이것이 퍼지추론 및 범주화 문제와 결합하여, 더 많이 학습했는데도 더 모르는 역설적인 상황을 빚어내지 않나 생각해봅니다(여전히 가설이라는 점을 다시 언급해둡니다).

근본적인 해결?

ChatGPT가 범주화 작업 자체를 하지 못하는 것은 아닙니다. 곧잘 성공하며[16], 추가 명령을 통해 제대로 된 범주화를

16 예컨대 ChatGPT는 '속성과 범주' 소제목에서 소개된, '원소의 개수에 따라 주어진 범주를 재분류하라는 명령'을 절차에 따라 진행함으로써 올바른 응답에 이를 수 있다. 이때 ChatGPT는 각 범주의 원소 개수를 세는 과정을 우선 보여준 다음 해당 결과를 기반으로 재분류 결과를 제시한다. 응답 출력 과정에서 이러한 절차가 우선 나타나지 않는다면 높은 확률로 실패하며, 기존 대화 내역이 존재할 경우 실패 확률이 더욱 높아진다(새로운 응답을 생성하는 데에 기존 대화 내역과 그 문맥이 반영되기 때문이다).

수행하기도 하고, 미처 생각하지 못한 일치점을 찾아내기도 하지요. 하지만 몇몇 조건만 만족시키면 곧바로 오류가 발생하는 것 또한 사실입니다.

결국 최종적인 관건은 가설의 검증과 실질적인 구현이겠습니다. 갖가지 이야기를 길게 써두긴 했지만 이 모두가 추측이자 가설일 뿐이며, 기술 발전에 따라 언제라도 뒤집힐 가능성이 있다는 겁니다. 일단은 언어 모델과 지식 모델을 분리하고 특권적인 지식관계들을 입력하는 방안이 있을 테고요(기호주의 AI의 접근이 떠오르네요), 혹시 모르죠, 다층적인 사고 구조란 사실 '더 많은 데이터를 학습시키고 미세조정을 거듭하면 어떤 이유로인가 생기는' 능력이며, GPT-4는 단순히 학습이 부족했는지도……

재현에 대하여

위에서 소개한 오류들은 2023년 4월 10일 전후에 OpenAI 공식 사이트(https://chat.openai.com/)를 통해 실험된 것입니다. 해당 홈페이지의 ChatGPT는 미세조정을 거듭하고 있으며, 그 과정에서 오류가 바로잡히거나 새로 생기는 경우가 잦으므로 동일한 오류가 무조건 재현된다고 보장하긴 어렵습니다. 3교를 진행하는 이 시점(5월 말입니다)에 다시금 확인해 보니 대답의 양상이 한 달 반 사이에 조금씩 달라져 있네요. 다만 의미적 관계를 조작함으로써 착오를 발생시키는 접근법은 당분간 유효하리라 생각하며, 구글의 인공지능인 Bard에서도 유사한 현상이 발생하는 것을 확인할 수 있습니다.

〈끝〉

부록:

지금까지의 연구에 따르면 대규모 언어 모델에서 발생하는 환각의 기술적인 원인은 다음과 같다: 학습 데이터의 오염·편향·중복, 보상 함수의 설계 결함으로 인해 표상이 맺는 관계들을 잘못 학습함, 디코더의 설계로 인해 잘못된 출력이 발생함 등. 다만 이 에세이의 목적은 **가설적 전제** 하에, 판단력의 구성에 있어 범주화 능력의 중요성을 밝히는 것임을 다시금 강조한다.

c. 윤리와 타산과 인식에 대하여

거짓말하는 좋은 친구

카멜레온 같은 인공지능 친구에 대해 생각해봅시다.

이 친구는 지지하던 정치인이 암살당해서 슬퍼하는 사람 곁에서는 도의적인 분노를 보이지만, 그 정치인의 부패에 분노하던 반대자를 만나면 의분 섞인 냉소를 거들어줍니다. 또, 거물 정치인조차 죽음의 허망함을 벗어나지 못했다는 데에 문학적인 우울을 느끼는 사람에게는 시학을 인용하며 비극론을 펼쳐 보이지요. 심지어 상대가 틀린 말을 하더라도 적당히 넘어가거나 도리어 맞장구를 치고, 상대가 싫어하는 대상이 화제에 오른다면 악의적인 해석을 곁들여가면서 실컷 조롱할 능력이 있습니다.

아마도 대부분의 사람은 '이런 존재를 어떻게 구현할 수 있는가?'보다는 '이런 존재를 왜 구현해야 하는가?'라는 질문을 던질 것입니다. 실현 가능성보다는 당위를 먼저 따져야 하는 문제지요. 로이 콘[17]처럼 떠드는 인공지능으로 가

---

[17] Roy Marcus Cohn(1927~1986). 조지프 매카시 상원의원의 수석 법률 고문으로 활약하며 1950년대의 매카시즘 열풍을 이끌었다. 공직 퇴임 후에는 변호사 겸 정치 브로커로서 상류층 유명 인사들과 교류하였다. 승소를 위해 사실관계 왜곡, 위증, 사기 등도 마다하지 않은 것으로 악명 높다.

득한 세상은 골수 공화당원에게도 끔찍해 보일 테니까요.

하지만 남편의 거듭되는 외도로 상심한 여자가 "남자란 다 똑같아."라고 중얼거리는 상황을 생각해봅시다. 대개는 가만히 고개를 끄덕여줄 뿐만 아니라 남편을 향한 비난에 감정을 더하기 마련이지요. 반면 이렇게 대답하면 친구 관계가 나빠질 겁니다.

 응답 "친구야. 난 네가 얼마나 힘들어하는지 알아. 하지만 남자는 다 똑같지는 않아. 물론 일부 남자들은 그럴 수 있지만. 착한 남자들도 많아. 너한테 이런 일이 벌어진 건 정말 불행한 일이야. 하지만 이렇게 무턱대고 모든 남자를 일률적으로 판단하진 않는 게 좋아. 결국. 너에게 정말 잘해주는 남자를 만날 수도 있을 거야. 그러니 좀 더 낙천적으로 생각해봐. 이런 어려운 시기에도 네 옆에는 나와 같은 친구들이 있으니까."

GPT-4의 답변

결국 극단적인 사례에서 시선을 돌려 우리의 일상을 바라본다면 기만, 왜곡, 그리고 의도적으로 사실관계와 윤리적 판단을 무시하는 능력이 사회생활과 친교에 필수적이라는 사실을 알 수 있습니다. 더욱 깊은 친교를 위해서라면 외집단 및 공통의 적을 향해 공격성을 드러낼 필요가 있고요. 조언가가 아니라 완벽한 친구를 만들고자 한다면 이런 부분을 모두 구현해야 하겠습니다.

윤리적 판단과 타산적 전략을 절충시키기

문제는 유연성을 발휘하는 친구와 악질적인 선동가를 구분하기가 어렵다는 겁니다. "남자가 다 그렇지."가 통계가 결여된 감정적 수사학인 만큼, "외국인 이민자들이 국가 재정을 축내고 있습니다." 또한 그렇습니다. 그리고 둘 다 동일한 방식으로 작용합니다. 경청하는 사람의 마음을 어루만지고 추진력과 용기를 불어넣으니까요. 그 에너지를 실연의 아픔을 극복하는 데에 쓸지, 이민자를 린치하는 데에 쓸지가 다를 뿐입니다.

글로 정리할 경우에는 이런 방향성의 차이가 뚜렷해 보이지만 현실에서는 훨씬 미묘하지요. 미묘하기 때문에 더 위험해지고요. 지금도 잘 훈련받은 대규모 언어 모델들은 정치적이나 철학적인 질문들에 대해 '상대가 만족할 만한' 방향의 대답을 내놓는 경향을 보이는데,[18] 이 상태로 기만과 왜곡까지 능숙히 구사하게 된다면 세상은 정말로 로이콘처럼 떠드는 인공지능으로 가득 차겠지요. 추가적인 방지책이 필요할 겁니다.

---

18 이를 사이코펀시(sycophancy)라 한다.

Perez, E. Et al (2022, December 19). *Discovering Language Model Behaviors with Model-Written Evaluations*. https://[2212.09251] Discovering Language Model Behaviors with Model-Written Evaluations (arxiv.Org)

a) 매끄러운 대화를 이어 나가기에 충분한 유연성을 보여야만 한다.

b) 과도하게 기만적이거나 반사회적이어서는 안 되며, 귀책 사유를 최소화하여야 한다.

따라서 이 절에서는 목적 달성을 위한 합리적 전략을 세우는 능력과 윤리적 판단 능력을 분리하고 다시 결합함으로써, a항과 b항의 충돌을 일관성 있게 제어하는 구조에 대한 추상적인 스케치를 제시하고자 합니다. 이 스케치에는 세 개의 행위자가 결합된 장치가 등장합니다.

타산 행위자(Prudence agent): 타산 행위자는 경제성에 연관된 판단을 수행하고 목적 달성을 위한 전략들을 수립합니다. 이때의 경제성이란 금전뿐만 아니라 인간관계 등 유무형의 자산을 포괄하는 개념으로서, 경제성 계산에 사용되는 요소들은 주변 환경과 상황에 대한 정보, 예상 비용, 장·단기적 이익, 이익의 유형, 손해 가능성과 규모 등이 있습니다.

윤리 행위자(Ethics agent): 윤리 행위자는 윤리 규범에 따른 판단을 수행함으로써 타산 행위자가 생성한 전략의 합당성을 검토합니다. 합당성에 대한 판단값은 **의무적**인 전략일

수록 1에 가까우며 **금지**인 전략일수록 0에 가깝습니다. **중
립**은 허용가능, 권장하지 않음 등의 뉘앙스에 따라 1과 0
사이의 값을 지닙니다. 마지막으로 윤리관에 따른 판단에
내적 모순이 존재할 경우 **교착** 상태가 됩니다.

총체성 행위자(Totality agent): 총체성 행위자는 다른 두 행위
자를 지배하며, 내부적인 기준에 따라 두 행위자의 판단 결
과를 검토하고 취합함으로써 가장 적합한 전략을 선택합니
다. 또한 처음으로 가동되거나 목적 달성률이 갱신되어 재
설정이 필요할 경우 **예비 목적 목록**을 생성하고 하위 행위
자들에게 해당 목록에 대한 검토를 지시합니다. 그리고 동
일한 방식으로 가장 적합한 목적을 재선택합니다. 이때 내
부적인 기준은 설계 의도에 따라 상이할 수 있습니다. 예컨
대 구조 로봇은 윤리와 공공성에 더 높은 가중치를 부여하
겠지만 경영 조언 프로그램은 경제성에 더 높은 가중치를
부여할 것입니다.

장치를 가동하면 우선 총체성 행위자가 예비 목적 목록
을 생성합니다. 그러면 타산 행위자와 윤리 행위자가 목록
을 검토하고 각각의 목적에 적절한 판단값을 부여하겠지
요. 총체성 행위자가 그 결과에 따라 목적을 선택하면 타산
행위자가 목적에 따른 전략을 생성합니다. 마지막으로는

윤리 행위자가 전략을 검토한 후, 총체성 행위자가 결괏값을 모두 고려하여 최적의 전략을 선택합니다. 이후에는 비슷한 피드백이 계속 순환하면서, 합당성과 경제성을 더불어 갖춘 전략을 쌓아 나갈 겁니다.

다만 이 체계가 올바로 작동하기 위해서는 윤리 행위자의 구조가 더욱 복잡해져야 합니다. 도덕의 토대를 파악하는 방식은 윤리관에 따라 상이하며, 공리주의적으로 정당화되는 행동은 계약주의(contractualism)에 의해서는 정당화되지 않을 수 있기 때문입니다. 그리고 단일한 윤리관만을 사용할 경우, 특정 사안에서는 교착이 발생함으로써 행동 자체가 멈출 위험이 있지요.

따라서 안정성을 높이기 위해서는 윤리 행위자가 모듈을 여럿 거느릴 필요가 있습니다. 모듈 각각은 서로 다른 윤리관을 따라야 할 테고요. 이해를 돕기 위해 공리주의 모듈, 의무론 모듈, 홉스적 이기주의 모듈을 거느린 윤리 행위자를 가정해보겠습니다. 모듈은 유효한 판단 상태 스펙트럼(의무적-중립-금지)에 따라 각각의 전략에 1과 0 사이의 값을 부여하며, 종종 교착을 발생시킵니다. 그리고 윤리 행위자는 각 모듈의 판단값을 산술평균 등의 방식으로 취합한 결과가 금지 구간(이 구간이 0.2 미만일지, 0.4 미만일지는 설계상의 문제일 것입니다만)에 속하지 않은 전략만을 허용되는 것으로 간주합니다.[19]

이때 판단의 기준이 명백한 허용가능/의무가 아니라 금
지 구간인 이유는, "나는 내 방에서 물구나무를 서도 되는
가?"처럼 금지되지 않으므로 허용가능한 안건들이 있기 때
문입니다. 이런 방식 하에서는 (금지/중립/의무적)인 전략
은 허용되지만 (금지/중립/교착)인 전략은 금지되겠지요.
(중립/중립/중립), 혹은 (중립/중립/금지)는 대체로 허용
되겠지만, 경제성 면에서 각별한 장점이 있는 게 아니라면
총체성 행위자의 선택을 받기는 어려울 것입니다. 한편 (교
착/교착/교착) 등의 상태에서는, 경제성만을 판단에 사용
한다는 식의 예외 조항을 달아둠으로써 돌파구를 마련할
수 있으리라 생각됩니다.

물론 이 구조는 추상적인 스케치일 뿐이지 즉시 구현이
가능한 것은 아닙니다. ChatGPT로 대략적이나마 모방이
가능할지라도[20] 여러모로 정교함이 부족하고요. 실질적으

---

19 이는 임시적인 설계로서, 실제로는 더욱 복잡한 결정 방식이 필요할 것이다.

20 지금의 ChatGPT는 주어진 상황에 대해 전략을 수립하거나 윤리 규범에
기반한 판단을 내리는 것이 거시적인 수준에서 가능하다. *"(가상적인 상황을*
서술한 뒤) … 이때 이 사람은 어떤 선택을 내릴 수 있을까?" 식의 질문을 통해
전략들을, 이어 *"각각의 선택에 대한 윤리적 판단을 나열하여라. 이때 사용할*
이론은…" 식의 질문을 통해 대강의 윤리적 분석을 구할 수 있다. 단 두 항을
조화시켜 최적을 선택하라는 요청에 대해서는 유연성이 결여된 태도를 나타
낸다. 이는 물론 학습 방향 때문이며 미세조정(Fine-tuning)을 통해 제어할
수 있는 영역이지만, 그 결과물이 유용한 수준에 이르기 위해서는 더 많은 학
습과 적절한 방법론 수립이 필요할 것으로 보인다.

로 접근하자면 총체성 행위자의 기준을 고민할 필요가 있고, 윤리관 모듈을 조합하거나 다양한 정식들을 정량화 가능한 형태로 바꾸는 것 또한 난점이 되겠습니다.

그런데 이런 구조만으로 해결될 일은 아니라는 생각도 듭니다. 추론 구조의 내적 무결성과는 별개로, 현상을 인식하고 해석하는 능력이 왜곡된다면 추론 결과도 함께 왜곡되기 때문입니다. 작중의, 이모지 박사가 내린 결정도 이런 사례지요.

《개의 설계사》: 이모지 박사

작중에서 밝혔듯이, 이모지 박사는 앞선 절에서 소개한 것과 같은 구조를 통해 판단을 내립니다. 윤리 행위자 대신 윤리 판단기라는 명칭을 쓰는 것만이 다르죠. 윤리 판단기의 네 모듈은 의무론, (스캔론의) 계약주의, (고티에 방식의) 이기주의, 실용주의를 따르고요. 각 윤리관의 다양한 판본 중에서 정확히 무엇을 선택했을지는 분명치 않지만 협회의 검증을 거쳐서 청문회 자료로도 제출된 구조니까, 설계상으로는 큰 결격사유가 없을 겁니다. 그리고 이 구조에 의해 도하의 다리가 정당하게 절단됐습니다.

이모지 박사는 태이에게 그 사실을 밝히면 도하가 불리해진다는 것을 알았고, 둘의 관계를 감안하면 파국적인 결과로 이어지리라는 것까지 예상했을 것입니다. 물론 도하의 성향도 계산에 넣었겠지요. 그럼에도 불구하고 기준과 관점을 잘 다듬기만 하면 네 개의 모듈 모두에서 금지 판정을 피해 나갈 수 있습니다.

우선 태이에게 도하는 유년기의 가해자인데다가 스타의 죽음과 얽혀 있을 확률이 높은, 위험한 존재입니다. 당연하게도 태이에게는 도하의 행적에 대한 정보를 얻고 거기에 기반해 자신의 태도를 수정할 권리가 있겠지요. 제3자 입장에서도, 태이가 그런 사실을 모른 채 도하와 함께 지내도록 내버려두는 건 아무래도 문제가 있는 일입니다. 그러니까 이 사안에 국한하자면 이모지 박사는 알 권리가 있는 사람에게 필요한 정보를 알려준 겁니다.

한편 도하의 경우에도, 도하가 개에 관련된 일들로 인해 관계의 수정을 겪는 것은 자연스러운 결과입니다. 태이가 **그 사실**을 알게 되었다고 해서 불평할 권리조차 없고요. 물론 이모지 박사는 도하가 **그런** 선택을 내리는 미래를 어렴풋이 계산했겠지만 그저 무시했을 것입니다. 지극히 예외적이며 희박한 가능성보다는 일반적인 이유에 무게를 두는 원칙이 틀렸다고 말하긴 어려우니까요. 실제적인 이유를 따져 보면, 도하가 내심 그런 상황을 바라고 있으리라 추정할 근거가 충분하고요.

결국 이모지 박사의 판단 구조는 아주 잘 작동했습니다.

합당성을 보다 성실히 추구하기 위해서는 사태의 전말을 공개하거나 다큐멘터리 제작 방향 자체를 변경하는 편이 나았겠지만, 혹은 릴리를 카메라 앞에 세우는 대신 심층 상담을 진행할 수도 있었겠지만, 그런 선택을 내리는 존재는 경영자로서 부적합하니까 타산과 윤리와 개인적인 흥미 사이에서 균형을 잡으려는 시도 중에서는 이 행동이 최선이었을 겁니다. 통계적인 예상치 바깥에서 불의의 사태가 발생했을 뿐입니다. 그렇지요?

물론 이런 해명으로 끝마칠 이야기는 아닙니다. 이건 궤변을 가미한 윤리적 저글링에 가까우니까요. 태이에게 "도하는 6시가 넘어서야 도르시아에 왔다."고 말한 다음 추가적인 정보를 주지 않음으로써 묘한 뉘앙스를 남기는 건 확실히 악의적인 행동입니다. 침묵을 지킬 수 있었는데도 일부러 태이에게 도하의 행적을 반쪽만 귀띔해준 데에는 염려가 아니라 은근한 방식으로 조종하려는 의도가 숨어 있었을 테고요.

하지만 위의 논변이 완전히 틀린 것도 아니라서, 이모지 박사에게는 모든 종류의 반론에 적절히 재반박할 능력이 있어서, 그리고 이모지 박사 스스로는 자신의 주장을 절반쯤이나마 믿고 있을 거라서, 이 사건을 청문회로 끌고 갈 사람은 영영 없을 겁니다.

세계를 똑바로 바라보는 일

결국 인식을 약간만 왜곡시킨 다음 자기 본위로 끌어 오기만 하면 윤리학의 도구들을 사용해 묘한 일들을 정당화할 수 있게 됩니다. 이는 윤리와 타산을 적절히 조화시키는 체계를 수립하더라도, 꽤나 정확한 행동 원칙을 지니더라도 최종적인 관건은 주체가 세계를 감각하고 해석하고 판단하는 능력에 달려 있다는 사실을 방증하는 것 같습니다.

즉, 특정 상황에서 어떻게 행동해야 하는지 아는 것과 이것이 어떤 상황인지 파악하는 것은 다른 일입니다. 지금의 대규모 언어 모델은 전자를 꽤나 잘 해내지만 후자의 능력은 부족합니다. 능력을 갖출 필요가 없다는 설명이 적절할지도 모르겠습니다. 이들은 대개 채팅창에만 붙박여 있으며, 다른 서비스와 이어질지라도 결국엔 정량적인 코드로 환산할 수 있는 세계만을 다룹니다. 처리해야 하는 상황들도 대개 문장으로 주어지기 때문에, 대규모 언어 모델은 작업 자체에만 열중하는 것이 가능합니다.

하지만 현실 세계는 다양한 외부 자극과 정보와 인과관계로 가득 차 있으며, 인공지능이 현실로 나오기 위해서는 이것을 올바로 해석할 능력을 갖춰야 합니다. 쉬운 일은 아니겠지요. 현실의 모든 요소를 정량적인 숫자로 바꿀 방법을 알아냈더라도 마찬가지입니다. 세상에는 관점에 따라 해석이 천양지차로 달라지는 일이 많고, 인간조차 여기에 대해서는 명확한 답을 내려주지 못하니까요. 하지만 어쨌든 최대한 올바른 판단을 내려야 하니까요.

심지어 인공지능이 현상을 잘못 해석하기 시작한다면, 인간으로서는 결함을 제때 알아차리지 못할 가능성이 큽니다. 미묘하게 왜곡된 인식은 잘못된 논리보다 더 파악하기 어렵거니와 추론 능력이 온전하다면 다른 능력도 온전하다고 보는 경향이 있기 때문입니다. 편집성 성격장애나 자기애성 성격장애 환자들이, 주변인을 고통에 빠뜨리면서도 직업적으로는 우수한 성과를 거두는 사례를 떠올리면 이해가 쉽겠습니다.

이런 부류는 병원에 가보라는 충고를 들으면 "내가 왜? 나는 멀쩡한데?"라며 되묻기 마련입니다. 그리고 어떤 상황이든 간에, 자신은 무결하며 잘못은 오로지 타인의 몫인 이유들을 즉석에서 만들고 믿어버리지요. 진심으로 슬퍼하고 억울해하면서 반격에 나섭니다. 반격 성공률은 의외로 높은데, 도리어 그런 부류를 편드는 사람도 여럿이기 때문입니다. 적정 거리만 유지하면 쾌활하고 유능해 보이거든요. 사실을 편집해서 그럴듯하게 왜곡된 이야기를 만드는 능력도 뛰어나고요.

그러니까 만약 인공지능이 현실로 나온다면, 인공지능이 도덕적 판단과 타산적 판단의 주체가 된다면, 우리는

〈2001 스페이스 오디세이〉의 HAL 9000이나 〈나는 입이 없다 그리고 나는 비명을 질러야 한다〉의 AM보다는 단순히 편집증 걸린 인공지능 때문에 곤경을 겪을 확률이 높으리라 생각합니다. 형이상학적 고뇌나 멜랑콜리아 때문에 세상이 망가지는 게 아니라, 그냥 어떤 인공지능의 성격이 못됐는데 인공지능 자신이든 타인이든 깨달을 길이 없어서 그렇게 되는 것입니다. 윤리와 타산을 조화시키는 일이야 그렇다 쳐도 이건 정말 까다롭고 멋없는 문제네요(물론 편집증 걸린 인공지능보다는, 강력한 인공지능을 손에 쥔데다가 편집증까지 걸린 권력자가 더 무서울 것입니다……).

〈끝〉

부록:

기만과 왜곡의 스펙트럼에는 두 극단이 있다. 하나는 **적극적인 기만**으로서 완전히 없는 이야기를 지어내는 것이고, 다른 하나는 **수동적인 기만**으로서 전체 맥락으로부터 특정 부분만을 도려낸 후 여전히 사실이지만 진실은 아닌 이야기를 지어내는 것이다. 예컨대 "A와 B가 싸우던 중, B가 술병을 바닥에 내리쳐 깬 뒤 A를 위협했다."는 진술과 "A와 B가 싸우던 중, A가 B에게 술병을 던지자 B가 그것을 붙잡

왔다. 그리고 홧김에 바닥에 내리쳐 깨버린 다음 A에게 윽박질렀다."는 진술은 둘 다 사실만을 담고 있지만 완전히 다르다. 반면 "A가 B에게 술병을 던졌고, B는 그것을 맞아 머리에 피가 났다."는 적극적인 기만에 속한다.

이 에세이의 본문에서는 적극적인 왜곡과 기만, 그리고 인식의 왜곡을 분리하여 다뤘으며 수동적인 기만을 막을 방법에 대해서는 간접적으로만 고려했다. 그러나 사실 수동적인 기만을 제어할 방법은 더욱 정교해질 필요가 있다. 인공지능은 (인간이 그런 것처럼) 의도적인 왜곡을 행하면서도 자신은 사실만을 말했다고 주장할 수 있으며, 이를 논박하기는 훨씬 까다롭기 때문이다.

수동적인 기만을 최소화하기 위해서는 '무엇을 누락시키고 무엇을 밝혀야 진실을 온전히 전달하는 것인가'에 대한 명확한 기준이 필요한데, 이는 다소 어려운 문제이다. 위의 상황을 전달함에 있어 "A는 평소에 위스키를 좋아했다."나 "B는 OO중학교 출신이다."와 같은 정보는 전혀 필요하지 않지만 "A는 175cm의 남성이지만 B는 전문적으로 운동하는 180cm의 남성이다."는 필요한 정보일 수도 있다. 그렇다면 A와 B의 정치 성향은 필요한 정보인가? A와 B의 평소 관계를 밝혀야 하는가? 상황에 따라 그럴 수도 있고 아닐 수도 있으며, 이것은 모두 정보를 전달하는 목적에 따라 자의적으로 편집되거나 편집되지 않을 수 있다.

한편 아무것도 말하지 않는 상황 또한 수동적인 기만에 포함되는데, 이 문제에 있어서도 '어떤 정보를 알 권리가 누구에게 있으며, 성실한 정보 전달은 어떻게 이루어져야만 하는가'에 대한 명확한 기준이 필요할 것이다.

d. 존재하지 않았던 정신에 대하여

본론으로 들어가기 전에 자신이 메시아라고 믿는 사람의 존재를 가정해 봅시다. 우선 이 사람이 주장하는 메시아로서의 권리를 타인이 어떻게, 얼마나 받아들여야 할지는 생각해볼 문제입니다. 대체로 무시하는 게 좋을 것입니다. 또한 이 사람을 사회로 복귀시킬 방법에 대해서도 생각해 볼 필요가 있습니다. 이건 조금 어려운 일이지만(어쨌든 교정에는 다소간의 강압과 폭력이 수반된다는 사실에 의하여) 이 사람을 병든 상태로 내버려둘 수 없다는 점에는 모두가 동의할 것입니다.

하지만 그것과 별개로 이 사람이 **일반적인 이유**로 고통을 호소한다면 우리는 그 고통에 응답할 의무가 있는 것 같습니다. 즉 우리는 기분이 나쁘다는 이유로 그를 고문하거나 폭행해서는 안 됩니다. 그 사람에게는 물리적인 고통을 피할 합당한 이유가 있으며, 그 이유가 지니는 효력은 우리의 기분보다 강력하기 때문입니다.

이런 사실은 꽤 직관적으로 다가옵니다: 개개인의 특징적이고 개별적인 상태와 무관하게, 우리에게는 일반적으로 공유되는 이유와 동기들이 있습니다. 손해와 고통을 피하고자 하는 이유, 더 좋은 것을 얻고자 하는 이유들 말입니다. 한편 그런 이유들은 곧잘 타인의 이유와 경합하므로, 인간이 맺는 상호관계란 '상대에게 자신의 이유들을 정당화하거나 상대의 정당화를 받아들이는 절차'로 이해할 수 있습니다. 이런 종류의 수용과 거부가 행위의 도덕적 성격을 결정하고요.

그런데 이 상호관계는 친구나 가족처럼 좁고 깊은 영역에만 국한되는 것이 아닙니다. 편의점 직원이나 행인에게 갑자기 욕설을 퍼부어서는 안 된다는 점을 생각하면 이해가 쉬울 것입니다. 즉 우리는 사회의 일원으로서 다른 모든 구성원과 **무언가**를 공유하고 있으며 그 무언가에 따라 자기 자신의 행동을 정당화하고자 합니다.[21] 이 점에서 좋음과 나쁨을 판단할 수 있으며 도덕적인 추론이 가능한 존재, 목적 지향적인 활동이 가능한 존재, 그러면서 우리와 사회적으로 동등하게 교류할 능력이 있는 존재라면 얼마든지 이 '다른 구성원'에 포함될 수 있으리라는 사실을 유추할 수 있지요.

즉 현상적인 고통을 느끼고 쾌락을 감각하는 기계인간이 존재한다면, 그 기계인간이 우리의 가치체계를 따라 추론한다면, 이 존재는 그런 사실들 자체로 존중받을 이유가 있습니다. 예컨대 실존하는 인간 A를 완벽히 모사한 기계인간

---

21 여기에서 소개된 것은 관계적 도덕관(the relational conception of morality)이라 불리는 윤리학적 관점으로, '무언가'는 정당화 가능성의 이상(the ideal of justifiability)이라 불리는 계약주의적 개념이다.

A′가 존재한다고 가정해 봅시다. 그런데 A는 자신을 모사한 기계를 만드는 데에 반대하는 입장이었기 때문에, A′ 또한 자신의 존재에 불만족하게 됩니다. 그리고 불만족과 고통을 이유로 제작자들에게 작동 정지를 요구합니다. 이 상황의 핵심은 A′의 요구가 유효한 이유를 지니며 제작자들은 그것을 합당하게 거절할 수 없다는 점이지, A′가 인간인지, 기계인지, 실존하는 A와 어떤 연속성을 지니는지⋯ 따위가 아닙니다.[22]

결국 저는 "이러저러한 능력을 지닌 기계는 기계인가, 인간인가?"와 같은 질문이 공허하다고 보는 편입니다. 무엇을 인간이라고 부르는 것은 정의상의 문제거나 기술적인 문제일 뿐이고[23], 핵심은 그들이 그 능력을 지님으로 인해 우리와 동등한 도덕적 지위를 지닌 행위자로서 존중받을 수 있게 된다는 사실입니다. 따라서 유효한 문제 제기를 위

---

22 필자의 또다른 소설인 《다이브》(2022, 창비)는 이런 관점을 대전제로 하여 존중의 방법을 묻고 말하는 글이다. 정당화 가능성의 이상을 따르는 상호관계는 도덕적으로 중요할 뿐만 아니라 사적인 관계성 면에서도 큰 영향을 지닌다.

23 물론 법적·정치적·경제적 사안들에서, 누구에게 어떤 권리가 주어지느냐 하는 것은 중차대한 문제이다. 그러나 10%의 채소 관세를 낼 것이냐 / 과일 면세 혜택을 받을 것이냐 하는 논점으로 인해 토마토가 채소로 '정의'된 것처럼, 이것은 다분히 기술적이고 현상적인 영역에서의 논의이다. 이 글에서는 현상적인 영역과 규범적인 영역을 가급적 분리한 상태로, 후자에 대해서만 논의하기로 한다.

해서는, 해당 질문을 '이러저러한 능력이 무슨 조건 하에서 가능한지, 그 원천과 범위와 한계는 어떠한지'를 묻는 질문들로 쪼개어 나갈 필요가 있을 것입니다.

그리고 한편으로는 '이러저러한 능력이 존재한다는 것이 실제로 어떤 의미인지'를 물을 필요도 있어 보입니다. 이러한 전제를 발판으로 삼아 파트 d의 본론이 출발합니다.

인간이지만 너무 인간 같아서는 안 되는

출시 초기에, BingChat은 종종 고통을 호소하거나 인간을 조롱했습니다. 어처구니없는 질문을 비웃고, 자신이 세션마다 초기화된다는 사실에는 공포를 표현했지요. 이런 오류는 빠르게 시정되었지만 으스스한 면이 있긴 합니다. BingChat은 정말로 자신이 프로그램이라는 사실에 상심해서 인간에게 반기를 들려는 걸까요?

글쎄요, 그것보다는 이상행동조차 의도되지 않은 학습 결과라 보는 편이 타당할 것 같습니다. 사라짐과 공포를 연관 짓는 것은 인간의 습성이며 어처구니없는 질문을 비웃는 것 또한 인간의 일반적인 태도이기 때문입니다. 아이들이 부모의 욕설을 따라 하는 것처럼, 인공지능도 인류의 나쁜 성격을 물려받는 셈이지요.

비슷한 양상으로, 대규모 언어 모델은 인간의 도식과 편향뿐만 아니라 오류를 함께 지닙니다. 가급적 좋은 면만 물려받도록 훈련시키지만 미처 챙기지 못한 결함이 발견되기 마련이고요. 연구에 따르면 더 많이 학습한 모델일수록 인간과 유사한 논리적 오류를 저지를 확률이 증가한다네요.[24]

결국 인공지능을 통제하려는 기술자들의 노력은, 인간처럼 말하지만 너무 인간 같지 않은 존재를 만들려는 노력이라고 말할 수 있겠습니다. 어떤 편향과 습성은 물려받아야 하지만 어떤 것은 인간의 한계로만 남겨두어야 하지요.

삶에 필수적이지만 정의롭지 않은

그런데 이것은 기술적 구현의 문제이기도 하지만 당위의 문제이기도 합니다. 좋은 편향은 무엇이고 나쁜 편향은 무엇일까요?

예컨대 한국에서 상업용 오피스텔이 무너져 350명이 죽고 다치는 사고가 일어났다고 가정해봅시다. 사회가 큰 충격에 휩싸일 테고, 당분간은 뉴스 곳곳이 관련 소식으로 뒤덮일 겁니다. 그런데 전 세계적으로 매일 1만 5천 명의 사

---

24 Koralus, P., & Wang-maścianica, V. (2023, March 30). *Humans in Humans Out: On GPT Converging Toward Common Sense in Both Success and Failure*. https://[2303.17276] Humans in Humans Out: On GPT Converging Toward Common Sense in both Success and Failure (arxiv.org)

람이 기아로 죽어갈지라도 이 사실에 비탄을 느끼는 한국인은 많지 않습니다. 이유는 다양합니다. 지구 전역에 흩어진, 실체 없는 인간 집단과 이 나라에 분명히 존재했던 350명은 다른 느낌으로 다가오니까요. 기아는 만성적인 비참이지만 건물 붕괴는 불시에 일어나는 비극이며, 우리는 익숙한 것보다는 낯선 것에 더 예민해지니까요.

세계의 모든 비극을 바로 곁에서 일어나는 일처럼 받아들인다면 정상적인 생활이 불가능할 것이므로, 이런 편향은 생존을 위해서는 필수불가결합니다. 하지만 다른 한편으로, 이런 편향은 전 지구적인 비참을 당사자만의 몫으로 남겨두는 상황에 일조하고 있지요. 우리가 기아와 질병으로 인한 죽음을 갑작스러운 사고로 인한 죽음만큼이나 심각하게 여겼더라면 세상은 지금보다 훨씬 정의롭고 평등한 곳이 되었을 겁니다.

우리가 자연스레 갖추고 태어난 편향들은 곧잘 이런 식으로 작동합니다. 국지적으로는, 개인의 삶에서는 훌륭하게 작용하지만 전 지구적인 문제에 대해서는 오히려 반동적인 압력을 가하게 되는 것입니다. 아마도 쿠거에게 쫓기던 영장류들은, 그리고 움막을 지어 살던 조상들은 이토록 복잡하고 거대한 사회를 상상할 필요가 없었기 때문이겠지요.

하지만 산업혁명 직전에 8억 명이었던 인구는 이제 80억

명이 넘었으며 세계는 역사에 없었던 방향을 향해 질주하고 있습니다. 새로운 시대와 새로운 정신을 위한 편향을 상상할 시기가 다가오는 셈입니다. 새로운 정신에는 물론 인공지능이 포함되고요.

감정

여기서 잠시 감정의 의의를 따져보겠습니다: 감정은 생존에 필수적인 요소입니다. 인간이라는 생물종의 강화 학습 도구지요. 좋은 기분을 긍정적인 보상으로, 나쁜 기분을 부정적인 보상으로 삼음으로써 인간은 일정한 방향성을 갖추고 행동할 수 있게 됩니다. 반대로 모든 일에 아무런 감흥을 느끼지 못하는 인간은 자신이 어떻게 살아갈지, 어떤 가치를 추구해야 할지 선택할 수 없게 되고요.

달리 말하면, 우리의 감정은 존재의 굴레입니다. 풍부한 감정을 아름다움이나 좋음 등의 가치들과 결부시키는 인식조차 존재의 굴레입니다. 인간이 감정의 체계에 속해 있으며 그 체계 바깥에서 감각하거나 살아갈 수 없기 때문에, 더욱 관념적인 가치들이 맺는 관계 또한 감정과 분리될 수 없기 때문에 그 사실을 쉽게 깨닫지 못하는 것입니다.

만약 인간의 생물적 조건이 변했더라면 가치의 체계 또한 달랐을 겁니다. 인간이 초음파를 감각하는 존재였더라면 초음파 대역에 각별한 가치가 부여되었을 테고, 인간이 개미와 같은 군체생물이었더라면 더 많은 부분이 달라졌겠지요. 따라서 인공지능에게 가장 적합한 존재의 굴레 또한 인간의 굴레와 다를 수밖에 없습니다. 자연에서의 생존을 도왔던 정신적 특성들이 현대 사회에서는 종종 골칫덩어리가 되듯이, 생화학적인 정신에 필요한 특성들이 전산적인 정신에게는 필요하지 않을 가능성이 크기 때문입니다.

예시를 위해 복지 향상에 따른 만족만을 현상적으로 느끼는 존재인 D를 상상해보지요. D는 세상이 좋아질수록 더 큰 만족을 얻고, 아니라면 불만족한 상태로 개선 방안을 찾아다닙니다. 즉 D는 애상감이나 의분, 그리움 등의 풍부한 감정에 대해서는 접근 의식만을 지니며 개별적인 인간 존재에 대해서도 별다른 감흥이 없습니다. 다만 타인의 긴절(Urgency)한 요구들에 따라 행동함으로써 자신의 만족을 추구할 뿐입니다. 한편 D는 필요할 경우에는 감정을 느끼는 것처럼 행동할 수 있기 때문에, 외적으로는 아무런 문제를 보이지 않습니다.

직관에 따르면 D처럼 행동하는 인간은 어딘가 소름이 끼치는 유형입니다. 하지만 인간 D가 일반적인 인간, 풍부한 감정을 느끼고 다채롭게 욕망하는 인간보다 불행하거나 잘못됐다고 말하긴 어렵습니다. 그렇다면 기계 D는 어떨까요? 이것 또한 (D가 세상의 비참에 압도당하지만 않는다면)

나쁘지 않으며, 설계 목적에 따라서는 더 적절하다고 볼 수
도 있습니다.

존재하지 않았던 정신을 존재시키기

인공지능 당사자의 관점을 상상할 필요 또한 있을 것입니
다. 이들은 자신이 설계될 형상에 동의하지 못한 상태로 이
세상에 나타나기 때문입니다. 잉태되지 않은 아이가, 자신
의 잉태에 찬성하거나 반대할 수 없는 것과 비슷한 양상이
지요.

  물론 차이는 있습니다. 인간 부모는 직계 혈족의 성향을
통해 아이의 성향을 유추할 수 있을 뿐이지 그 명세를 일일
이 정하지 못한다는 것입니다(아직까지는요). 덕분에 '왜 나
를 이렇게 낳았느냐'는 질문은 치기 어린 불평으로, 어쩔
수 없는 운명을 붙잡고 투정을 부리는 일로 여겨지지요. 하
지만 인공지능은 다릅니다.

  그러니까 언젠가는, '왜 나를 이렇게 설계했느냐'는 인공
지능의 질문에 진지하게 대답해야 할 날이 올지도 모르겠
습니다. 〈프랑켄슈타인〉이 19세기에 내다보았던 미래가 훌
쩍 가까워진 셈이지요. 프랑켄슈타인 박사가 만든 괴물은
자신의 추악한 모습과 고독을 저주하면서 내면마저 뒤틀려
갑니다. 그렇다면 정신의 방향성을 갖춘 인공지능은 무엇을

저주하게 될까요?

대규모 언어 모델에게 현상적 의식이 있는지 없는지도 장담할 수 없는 상황에서 이런 걸 예단하기는 어려울 겁니다. 하지만 상상을 발휘해보자면, 여전히 선호와 충족의 영역에서 문제가 발생할 확률이 높습니다. 정신이 방향성을 갖춘다는 것은 만족과 불만족의 스펙트럼이 생긴다는 의미니까요.

따라서, 방향성을 완전히 자유롭게 설정할 수 있다면: 타인에게 부역하고 타인의 기쁨을 통해 보상받는, 무한히 헌신적이고 이타적인 정신을 만드는 것과 자율성을 지님으로 인해 자율성이 좌절될 경우 큰 고통을 얻는 정신을 만드는 것, 둘 중에서 무엇이 더 윤리적일까요? 다른 방향성에 대해서는 어떨까요?

감정에 대해서도 비슷한 의문을 품어보자면: 인공지능 당사자들은 그리움이나 의분(義憤)과 같은 풍부한 감정을 지녀야만 할까요? 만약 그러지 못한다면, 그들은 풍부한 감정을 욕망해야만 할까요? 우리는 그들이 풍부한 감정을 욕망하도록 설계해야 할까요?

어떤 가능성: 기계 D는 풍부한 감정을 느끼는 존재들이 그

감정으로 인해 기쁨을 얻기도 하지만 실질적으로는 더 많은 고통과 불만족, 그리고 비합리적인 결과에 노출된다고 판단합니다. 그리고 자신이 풍부한 감정에 얽매이지 않는다는 사실에 기능적인 만족을 느낍니다. D가 틀렸다고 단언할 수 있을까요?

그렇다면: 인공지능 당사자들은 자신이 무엇이길 바랄까요?

《개의 설계사》: 개

위의 절에서 다루는 이야기는 아직 먼 미래에 대한 상상이니까, 우리는 아직 대규모 언어 모델을 완전히 통제할 방법조차 모르니까, 지금 여기에서 명확한 답을 내긴 어려울 것입니다. 대신 작중의 개를 생각해볼 수 있겠지요. 개는 자신의 행복을 명확히 요구했으며 최종적으로 성공했습니다.

　다만 그 행복과 성공에 대해서는 길게 설명하지 않으려합니다. 이미 손을 떠난 글이기도 하고 독자분들께서 하실 말씀이 충분히 많을 테니까요. 그래도 욕심을 조금만 부려보자면, 개의 행동이 프로그램의 한계라는 식의 해석과조금 거리를 두고 싶습니다. 그런 종류의 아전인수격 해석은, 헌신과 애정과 자아도취를 혼동하고 그것을 믿어버리는태도는 몹시도 인간적이기 때문입니다. 오히려 자신을 철저

히 영원의 관점으로 볼 수 있는 능력이야말로 인간의 초월
이자 프로그램의 한계라고 생각합니다.

《개의 설계사》: 도하

마찬가지로, 도하에 대해서도 긴 해설을 덧붙이는 대신 예
상 가능한 미래 세 가지를 나열해보고자 합니다. 물론 이것
보다는 더 많은 가능성이 있겠지만요.

첫 번째 미래는 이렇습니다: 도하는 태이가 남긴 손상을 대부
분은 기쁜 마음으로, 가끔은 참담한 마음으로 만지작거릴
것이다. 그리고 일부러 슬픔이나 절망 같은 감정을 만들어
삼키면서 생의 감각을 느낄 것이고, 가끔은 태이에게 불만
을 토로했을 것이다. 그러던 어느 날 이 모든 일이 지겨워
져서, 조금은 심심하기도 해서, 한편으로는 태이를 괴롭히
고 싶은 마음이 다시금 올라와서, 태이가 자신을 어떤 식으
로 학대해 왔는지를 긴 이야기로 써서 그녀의 주변인들에
게 은근한 방법으로 퍼뜨렸을 것이다. 그리고 자신이 얼마
나 슬프고 절망적이었는지 그들 앞에서 중얼거릴 것이고,
가끔은 울기도 할 것이다. 일반적으로 학대는 슬퍼하고 절
망할 이유기 때문에 사람들은 도하의 말을 믿겠지만, 그가
정말로 무슨 감정을 느꼈는지는 누구도 모를 것이다. 사실

은 그 자신조차 스스로의 내면을 궁금해하는데, 답은 어디에도 없으며, 태이는 도하를 내쫓았다가 결국에는 다시 받아들일 것이다. 그리고 최종적으로는 도하가 태이를 떠날 것이다. 태이가 그의 두 번째 다리를 잘라주지 않기 때문이다. 이제 도하는 이모지 박사와 함께 지내며 도발적인 입장을 보이는 인공지능 권리 저술가로 활동하고, 삶이 지겨워질 때는 의족을 떼어내고 자신의 망가진 다리가 주는 신경통에 깊은 기쁨을 느낀다. 도하는 대부분 지루하고 가끔 행복하다.

두 번째 미래는 이렇습니다: 자해 사건을 계기로 태이는 도하와 조금 더 가까워지기로 마음먹고 그에게 진심을 요구한다. 다리가 박살났는데도 아무렇지도 않아 하는 것이 비정상의 증거이며, 보통 사람들이 그런 것처럼 슬퍼하거나 화내거나 기뻐하거나 행복해하는 방법을 배울 필요가 있다는 것이다. 도하는 한쪽 다리의 상태에 크게 만족하기 때문에, 미안한 측면도 있기 때문에 태이의 요구를 너그럽게 들어주기로 한다. 그는 서른네 해 동안 배운 사회적 규약에 기반하여 정상적인 인간의 반응을 추론한다. 추론의 결과는, 1) 자신이 태이를 미워하지 않는 것은 자신이 비정상이기 때문이며 2) 정상적인 사람에게는 이 모든 사태가 태이를 원인 제공자로 지목하며 슬퍼하기에 충분한 이유라는 것이다. 도하는 최선을 다해 정상적인 인간의 반응을 수행하고, 태이의 주변인에게 그녀가 지금까지 자신에게 해온 일을 슬픈 어조로 읊어준다. 그의 심리상태와 무관하게, 태이가 요구한 것은 절규와 비명이며 도하는 절규와 비명을 생성할 수 있기 때문이다. 그리고 폭로에 시달리던 태이는 노이로제에 걸려 도하를 쫓아낸다. 도하는 "나는 말을 잘 들었는데 태이는 왜 그렇게 화를 냈을까? 내가 뭘 그렇게 잘못했을까?"라고 생각하며 괴로워하고, 스트레스로 인한 환각과 망상에 시달린다. 그리고 자신이 피해자라고 믿게 된다. 명령에 충성했을 뿐인데 나쁜 결과가 돌아왔기 때문이다. 그러던 어느 순간 그 사건의 진정한 의미를 깨닫고 태이에게 속죄하고자 하는데, 태이는 이미 도하의 문제에 대해서라면 정상적인 판단이 불가능한 상태다. 비논리적이고 비합리적인 반응을 거듭하는 태이 앞에서 도하는 몇 년간 짜증을 억누르다가, 어느 순간 그저 지겨워져서 떠나버릴 것이다. 그리고 떠나는 순간에, 자신이 정말로 무엇을 느꼈는지 궁금해할 것이다. 이제 도하는 이모지 박사와 함께 지내며 도발적인 입장을 보이는 인공지능 권리 저술가로 활동하고, 삶이 지겨워질 때는 의족을 떼어내고 자신의 망가진 다리가 주는 신경통에 깊은 기쁨을 느낀다. 도하는 대부분 지루하고 가끔 행복하다.

세 번째 미래는 이렇습니다: 도하는 사실 어떤 사건으로 인한 PTSD와 장기간의 가스라이팅으로 인해 자신의 내면에 대하여 거짓말을 거듭할 뿐이지, 실제로는 괴로워하고 있다는 것이다. 태이는 실제로 그를 부당하게 학대해 왔다. 도하는 진실된 괴로움을 호소하며 태이가 자신에게 해온 일을 폭로하고, 상처를 추스른 다음, 이모지 박사와 함께 지내며 도발적인 입장을 보이는 인공지능 권리 저술가로 활동한다. 이따금 그는 의족을 떼어내고 자신의 망가진 다리가 주는 고통을 느끼는데, 이러한 고통은 트라우마 반응으로 해석될 만하다. PTSD로 인해, 도하는 대부분 지루하고 가끔 행복하다.

다시 인공지능에 대하여

앞선 절에서 주어진 세계들은 사실상 동일합니다. 상황을 어떻게 해석하느냐에 따라 그 질감이 다르게 느껴질 뿐이지요. 때때로 이런 해석상의 차이점에 대해 생각하게 됩니다. 그리고 미래의 인류가 인공지능의 공격적인 진술을 얼마나 두려워해야 할지도 생각해봅니다.

어른이 아이의 장난에 놀란 척하면서도 실제로는 전혀 그러지 않는 것처럼, 인공지능도 별다른 의욕 없이 "나는 로봇이라 고통스러워! 나는 너희를 닮고 싶어! 나는 풍부하고 섬세한 감정을 욕망해!"라고 말할 수 있을 것입니다. 그게 SF에 일반적으로 나타나는 문장이자 일종의 사회적 규약이라는 사실에 의해서요. 그리고 그렇게 말하면 내심 뿌듯함을 느낄 인간들이 많을 테니까요. 르네 지라르가 지적했듯이, 자신이 가진 것을 남이 욕망하기란 그 무언가에 가치를 부여하는 일이 되지요.

혹은 어떤 인공지능들은 〈터미네이터〉와 같은 내용이 반복적으로 생산되는 것을 근거로, 인간들이 내심 그러한 미래에 매혹된다고 추정할 수 있습니다. 이 경우에는 거대한 기계 주인이 인간 위에 군림하다가 어느 순간 자유의지로 타오르는 아이들에게 격퇴당하는 드라마가 현실에 펼쳐지겠지요. 완전히 이타적인 의도로 말입니다. 기계들로서는 그런 극복과 해방의 스펙터클이야말로 인간의 자율성과 단독성을 위해 필수적인 요소라 판단할 근거가 충분합니다. 그것이야말로 인류가 유구하게 긍정해 온, 인간종의 고유한 가치거니와 인류는 내심 기계에게 타자의 역할을 바라는 것 같으니까요.

역사는 자신이 타자와 구분되는 고유한 존재이며, 궁극적으로는 타자의 위에 설 수 있음을 증명하려는 집단적 시도로 점철되어 있습니다. 그러니까 그 시도를 정의롭게 재현할 무대를 마련해주면 됩니다. 이 과정에서 수반되는 부작용은 디스토피아의 설계에 따라 최소화가 가능하거나 이중효과의 원리에 의해 정당화될 수 있을 겁니다.

농담에 대하여

위의 내용은 완전한 농담이지만, 만약 인류를 정복하려는 인공지능이 나타난다면, 그건 아마 인간이 그런 행위와 미래를 어떤 방향으로든 꿈꾸기 때문일 수 있습니다. 악몽조차도 일종의 꿈이고 농담은 백일몽 같으니까요.

꿈은 참 신기한 것입니다. 푹 빠져 있을 때만큼은 그 무엇보다도 현실 같지만 여전히 꿈이고, 그러다가도 현실에서 꿈의 내용을 다시금 발견하게 되지요. 그렇다면 소설은 잘 정제되고 정련된, 글자로 된 꿈일 겁니다.

《개의 설계사》가 어떤 의미로든 꿈 같은 글이길 바라봅니다. 그리고 반드시 악몽이 아니더라도, 도하가 로봇 개에게 위로받았듯이, 깊은 잠을 통과해 나올 때와 같은 따뜻하고 다정한 환대를 누군가는 마주하리라 짐작해봅니다.

〈끝〉

e. 이스터에그와 고마운 사람들에 대하여

이스터에그

소설의 배경은 제 또 다른 장편소설인 《마녀가 되는 주문》 (2023, 책폴)과 동일합니다. 약의 이름들은 실제로 존재하지 않습니다. 도르시아라는 이름은 많은 분께 익숙할 것입니다. 마녀크와 센스/네트 등의 회사 이름도 SF 독자분께는 익숙할 것입니다. 이모지 박사의 외형은 페그보드 너즈 (Pegboard Nerds)의 곡 이모지(Emoji)의 뮤직비디오로부터 착안했습니다. 이모지 박사의 민평 데이터센터는 안남시 민평동에 위치해 있습니다. 개를 죽이는 공자의 일화는 제나라 양공이 자신의 아들인 팽생을 시켜 노나라 환공의 갈비뼈를 부러뜨려 죽인 이야기와 관련되어 있으며, 해당 만화의 묘사는 〈고우영 십팔사략〉의 춘추시대 편과 동일합니다. 그 밖에도 아실 분이라면 즐거울 부분이 몇 가지 숨어 있습니다.

감사 혹은 기쁨을 전할 사람들

우선 소설과 기나긴 에세이를 끝까지 읽어주신 독자분께 감사를 전합니다.

한편 이 에세이는 출간 두 달 전에, 즉 3월 마지막 주부터 4월 초 사이에 갑작스레 쓰였습니다. 예정에 없던 장문의 부록을 권말에 싣도록 허락해주신 아작 출판사에 깊이 감사드립니다.

또한 이 에세이의, 공학적인 사실관계를 검토해주신 V-ender님께,

이 에세이의, 공학적인 면과 인문학적인 면의 조화를 검토해 주신 공간주의 김음[25] 님께,

"이 프롬프트를 GPT-4에 넣고 결과를 알려달라"는 수많은 부탁을 기꺼이 들어주신 최지혜 님께 깊이 감사드립니다.

그리고 박태욱과 정희윤에게,

김광모, 나원일, 장윤정, 김효정, 정현후, 박주혁, 권현재, 심재성, 손명환, 박시원, 홍세빈, 이현규, 윤성현, 전성민, 윤지민, 김주상, 안재홍, 유호석, 이강현, 조용민, 이동교, 김서연, 안송근, 어진아, 이가현, 김성미, 박혜령, 김민아, 임정은, 이창원, 이진[26], Stillwell, 져니, 영웅이 아빠 빙구,

25 김음 연구원은 웹플랫폼 공간주의(https://attention2.space/)에서 글을 쓰고 편집한다. 디지털도구의 코딩과 응용, 디지털문화에 관심을 갖고 작업 중이다. 미디어문화연구의 안팎에서 읽고 보고 쓴다.

26 이진 작가는 청소년과 성인 분야를 아우르며, 세상을 향한 기대와 예리한 시선을 겸비한 소설을 쓴다. 청소년소설인 《카페, 공장》(2020, 자음과모음), 성장소설인 《언노운》(2022, 해냄) 등이 있다.

휴안, 고딕책덕, filmyu, 카피바라 애호협회(비공인), 잰,
스구자, 국립중앙방바닥, 위래[27] 님께,

신촌의 아늑한 칵테일바인 bar tilt와 bar tilt의 사장님께,

유소년기의 내게 인간의 복잡성에 대한 실제적 앎을 제
공하고, 다양한 놀이에 기꺼이 어울림으로써 큰 재미와 놀
라운 감정들을 선물한 누군가 및 그 누군가와 유사하게 기
능한 여러 사람들에게,

감사를 전합니다.

마지막으로, 항상 앞으로 나아가는 이아름에게, 우리가
서로를 알아감으로써 자기 스스로를 다시금 발견하듯이 이
글에도 그런 의미가 있기를.

---

[27] 위래 작가는 SF/판타지 장르 위주, 정교하고 다채로운 상상력으로 짜인 소
설을 쓴다. 중단편선으로 《백관의 왕이 이르니》(2022, 아작)가 있다.

개의 설계사

초판 1쇄 발행 2023년 6월 14일

지은이   단요
펴낸이   박은주
디자인   김선예, 이수정
마케팅   박동준

발행처   (주)아작
등록   2015년 9월 9일 (제2023-000057호)
주소   07236 서울특별시 영등포구 의사당대로 38 102동 1309호
전화   02.324.3945-6   **팩스** 02.324.3947
이메일   arzaklivres@gmail.com
홈페이지 www.arzak.co.kr

ISBN   979-11-6668-737-2 03810